# 혁명과 사랑

# 혁명과 사랑

고창근 장편소설

2023 심인

[큰글자 도서]
고창근 장편소설
**혁명과 사랑**

2023년 06월 12일 발행
지은이-고창근
펴낸이-고해민
펴낸곳- 심인
출판신고번호-제 2021-000002 호
주소-경북 상주시 구두실길16-1(인평동)
전화- 010-9870-0421
전자우편-sgamm@hanmail.net

ⓒ 고창근, 2023
ISBN 979-11- 976508-2-6(03810)
- ---------------------
값 10,000원

- 이 책 내용의 전부 또는 일부를 재사용하려면 반드시 저작권자와 심인 양측
   의 서면 동의를 받아야 합니다.
- 잘못된 책은 바꾸어 드립니다.
- 저자와 협의하여 인지를 붙이지 않습니다

** 이 소설은 1894년에 일어난 상주동학농민혁명의 역사적 자료를 바탕으로 하
   였으나 등장하는 인물 사건 지명 기관 종교 등은 허구임을 밝힙니다.
** 이 책은 문화체육관광부, 한국장애인문화예술원의 후원을 받아 2023년 장애
   예술 활성화 지원사업의 일환으로 발간되었습니다.

## 작가의 말

사료 속에 숨어 있는 진실을 향해
물음을 던지는 것이 역사소설이다.
상주동학농민군은 왜 봉기를 일으켰나.
30여 년 전 임술항쟁 때도, 4년 전 함창농민항쟁 때도
주도한 농민들은 모두 참형 당했는데,
왜 그들은 목숨 걸고 봉기했을까.
소설 쓰는 내내 생각한 것이었다.
답은 독자가 소설에서 찾을 수 있기를 바랄 뿐이다.
사회 상황도 혁명도 현재진행형이고
농민군의 뜨거웠던 피가 아직도 민초들의 가슴에 들끓고 있으니.

2023년 환장할 봄날에
고창근

차례

1부 가슴에 한이 맺혔어라/7

2부 백성이 읍성을 점령하다/58

3부 다시, 일어서다/241


참고문헌/268

# 1부
## 가슴에 한이 맺혔어라

억울하고, 울화통이 올라 심장이 터질 것 같으면 상주 백성 누구나 자신도 모르게 돌아보는 산이 인근에서 제일 높은 갑장산이었다. 그리 높지는 않으나 작은 산을 여럿 거느리고 있어 든든한 느낌을 주었다. 낮에는 마치 두루미 떼가 내려앉은 듯 백산이었는데 굶주린 백성들이 소나무 껍질을 벗기려 달려든 탓이었다. 소나무 껍질을 벗기는 쪽이나 바라보는 쪽이나 서로 마주 보기가 민망했다. 오랜 가뭄 등 자연재해도 있었으나 목사의 명목 없는 세금 수십 가지, 양반 지주들의 과도한 소작료와 각종 세로 농민들은 가을인데도 불구하고 죽으로 연명하고 있었다.

벌써 보름달이라.

말석은 마치 큰 동물이 검은 몸을 뒤척이며 드러누워 있는 듯한 갑장산을 바라보다 고개를 들었다. 머리 위로 커다란 보름달이 손에 잡힐 듯 떠 있었다. 말석은 아쉬운 듯 입맛을 다셨다. 추석이 지난 지 벌써 한 달. 하지만 한 달 전부터 곧 봉기가 일어난다 하면서도 아직 결정도 하지 못해 아쉽기만 했다. 할 수만 있다면 혼자라도 죽창 들고 읍성으로 쳐들어가 목사의 모가지를 따고 조진사의 등에 낫을 꽂고 싶은 마음이 간절했다. 그러나 혼자 할 수 없으니 환장할 일이었다. 어쨌든 오늘은 꼭 결판 내리라 생각하며 계속 달을 바라보았다. 순간 달 속에서 아버지의 얼굴이 떠올랐다. 명치께가 저릿했다.

아버지.

말석은 심호흡했다. 봉기에 대해 생각할 때마다 아버지가 못내 그리웠다.

내 꼭 아버지 한을 풀어드리리다. 내가 죽는 한이 있더라도.

말석은 두 주먹을 꼭 지었다. 10여 년이 지났지만, 아버지의 죽음은 언제나 어제 일어난 것처럼 눈시울이 뜨거웠다.

동리를 벗어나 윗마을로 향했다. 모임이 있는 집이 윗마을에 있었다. 주위를 둘러보니 달빛을 받은 창백한 초가들이 굶주린 짐승처럼 엎드려있었다. 마치 농사꾼의 모습 같아 공연히 부아가 났다.

응? 저거 뭐야?

윗마을 중간쯤 왔을 때 고래등 같은 기와집 앞에 많은 사람이 모여 웅성거리고 있었다. 뭔 일이 있나 싶어 가까이 갔을 때 사람들이 불안한 눈빛으로 대문 안을 바라보고 있었다. 강생원의 집이었다. 소작인들에게 악독하게 군다고 소문난 집이었다. 말석은 뒤꿈치를 들고 안을 두리번거리다 음, 신음을 냈다. 마당 중앙에 말린 멍석 밖으로 두 발이 삐져나와 있었다. 흙투성이 맨발이었다.

"도대체 무슨 일이요?"

말석은 앞만 보며 물었다.

"보면 모르오?"

앞에 선 사람이 퉁명스럽게 말했다.

"웬 멍석말이요?"

말석은 마른침을 삼켰다.

"몰라서 묻소? 토지세 때문이지. 보아하니 조진사댁 하인이구만. 그 집은 조진사가 토지세 다 내는 거요?"

옆 사람이 인상을 쓰며 말했다. 말석은 무안하여 고개를 돌려 옆 남자를 바라보았다. 안면이 있었다. 터는 사이는 아니더라도 옆 동리라 얼굴은 대충 알고 있었다.

"마구 쳐라"

안에서 강생원의 말이 쩌렁쩌렁 울려퍼졌다.

"아주 버릇을 단단히 고쳐줘라."

강생원의 말이 끝나자마자 퍽! 퍽! 퍽! 소리가 났다. 하인들이 큰 몽둥이를 들고 멍석을 마구 때렸다.

그렇구나, 토지세.

말석은 이를 악물었다. 조진사댁이라고 왜 그런 일이 없겠는가. 자신이 직접 소작인의 엉덩이를 칠 때도 있었다. 살면서 가장 곤혹스러울 때였다. 차라리 자신이 맞고 싶었다. 토지세는 땅 주인이 내야 하나 소작인에게 전가하여 종종 문제가 되곤 했다. 대부분 소작인은 소작이 떼일까 봐 두려워 찍소리 못하고 토지세를 주인 대신 내고 있었다.

"그뿐만이 아니라오."

옆 사람이 말하였다.

"작년에 아들이 아파 주인한테 두 냥을 빌렸는데, 그만 아이는 몇 달 앓다가 죽었소. 그래 여름에 빌린 두 냥을 갚으려고 왔는데 주인은 두 냥을 더 내라고 하더라는 거요. 기가 막히지요."

"새끼를 친 거죠."

앞사람이 말을 이었다.

"저 사람은 어떻게 그럴 수 있느냐고 따졌고 그때부터 주인 눈 밖에 났지. 그런데다 토지세 못 낸다고 했으니, 원."

말석의 손이 부르르 떨렸다. 어느 동리나 마찬가지였다. 소작인들은 1년 내내 농사를 열심히 지어봤자 주인에게 절반 갖다 바치고 또 무명 잡세로 관에 뜯기고 나면 가을에는 남는 게 없었다. 거기다 주인이 내야 할 토지세까지 내야 했다. 퍽! 퍽! 퍽! 안에서는 여전히 멍석을 두들기는 소리가 났다. 간간이 나던 신음이 이제 나지도 않았다.

"저러다 사람 잡겠소이다."

"벌써 안 죽었을까나."

사람들은 혀를 찼다. 말석은 바라보다 의문이 하나 머리를 스치고 지나갔다.

왜 밤에 하는가. 보통 소작인이나 하인을 칠 때는 낮에 하지 않는가.

물론 양반이라도 하인을 사사로이 칠 수 없었다. 법으로 정해놓았다. 하지만 하인청에 각종 형장 기구를 갖다 놓고 공공연히 하인이나 소작인들을 매질하곤 했다.

"왜 낮에 안 하고 밤에…."

말석의 말이 채 끝나기도 전에 옆 사람이 퉁을 주었다.

"낮에 하면 다들 일하러 가고 볼 사람이 없을 거 아니오. 밤에 해야 사람들이 많이 보지."

"경고야 경고. 니들도 잘 보고 시키면 시키는데 해라. 뭐 이거지."

앞 사람의 말에 옆 사람이 말했다. 말석은 고개를 끄덕였다. 이런 광경을 보고도 토지세를 못 내겠다고 버티는 소작인이 얼마나 될까. 주먹을 쥔 손이 부르르 떨렸다.

아버지도 저렇게 죽었지. 하인이나 소작인들을 인간으로 취급도 안 하니.

당장이라도 안으로 들어가 강생원의 등에 낫이라도 꽂으면 좋으련만. 말석은 분노를 참으며 고개를 돌리는데 멀리서 강한 시선이 느껴졌.

뭐지?

두리번거리는데 멀리 있는 사람들 틈에서 자신을 바라보는 주인집 아씨 조현수의 얼굴이 보였다. 말석은 얼른 시선을 피하곤 뒷걸음으로 사람들 속을 빠져나왔다. 어쨌든 오늘 결판 낼 작정이었다. 결심이 더욱 굳어졌다. 많은 사람이 읍성을 쳐들어가자 해도 동학을 믿는 교도들은 머뭇거렸다. 아직 때가 아니라는 것이었다. 해월 신사가 지금 일어나면 모두 죽는다 말씀하셨다며 좀 더 기다려보자고 했다.

얼마나 많은 사람이 더 죽어야 일어선단 말인가.

말석은 답답한 가슴을 어찌지 못하고 남진갑의 집으로 가기 위해 걷는데 뒤따라오는 발걸음을 느꼈다. 잠시 머뭇거리다 그대로 걸어가자 뒤따라오는 발걸음이 빨라졌다. 말석도 걸음을 빨리했다. 그러자 숨찬 목소리가 바로 뒤에서 들렸다.

"잠깐만요."

말석은 할 수 없다는 듯 걸음을 멈추었다.

"왜 자꾸 나를 피하는 겁니까?"

조현수의 얼굴이 눈앞에 나타났다. 쓰개치마로 얼굴도 가리지 않고 몸종의 옷을 입고 있었다. 아마도 집 밖으로 나오기 위해 몸종으로 변장하고 나온 것 같았다.

"아씨, 말씀을 삼가십시오."

말석은 주위를 두리번거리며 말했다.

주인집 아씨가 노비인 자신에게 존댓말을 쓰다니.

"왜 나를 피하느냐고 물었습니다."

조현수의 애걸하는 듯한 눈길에 말석은 아래로 눈길을 내렸다.

"나으리께서 아시면 경을 칠 것입니다. 말씀 낮추십시오."

"여긴 아무도 없습니다."

조현수는 단호하게 말했다. 말석은 고개를 숙인 채 입을 다물었다.

"어디 가시는지 알고 있습니다."

그제야 말석은 고개를 들고 조현수를 뜨악하게 바라보다 고개를 다시 숙였다.

"밤마다 왜 나가시는지 알고 있습니다."

말석은 굳게 입을 다물었다.

"왜 자꾸 피하는 겁니까?"

조현수의 음성이 떨렸다.

"우리가 가는 길이 같은 길이 아닙니까?"

"같은 길이라니요?"

갑자기 고개를 든 말석이 쏘아붙이듯 말했다.
"거기가 가는 길과 내가 가는 길이 다르지 않다는 겁니다."
"아씨께서 무슨 말씀하시는지 도통 모르겠습니다."
말석은 머뭇거리다 걸음을 뗐다. 조현수도 걸음을 뗐다.
"어디 가서 잠깐 얘기 좀 했으면 좋겠습니다."
조현수의 말에 말석은 단호하게 말했다.
"아씨께서도 보셨지 않습니까. 강생원의 마당에서 멍석말이하는 거요. 그게 아씨와 저와의 차이입니다."
"그래서 그럽니다."
"가는 길도 다릅니다. 아씨와 저의 길은."
"같습니다."
조현수의 말에 말석은 걸음을 멈추었다. 동학에 나간다더니. 말석은 입을 열려다 그만두었다.
"언제까지 저를 피하실 겁니까?"
"이제 얼마 남지 않았습니다."
"기어코 앞장서실 겁니까?"
"그 길이 제가 갈 길입니다."
"저도 함께 가겠습니다."
말석의 몸이 움찔거렸다.
"아씨께서 갈 길이 아닙니다."
"나와 거기의 생각이 같습니다. 같이 못 갈 게 뭐가 있습니까."
말석은 눈을 감았다.
어찌할꼬. 원수의 자식 또한 원수인데. 동학에 간다더니 존댓말을 하지 않나. 얘기하자며 자꾸 조르지를 않나. 내가 가는 길은 원수를 갚자는 길이요. 그 원수 중엔 당신 아버지도 포함되오. 그걸 모르시오.
입 밖으로 나오려는 말을 말석은 애써 삼켰다. 자주 행랑채를 기웃거리거나 밤에 모임 갈 때 뒤따라오기도 해 재빨리 도망치곤 했다. 또한 별일도 아닌 일을 시킨다며 부르기도 했다. 벌써 몇 년을 그렇게 지냈다. 조현수가 동학에 다니고부터라고 말석은 생각했다. 말석이 헛기침하는데 조현수가 입을 열었다.

"함께 하고 싶습니다."

말석은 자신도 모르게 조현수를 빤히 쳐다보았다.

"함께 갈 수 있는 길이 아닙니다. 그리고, 남들이 봅니다. 그만 들어가시지요."

"저도 거기가 가는 모임에 가려고 합니다. 저녁 먹고 지금까지 거기를 기다리고 있었습니다."

"이러시면 제가 경을 칩니다. 나으리께서 아시면."

"그건 걱정하지 않아도 됩니다."

음.

말석은 입을 닫았다. 짜증이 났다. 성질 같아선 욕이라도 하며 당장 떨어져 나가라고 소리치고 싶었.

그래 며칠만 참자. 봉기 날짜가 정해지면 집을 나올 것이고 그러면 모든 게 끝난다. 원수도 갚고.

"고집 그만 부리시고 집으로 돌아가시지요."

말석은 단호하게 말하곤 발걸음을 옮겼다.

"잠깐만요."

다급하게 조현수가 말했다.

"어릴 때 나를 위해 죽겠다고 했잖아요?"

말석의 몸이 움찔거렸다.

"내가 원하는 거 다 들어준다고 했잖아요?"

"그, 그건."

말석이 말을 더듬자 조현수가 재빨리 말을 했다.

"그때의 거기는 어디 갔나요?"

"……."

"소꿉놀이할 때, 거기는 신랑하고 나는 신부하고…."

"그만하십시오."

말석의 목소리가 떨렸다.

"그러다가 나으리께 매를 맞았습니다. 상것 주제에 날뛴다고. 아씨도 혼나지 않았습니까? 상것은 사람도 아닌데 아무리 소꿉놀이라도 그런 건 하지 말아라. 기억 못하십니까?"

조현수는 입술을 깨물었다. 금방 아랫입술에 피멍이 들었다.

"그때와 지금은 다릅니다. 제가 변했습니다. 옛날의 제가 아닙니다."

"변한 건 없습니다. 저는 아씨의 노비고 아씨는 저의 상전입니다."

떨리는 말석의 말에 조현수가 얼른 말을 받았다.

"아니요. 그건 문서상 그렇지 거기와 난 동등합니다. 똑같은 사람이요."

풋.

순간 말석의 입에서 웃음이 터져나왔다.

"문서가 본질입니다. 당장 돌아가십시오."

말석은 불쾌한 표정으로 몸을 돌려 발걸음을 뗐다. 멈칫하던 조현수는 따라갈 듯하다가 멈추었다.

"기다리겠습니다."

말석은 대답하지 않고 왔던 길로 빠르게 되돌아 걸었다. 혹시라도 모임 장소를 들킬까 멀리 돌아가기로 했다.

모임에는 벌써 많은 사람이 모여 있었다. 방문을 열자 담배 연기가 자욱해 바로 앞 사람도 알아볼 수 없을 지경이었다. 담배 연기가 밖으로 쿨렁쿨렁 쏟아져나왔다. 말석이 들어가자 사람들이 일제히 돌아보았다.

"왜 이렇게 늦었는가."

김경준이 물었다.

"오다가 잠깐 일이 있었네."

말석의 말에 강홍이가 말했다.

"참, 아까 멀리서 보니까 웬 여인과 얘기를 나누던데 누군가? 어느 집 몸종인 것 같던데."

순간 말석의 얼굴이 붉어졌다.

"아, 아무것도 아닐세."

조현수의 얼굴이 떠올랐지만 얼른 지웠다.

"하여튼 조심하게. 우리가 이런 모임 갖는 거 알려지면 큰일 나네. 예천에서도 일본놈이 농민들 정탐한 사건이 일어났지 않은가."

"일본놈 장교가 병정 둘 데리고 농민군들이 안 일어나나 정탐한 사건이요?"

원성팔이 담배 연기를 길게 내뿜으며 말했다. 원성팔은 농민으로서 얼굴에 털이 덥수룩하게 난 호인형에다 덩치가 크고 힘이 셌다. 다만 성질이 급한 게 흠이었다.

"장교 놈은 뻗대다가 죽었지요. 그게 우리 농민들이 일본군 처단한 게 조선에서 제일 처음이라더군요. 하하하."

강홍이의 말에 다른 이들도 크게 웃었다. 강홍이는 노비인데 덩치는 작으나 꾀가 많고 몸이 날쌨다.

"참 오다가 보니까 강생원 집에서 멍석말이하던데."

말석은 얼른 말을 돌렸다.

"아, 무슨 일인가?"

김경준이 물었다.

"그 집의 소작인이 토지세를 못 낸다고 버틴 모양인데 그걸 꼬투리 잡아 강생원이 멍석말이하더군."

말석의 말에 여기저기 웅성거렸다.

"이놈의 양반들! 토지세는 당연히 땅 주인이 내야 하건만 이것마저도 안 내려고 하다니. 에이 나쁜 놈들."

"그러게 말이야. 이거 빨리 세상을 뒤엎어야지."

강홍이의 화난 말에 여기저기서 혀를 차는 소리가 났다.

"그러니까 하루빨리 읍성을 쳐들어가자니까요."

말석이 눈을 부라리며 말했다.

"당장 쳐들어갑시다."

여기저기서 성난 목소리가 터져나왔다. 말석은 주위를 둘러보다 동임인 집 주인 남진갑을 바라보았다. 성품은 좋으나 결단력이 부족한 사람이라 그는 눈만 끔벅거렸다. 난감하다는 표정이었다.

역시 동학교도들이란.

말석이 생각하고 있는데 남진갑이 말을 꺼냈다.

"해월 신사께서…."

남진갑의 말이 나오자마자 누군가 말을 잘랐다.

"또 그 소리요? 지금 일어나면 모두 죽는다?"

"허허 그 사람. 그럼 해월 신사께서 움직이지 말라 했는데…."

"그럼 동학교도들은 빼고 우리끼리 쳐들어갑시다."

원성팔이 담배 연기를 내뿜었다.

"전라도 땅 전부 농민들이 장악했다지 않소. 곧 충청도도 전라도와 합세하여 감영을 치면 충청도 전체가 농민들 손아귀에 들어갈 텐데 우리 경상도만 등신처럼 손가락 빨고 있어야 하는 거요?"

말석의 말에 남진갑이 머뭇거리다 겨우 말을 꺼냈다.

"싸우다 많은 사람이 죽으면 어쩔 것이오. 해월 신사께서는 그걸 염려하는 것이오."

남진갑은 답답하다는 듯 담뱃대에 담배를 꾹꾹 눌러 담았다. 손이 가늘게 떨렸다.

"이리 죽으나 저리 죽으나 마찬가지 아니요. 오늘 오다가 멍석말이하는 걸 봤다고 하지 않았소. 그 사람은 죽거나 아니면 다리나 팔이 부러져 평생 불구로 살아갈 것이요. 이게 어디 한두 군데서 일어난 일이요."

말석이 화가 나서 말하니 음성이 올라갔다.

"오히려 싸우다 죽는 것보다 관이나 양반들에게 맞아 죽는 게 더 많겠소!"

김경준이 말했다.

"조금만 참아 봅시다. 해월 신사께서도 다 생각이 있으신 게죠. 그리고…"

구팔선이 좌중을 진정시켰다. 그 역시 동학교도였다.

"정확한 것은 아닌데…"

"그 무슨 말인데 그렇게 뜸을 들이는 것이요. 말 기다리다가 숨넘어가겠소."

여기저기서 재촉하는 말이 튀어나왔다.

"어제 동학 모임에서도 더 기다릴 수 없으니 일어나야 하지 않겠냐는 얘기들이 있었소. 근데 해월 신사께서 그러시니 일어날 수도 없고."

구팔선의 말에 원성팔이 버럭 화를 냈다.

"일어나면 일어나는 거지 뭔 말이 그리 많소."

남진갑이 나섰다.

"이럴 때일수록 신중해야 하오."

말석은 순간 조현수의 얼굴이 떠올랐다. 몇 년 전부터 동학에 나가는 눈치더니 오늘 자기를 따라 이 모임에 같이 오려고 했던 게 우리와 함께 봉기에 참여하겠다는 뜻이 아닐까 하는 생각이 들었다. 아마도 동학에서 농민들이 일어날 것이라는 눈치를 채고. 말석은 고개를 흔들었다. 뼛속까지 양반이요, 원수의 딸이었다.

"아마도 동학 본부 차원에서 곧 기포령이 내릴 것이라는 소문이 있소. 좀 기다려봅시다."

"언제까지 기다린단 말이오. 동학교도들 빼고 우리끼리라도 일으켜야겠소."

원성팔이가 말했다. 하지만 동학교도들을 빼고는 봉기를 일으킬 수 없었다. 동학은 종교로서 조직이 잘 되어 있기에 울며 겨자 먹기로 그들과 함께 할 수밖에 없었다.

"에이. 하늘에다 대고 시천주니 조화정이니 이딴 소리만 하면 양반이나 관에서 인간 취급해준답니까? 본때를 보여줘야 우리가 무서운 줄 알고 사람대접할 거 아니요."

말석이가 투덜거리듯 말했다.

"그러게 말이요. 어제는 관에서 환곡미를 받으러 왔더이다."

"그쪽은 봄에 환곡미를 받았단 말이요?"

김군중의 말에 김경준이 말했다. 김경준은 비록 노비이지만 동학 접주 노릇도 하면서도 읍성을 곧장 치자는 강경파에 속했다.

"에이, 받기는 뭘 받아. 이자만 냈지. 허허."

웃음이 허공에 흩어졌다. 봄에 받는 환곡미는 질이 제일 낮을 뿐만 아니라 쌀에 모레나 겨가 섞여 있고 가을에 갚을 때는 최고 품질의 쌀만 갚으니 농민 입장에서는 이만저만 손해가 아니었다. 그래서 생긴 게 '붓끝 환곡'이라 해서 실제로는 환곡미를 주지도 받지도 않으면서 장부상으로만 주고받은 것으로 적고, 이자만 10% 내는 것이었다. 오히려 농민들은 이 제도를 너도나도 좋아했다. 비록 터무니없이 10% 이자를 내야 하지만.

"거동의 방 서방은 어떻고요. 갑장산 밑에 황폐해진 땅을 세 마지기 개간했는데 세금 내라고 관에서 나왔답니다."

말석의 말에 남진갑이 고개를 들었다.

"아니 황폐해진 땅은 삼 년간 세금을 내지 않는 게 이 나라 법이거늘."
"그러게 말입니다. 개간한 땅에 무슨 소출이 있겠습니까. 그러니 내야 될 세금이 오히려 소출보다 많았답니다."
말석의 말에 원성팔이 담뱃대로 재떨이를 탁탁 두들겼다.
"이놈의 목사 모가지를 비틀어놓아야지."
담뱃대에 담배를 꾹꾹 눌러 담았다. 강홍이 불을 붙여주었다.
"공성의 어느 동리에 농사꾼이 어머니가 병에 들어 정생원이라는 양반한테 급전을 빌렸는데 몇 년 후에도 갚을 수가 없어 할 수 없이 정생원에게 땅을 헐값에 팔았는데, 그 또한 기막히다오. 자기 땅이었던 그 땅을 소작하고 있으니."
"양반들이 땅을 뺏는 것도 여러 가지요. 그러니 양반은 갈수록 더 큰 부자 되고."
강홍이가 담배 연기를 길게 내뿜으며 말했다.
"어쨌든 빨리 의견을 모아 목사 양반들 모가지 비틉시다."
"맞습니다. 관이나 양반들이 사사로이 하인들이나 소작인들에게 이런저런 이유를 대고 물고를 내는데 죽어가는 사람뿐만 아니라 불구가 된 사람들이 부지기수요, 온 가족이 유랑 걸식하는 경우도 손으로 셀 수가 없소."
김경준의 말에 말석이 말했다.
"개벽은 하늘님을 찾는 게 아니오. 밥이 개벽이요 하늘입니다."
"그 말 한 번 잘하는구려. 입이 하늘님이 아니겠소."
원성팔이 말을 받았다.
"사람을 해치는 것은 개벽이 아니요. 개벽은 썩은 나라를 뒤엎자는 것이요."
남진갑의 말에 말석이 나섰다.
"죽은 아비 원수 갚는 건 효요."

"맞소. 양반에게 부모가 맞아 죽었는데 가만히 있는 게 하늘님이요? 벼락 내리는 게 하늘님이지?"

강홍이가 음성을 높였다. 말석처럼 강홍이도 주인에게 아버지가 맞아 죽었다.

"하늘님을 모셔야 하오. 밥이 하늘님이니 쌀을 짓는 농사꾼 또한 하늘님이 아니겠소."

김경준이 담배 연기를 길게 내뿜으며 말했다.

"평등 세상을 만들자는 것이오. 양반 상것 없는 평등 세상."

남진갑의 말에 원성팔이 버럭 화를 냈다.

"목사놈이나 악독한 양반들이 없어져야 평등이니 지랄이니 되지 않겠소. 그런 놈들이 두 눈 부릅뜨고 있는데 무슨 평등 세상이 오겠소!"

원성팔은 말을 마치자 담배를 거칠게 빨았다. 콧구멍으로 담배 연기가 쏟아져 나왔다.

"자자. 언제 기포령이 내릴지 모르니까 틈틈이 죽창을 더 만들어 놓고 이웃 사람들도 많이 설득시킵시다."

김경준이 마무리하고 나섰다.

"죽창도 그렇지만 총을 구해야겠는데 그게 잘 안 되오."

강홍이의 말에 남진갑이 말했다.

"문경 조령산의 강포수한테 부탁해 놓았으니 몇 자루는 조만간 구할 수 있을 거 같소."

"까이꺼 총 없으면 낫이 있지 않소. 우리한테는 낫이 손에 익어 오히려 그게 더 낫소."

원성팔이 주먹을 쥐고 흔들며 말했다.

"맞소. 우리에겐 쇠스랑도 있고 삽도 있고. 농기구가 다 우리의 무기요."

김군중의 말에 모든 사람이 크게 웃었다.

"쉿. 조용히 하시오. 요즘 여러 동리마다 사람들이 자주 모이니까 관에서나 양반들이 의심하는 눈치요. 절대 봉기 준비한다는 게 저들의 귀에 들어가면 안 될 것이오."

남진갑이 담뱃대에 불을 붙이며 말했다.

다들 떨떠름한 표정으로 헤어졌다. 동학교도들은 그들대로 해월 신사의 말을 안 들을 수 없으니 불만이었고 일반 농민들은 전라도 지방을 부러워하며 이미 얘기가 다 된 사람들만이라도 읍성으로 쳐들어가면 좋으련만 조직이 있는 동학교도들이 기다리자고 하니 환장할 노릇이었다.

집이 같은 방향인 말석과 강홍이는 말도 없이 한참 걸었다. 속에서 울화가 치밀어 올랐다. 한참 걷다 말을 꺼낸 건 강홍이였다. 둘 다 노비이니 말도 잘 통하여 친구처럼 지냈다.

"아까 오기 전 만난 사람 말이야."

말석은 속이 뜨끔하여 강홍이를 바라보았다.

"니들 집 아씨 맞지?"

강홍이는 말을 돌려 말하지 못하는 성격이라 곧장 하고 싶은 말을 했다.

"어떻게 알았어? 보름이라 해도 눈도 밝다."

말석은 불쾌한 표정을 숨겼다.

"가끔 보았거든. 몸종 옷 입고 어디론가 바삐 걸어가는 모습을."

"으흠."

말석은 말하기 싫다는 투로 헛기침을 했다.

"동학에 나가지?"

또다시 직설적인 물음이었다.

"그걸 내가 어떻게 알아?"

거짓말이었다. 이미 알고 있지 않은가. 그런데 모르는 체하는 제 모습에 말석은 부아가 났다.

"모른다고? 허허"

강홍이는 묘한 웃음을 지었다.

"왜 그래?"

말석은 짐짓 화내는 시늉을 하였다.

"네가 요즘 이상해서 말이야. 가끔 넋 놓고 있을 때가 있어서 말이야."

"내가?"

말석은 강홍이의 말에 펄쩍 뛰었다.

"하긴 네가 어떻게 그걸 잊겠나."

강홍이는 중얼거렸다. 하지만 그 소리를 듣는 순간 말석의 몸이 부르르 떨렸다. 말석은 조현수가 오늘 모임에 오려고 했다는 걸 말하려다 그만두었다. 괜히 오해만 살 것 같았다.

"너나 나나 양반이라면 치가 떨리는데."

강홍이는 주머니에서 담뱃대와 담배를 꺼냈다.

"저기 좀 앉아 한 대 피우고 가자."

강홍이는 말을 마치고 몇 걸음 앞에 있는 길가 바위에 털썩 앉았다. 담뱃대에 담배를 꾹꾹 쑤셔 넣었다. 불을 붙이곤 길게 연기를 뿜었다. 말석도 옆에 앉아 담뱃대에 담배를 넣었다. 강홍이가 불을 붙여주었다.

어떻게 잊겠는가.

담배 연기를 내뿜는 말석의 입술이 실룩였다.

말석의 아버지가 조현수의 아버지, 그러니까 조진사에게 죽임을 당한 건 10여 년 전이었다. 말석의 아버지는 노비였지만 손이 재바르고 부지런했다. 먹고 싶은 거 참아가며 악착같이 돈을 모았다. 면천을 위해서였다. 지긋지긋한 노비에서 벗어나기 위해선 주인에게 돈을 주고 면천할 수밖에 없었다. 아들만이라도 그렇게 하고 싶었다. 동학을 믿으면서 더욱더 그런 생각이 들었다. 그래서 남모르게 말석을 동학에 데리고 다니면서 동학교도에게 부탁해 글자를 익히게 했다. 말석의 어머니는 말석이 5살 때 죽어 말석은 아버지 밑에서 자랐다. 아버지가 어느 정도 돈을 모았을 때 조진사는 그 사실을 마름을 통해 알았고 돈을 어떻게 빼앗을까 궁리를 하였다. 노비도 사유재산을 가질 수 있었고 돈이 많으면 노비를 둘 수도 있었다. 타 지역에선 노비가 노비를 둔 경우도 있었다.

조진사는 여러 날 궁리 끝에 말석의 아버지가 자기의 돈을 훔쳐 갔다고 소문냈다. 그리곤 말석의 아버지를 도둑으로 몰아 마당에 형장을 차리고 매질하였다. 증거로 말석 아버지의 방에서 비단과 돈 꾸러미가 나왔고 그것이 자신의 것이라고 우겼다. 말석의 아버지는 아니라고 했지만 매질은 계속되었고 그만 죽고 말았다.

조진사는 처음엔 매질만 하고 돈을 뺏으려고 했으나 말석의 아버지가 죽고 나니 오히려 더 좋아했다. 노비가 죽으면 그 노비의 모든 재산이 곧 상전의 것이 되기 때문이었다.

말석은 아버지가 맞는 과정을 고스란히 보았다. 당시에 말석은 실제로 아버지가 조진사의 돈을 훔쳤다고 생각했다. 그러나 그 일이 있고 난 몇 년 후 아버지와 친했던 하인이 죽으면서 사실을 얘기해주어 말석은 결국 아버지는 누명을 썼고 조진사가 꾸민 일이라는 것을 알게 되었다. 그때부터 말석은 원한을 꼭 갚아야겠다고 생각했다.

"자네나 나나 주인이 원수니, 원."

강홍이는 다 피운 담뱃대를 바위에 탁탁 털며 말했다.

"갚아야지. 지금도 가끔 아버지가 꿈에 나타나시는데."

말석의 말에 강홍이가 말했다.

"나도 요즘 들어 자주 아버지가 꿈에 나타나. 아무래도 일을 꾸미려다 보니 그런가 싶기도 하고."

"그렇겠지. 저승에서도 난을 일으켜 원수 갚기를 바라지 않겠는가."

말석은 달을 보며 말했다. 어느새 달은 남쪽으로 멀리 와 있었다.

강홍이의 아버지 또한 기구하게 죽었다. 강홍이의 아버지는 원래 여섯 마지기 소농이었는데 공성의 조생원이라는 자가 여섯 마지기를 노리고 있었다. 강홍이 어머니가 병이 들어 앓자 아버지는 조생원에게 돈을 꾸어 이 약 저 약 좋다는 약은 다 먹였지만 낫지 않고 그만 죽고 말았다. 이에 병 치료하느라 농사도 제대로 못 지은 터에 빚까지 졌는데 조생원은 해마다 4냥이 8냥으로 16냥으로 32냥으로 빚을 올렸다. 관에 호소해도 이미 양반과 목사는 한 편이라 소용없었다. 결국 땅을 조생원에게 빼앗겨 화병으로 아버지는 죽고 강홍이는 먹고 살길이 없어 조생원 집에 노비로 들어가게 되었다. 그때가 강홍이 6살 때였다. 조생원은 논에다 새끼 노비까지 생기니 꿩 먹고 알 먹기라며 너무 좋아서 춤까지 덩실덩실 추었다고 했다.

"살생은 하지 말고 평등 세상 만들자는데, 그게 말이 되냐?"

강홍이의 말에 말석이 달을 보며 대답했다.

"양반들이 살아 있는 한 평등 세상은 절대 안 오지. 그놈들이 어떤 놈들인가."

"우릴 사람 취급도 안 하는 놈들에게 평등 세상 얘기하면 지나가는 소가 웃을 일이지. 씨발."

강홍이는 주먹을 쥐며 말했다.

"며칠 안으로 봉기가 일어나지 않으면 나 혼자서라도 조생원 죽이고 말 거야."

말석은 여전히 달을 보며 아무 말도 하지 않았다.

"죽이고 나서 문경 조령산으로 가서 화적패가 되든지."

말석은 말없이 고개만 끄덕였다. 자기도 많이 생각해보았다. 원수를 갚고 화적패가 된다. 어차피 조진사를 죽이면 여기서 살 수 없을 테고. 화적패가 된다면? 그게 아버지가 원하는 삶일까? 거기서 말석은 의문이 생겼다. 원수를 갚으면 내가 행복해야 할 텐데 만약 더 힘들어진다면?

그래도 원수 갚기를 아버지는 바랄까? 원수는 또 원수를 낳고, 또 원수를 낳고…. 정말로 사사로이 원수를 갚지 않고도 우리들의 세상이 올까. 만약 그렇게 된다면 그게 더 좋지 않을까?

"야, 뭘 그렇게 생각하나?"

강홍이의 말에 말석은 정신이 번쩍 들었다. 오직 원수를 갚고 새 세상 만들 궁리나 하고 있어야 할 판에 딴생각이나 하다니. 말석은 자책했다.

"그만 집에 가세."

말석은 속마음을 들키기라도 한 것처럼 당황해서 얼른 일어섰다.

"가세. 하여튼 뜻 맞는 사람들이 많으니 곧 읍성을 쳐들어가겠지. 담에 또 보세."

강홍이는 먼저 길을 잡았고 말석은 잠시 서 있다 집을 향해 걸어갔다.

말석이 집에 다 왔을 때 대문 앞에 조현수가 서 있는 게 보였다. 잠시 후 문이 조용히 열리더니 몸종이 나타났다. 조현수는 몸종을 따라 들어가다 주위를 두리번거리다 말석과 눈이 마주치자 멈칫거렸다. 그때 대문 안에서 몸종의 손이 나와 조현수의 팔을 끌었고 조현수는 이끌려가듯 안으로 사라졌다. 말석은 다리가 떨어지지 않아 그대로 서 있었다.

초저녁에 나와 헤어졌는데 지금까지 어디서 무얼 하고 있었던 것일까. 혹 내 뒤를 밟았는가.

말석은 마른침을 삼켰다.

동학에서도 두 패로 갈라져 난상토론을 한다는데 거기 갔었는가.

초저녁에 조현수가 한 말이 생각났다.

어릴 때 나를 위해 죽겠다고 했잖아요?

내가 원하는 거 다 들어준다고 했잖아요?

그때의 거기는 어디 갔나요?

말석은 숨이 가빠왔다.

소꿉놀이할 때, 거기는 신랑하고 나는 신부하고….

말석의 몸이 부르르 떨렸다.

근데, 언제부터 아씨가 나한테 존댓말을 썼지? 말석아, 말석아, 이 익숙한 말을 두고 언제부터? 동학에 나가고부터? 동학에는 양반 상것 구별하지 않아서?

말석은 움직일 생각은 안 하고 장승처럼 서 있기만 했다. 어디선가 조현수가 자신을 지켜보는 듯했다.

결혼 얘기도 돌던데. 한양에 사는 세도가의 도령이라던데. 동학을 믿는다면 그 세도가의 집안에서 허용할까?

생각하다 말석은 쓴웃음을 지었다. 내가 왜 그런 걱정을 하는지.

우린 가는 길이 같아요.

순간 말석은 숨을 흡, 멈추었다. 아씨와 내가 가는 길이 같다니. 가는 길뿐만 아니라 지금의 자리도 하늘과 땅인데.

소꿉놀이 기억해요? 거기는 신랑, 나는 신부…

자꾸만 조현수의 말이 귀에서 윙윙거렸다.

휴.

말석은 짧은 한숨을 내쉬곤 몸에 붙은 벌레라도 털어내려는 듯 몸을 부르르 떨었다. 어깨에 내려앉은 하얀 달빛이 바닥으로 우수수 떨어졌다. 말석은 행랑채 가까이 있는 담으로 다가가 훌쩍 뛰어올라 넘었다. 도둑 고양보다 더 날랜 동작이었다. 말석은 사랑채를 한 번 흘겨보곤 컴컴한 행랑채로 살며시 다가가 문을 열었다. 썩는 듯한 냄새와 더불어 코 고는 소리가 와락 달려들었다. 말석은 신발을 벗고 소리도 없이 방으로 들어갔다.

인기척이 없었던 중문 쪽에서 한숨 소리가 났다. 말석의 이 모든 행동을 지켜본 이가 있었으니 바로 조현수였다.

목사가 매긴 수십 가지의 무명 잡세를 내지 않아 여전히 농민들은 관에 끌려가 형틀에 묶여 매질을 당했고 일부는 반신불수가 되었고, 혹은 장독이 올라 시름시름 앓았다.

양반 지주는 그들대로 사랑채 마당에 형장 기구를 설치해 소작인들을 매타작하였다. 매년 가을이면 논에 수확한 벼를 어디로 빼돌렸느니, 봄에 빌려 간 곡식-배로 늘었다- 을 왜 갚지 않느니, 토지세를 왜 안 내느니, 자기 논에 왜 일하러 오지 않느니 온갖 트집을 잡았다. 죽이나마 하루 세끼 먹는 집이 드물었고 유랑 걸식하는 집들이 늘어났다.

9월 18일, 마침내 동학의 2대 교주 해월 최시형은 기포령을 내렸다. 모든 교도가 일어나라는 것인데 농민들의 강력한 요구에 어쩔 수 없는 선택이었다. 바빠진 것은 봉기를 준비하던 농민들이었다. 첫 번째가 언제 읍성을 쳐들어가느냐 문제요, 또한 많은 농민에게 비밀리에 이 사실을 빨리 전하느냐는 것이었다.

말석 일행은 매일 밤 남진갑의 집에 모였다. 틈틈이 죽창을 깎아 비밀 장소에 보관하고 봉기 날짜를 의논하였다. 인근 고을인 선산하고도 논의하여 같은 날 같은 시각에 읍성을 쳐들어가자는데 합의했다. 혹 있을지 모르는 경상 감영과 일본군의 공격도 분산시킬 겸 같은 날을 정하였다.

마침내 9월 22일 새벽 북천에 모여 동시에 4개 성문으로 쳐들어가자는데 동임들의 회의에서 결정되었다. 동임들은 재빨리 동리로 돌아와 이 사실을 알렸고 농민들은 비밀리에 주위에 전했다. 평소 같으면 해가 지고 저녁을 먹고 나면 쓰러지듯 잠에 떨어졌던 농민들은 오히려 밤에 힘이 더 났다. 낮에는 일에 지쳐 헉헉대다가도 밤이 되면 생기를 찾았고 죽창을 깎고 사발통문을 돌렸다.

"이제 살맛이 나는군."

원성팔은 큰 덩치에 아이처럼 웃었다.
"언제는 죽었습니까?"
김경준의 농에 강홍이가 나섰다.
"언제 우리가 산 적이 있었는가. 죽은 송장이나 마찬가지였지."
"마소보다도 더 못했지."
남진갑의 말에 죽창을 깎던 이들이 일제히 손을 놓고 담뱃대를 꺼냈다. 겸사겸사 쉴 참이었다. 순식간에 옆 사람도 보이지 않을 만큼 담배 연기가 자욱했다.
"이놈의 연기 때문에 읍성 점령도 못하고 죽겠구먼."
담배를 피우지 않는 구팔선이 투덜거렸지만 아무도 그의 말에 귀를 기울이지 않았다. 오직 봉기를 일으키는 데만 관심이 있으니 다른 것은 귀에 들어오지도 눈에 보이지도 않았다.
"그래 우리 동리는 얼마나 갈 거 같은가?"
남진갑은 주위를 둘러보며 말했다.
"대충 팔십여 명은 갈 거 같습니다."
"팔십여 명이라. 다른 동리보다 적으면 안 될 텐데."
남진갑의 말에 김경준이 나섰다.
"우리 동리가 타 동리보다 작은 데 비해 팔십여 명은 많은 편입니다. 거기다 동학교도들도 적은 편인데."
"하긴 구들장 베고 누운 사람들 외에는 다 가고 싶겠지."
"벌써 무슨 소문이 돌았는지 양반들이 하인과 소작인들을 단도리한다고 합니다."
말석의 말에 원성팔이 소리를 버럭 질렀다.
"읍성보다 그놈들 집부터 작살내야겠구먼."
"그놈들 기억했다가 나중에 어떻게 되는지 두고 봅시다."
여기저기서 웅성거렸다.

"저번에도 얘기했듯이 사사로운 보복은 안 됩니다. 이번에 해월 신사께서도 기포령을 내리시면서 새로운 세상을 만들자는 것이지 사사로운 보복은 안 된다 하셨습니다."

남진갑의 말에 원성팔이 눈을 부라렸다. 금방이라도 튀어나올 듯했다.

"그놈들부터 없애야지 새로운 세상이 되지, 어떻게 그놈들이 두 눈 시퍼렇게 뜨고 있는데 새로운 세상이 오겠소."

"옳소!"

"부모의 원수는 갚아야지."

여기저기서 악에 받친 소리가 났다.

"우선 읍성부터 점령해서 우리 세상 만들어 놓고 민회를 열어 정하도록 합시다."

김경준이 나섰다.

"그건 맞소. 우선 읍성을 점령해서 윤태원 목사 모가지부터 비틀고 나서 악독한 양반지주들 처리합시다."

원성팔도 김경준의 말에 동의했다. 원성팔이 성질이 급하고 덩치가 크지만 때론 생각이 깊을 때도 있었다.

"어쨌든 지금은 비밀이 가장 중요하니까 봉기 날짜가 새어나가지 않도록 조심하며 사발통문을 돌립시다."

"죽창은 다 됐습니까?"

김경준의 말에 말석이 물었다.

"다 깎은 것은 북천에서 가까운 연원에 사는 김첨지 논에 숨겨놓았소. 더 깎는 대로 밤에 북천으로 갖다 놓을 계획이요."

"난 낫을 들고 갈 거야. 낫이 우리 같은 농투성이한텐 딱이지."

"그럼. 난 괭이를 들고 갈 걸세. 마누라보다 괭이를 더 데리고 살았으니 이참에 목사 아전 놈들 작살 내는데 호강시켜줘야지."

"이 사람아 그래도 괭이보다야 마누라가 낫지."

사람들은 웃음을 터트렸다. 밤늦게까지 있어도 피곤한 기색이 없었다.
"자, 빨리 사발통문 돌리려 나가세."
맡은 부락별로 일부 사람들이 나갔다.
"들었소? 윤태원 목사가 서울로 가게 되었답니다."
방 안에 몇 사람만 남자 강홍이는 담배를 피우며 말했다.
"뭐?"
사람들은 일제히 강홍이를 바라보았다.
"동부승진가 뭔가로 간다는 소문이 돌더라고."
"뭐야! 그럼 22일 이전에 가면 어쩐다는 거여?"
원성팔이 눈을 부라리며 말했다.
"아직 임명장을 받진 못했고. 또 인계인수하려면 보름은 족히 걸린다는구만."
상주 목사 윤원형은 민비에게 5만 냥을 주고 상주 목사직을 샀으니 9만 냥을 주고 샀으니 올 때부터 말이 많았던 인물이었다. 그러니 상주 목사로 있으면서 새로운 명목의 세금을 거두고 안 내면 매질하고 낼 때까지 옥에 가두는 일이 허다했다.
"목사 그놈의 모가지는 내 이 손으로 꼭 딸 테니 다른 사람들은 아예 탐내지들 말어!"
원성팔이 오금을 박았다.
"허허, 이 사람. 목사 모가지 노리는 사람이 어디 한두 사람인가. 한 줄로 서면 한양까지도 가겠네."
김경준이 퉁을 주어도 원성팔은 의지를 꺾지 않았다.
"그러니까 읍성 쳐들어갈 때 내가 제일 앞장선다니께."
"허허."
할 말을 잃은 남진갑은 웃기만 했다.
"그려. 난 목사보다 아버지 원수 갚는 게 더 급하니께."

강홍이의 말에 말석은 고개를 끄덕였다. 자신도 마찬가지였다. 노비인지라 관보다도 상전에게 피해를 많이 입었고 또한 원수라, 목사보다 조진사의 모가지를 따고 싶었다. 그러나 언제부터 그런 생각을 하면 먼저 아씨 조현수의 얼굴이 먼저 떠올랐다.

말석은 강홍이와 같이 밖으로 나왔다가 각각 헤어졌다. 사발통문을 돌릴 부락이 달랐다. 또한 둘보다 혼자 은밀히 돌려야 했다. 말석은 몸은 무거워 아래로 추락하나 정신은 명징했다. 한 집 두 집 돌릴 때마다 희열이 얼굴로 타올랐다. 이제 원수를 갚는다. 노비 생활도 끝나고 새 세상을 만든다. 생각만 해도 벅찬 일이었다.

사발통문을 집주인에게 은밀히 건네고 밖으로 나와 길을 걷는데 갑자기 검은 물체가 앞을 가로막았다. 말석은 놀라 엉덩방아를 찧을 뻔했다. 제일 겁나는 게 순찰 도는 사령인데 귀신보다 더 무서웠다. 만약 사발통문을 뺏기거나 봉기 날짜가 탄로 나면 보통 일이 아니었다. 말석은 장승처럼 그 자리에 우뚝 서서 움직이지도 못하고 앞을 바라보았다. 자세히 보니 조현수였다.

"아, 아씨가 여기 웬일이요?"

말석은 사발통문을 뒤로 숨기며 말을 더듬었다.

"기다렸습니다."

조현수의 말은 침착했다.

"저를요? 왜요?"

말석은 일단 의심하며 물었다.

"할 얘기가 있습니다."

"무슨 할 얘기요? 전…"

"잠시 시간 좀 내주시지요."

말석의 말을 끊으며 조현수가 말했다.

"바쁩니다. 담에 말씀하시지요."

말석은 빨리 벗어나려 했지만 조현수가 말했다.

"날짜가 잡혔다면서요?"

말석은 걸음을 옮기다 멈칫, 했다.

"무슨 날짜요? 아씨 결혼 날짜요?"

자신이 생각해도 말이 안 된다는 걸 아는데도 헛말이 나왔다.

"어디 조용한 데로 가시지요. 대로변이라."

"제가 지금 바빠서…."

말석의 말에 조현수는 입술을 깨물었다. 잠시 침묵이 흐른 뒤 조현수가 입을 열었다.

"왜 자꾸 저를 피하시는지요?"

"아씨, 누가 듣겠습니다. 말씀 낮추십시오."

"왜 자꾸 저를 피하시는지 물었습니다."

낮은 목소리였지만 화가 나 있음이 느껴졌다. 보름날 만나고 처음 만났다. 물론 밤에 모임 갈 때도 누가 볼까 더 조심했고 집에 올 때는 더더욱 조심했다. 멀리 조현수가 보이면 돌아갔다. 등에 날카로운 조현수의 눈길이 느껴졌다. 조현수는 여전히 몸종의 복장을 하고 동학에 나갔고 말석은 봉기 준비로 바빴다.

"피한 적 없습니다."

한참 만에야 말석은 입을 열었다. 조현수는 나직이 한숨을 쉬었다.

"할 얘기 있으니 저쪽 조용한 데로 가시지요."

말석은 머뭇거렸다. 어떻게 이 자리를 빠져나가나 궁리하고 있을 때 자신도 모르게 말이 튀어나왔다.

"이제 집을 떠납니다."

말을 해놓고선 말석은 놀랐다. 조현수도 몸을 움찔거렸다.

"그렇겠지요, 날짜가 잡혔으니. 저도 집을 떠나겠습니다."

"예?"

이번엔 말석이 몸을 움찔거렸다.

"떠나는 게 무슨 뜻인지 아십니까?"

말석은 말을 해놓고 아차, 했다. 너도 알고 나도 알고 하늘도 아는 사실 아닌가.

"거기를 따라가겠다는 뜻입니다."

"저, 저를 따라오시다니요."

말석은 말을 더듬었다.

"거기가 가는 길이 제가 가고자 하는 길과 다르지 않습니다."

조현수의 말에 말석은 마른침을 꿀꺽, 삼켰다.

"아씨!"

말석의 목소리는 화가 난 듯도 하고 기가 차다는 듯도 했다.

"같이 동학에 다니는 사람들 모두 참여하기로 했습니다."

순간 말석은 예상한 말인데도 깜짝 놀라 주위를 두리번거렸다. 그러곤 아무 말 없이 구석진 곳으로 걸어갔다. 말없이 조현수가 뒤따라왔다. 두 사람은 두 걸음 정도 거리를 두고 섰다. 마침내 말석이 입을 열었다.

"전 동학이라는 종교에 관심 없습니다."

"……."

"하늘님이니 뭐니, 시천주니 조화정이니 뭐니 빈다고 세상이 바뀌겠습니까? 어릴 때부터 아버지를 따라 동학에 다녔지만 몇 년 전부터 이게 아니라는 생각이 들었습니다. 죽창을 들었을 때 세상이 바뀌리라 생각합니다."

"바꾸기 위해 거기가 가는 길에 같이 가려는 것입니다."

빈틈이 보이지 않는 단호한 목소리. 말석은 또다시 마른침을 꿀꺽, 삼켰다.

"사채를 통해 농민들에게 전답을 강제로 빼앗고……."

"……."
"돈 아깝다고 죽어가는 늙은 하인을 두고만 보고……."
"……."

조현수는 말석의 말에 듣기만 했다. 가끔 낮은 한숨을 토해낼 뿐이었다.

"추수기에 싼 가격으로 곡식을 매입해서 춘궁기에 비싸게 되팔고……."
"……."
"토지세를 소작인에게 전가하고……."
"……."

조현수가 입을 다물고 말석이 혼자 말하니 속이 답답했다. 뭐라고 말을 하든지. 속에서 울화가 치밀었다. 하지만 말석은 본능적으로 참았다. 양반이고 상전이다. 양반 앞에선 의식과 관계없이 몸이 알아서 행동했다. 참아야 살아남는다. 참지 않아 죽은 소작인이나 하인들을 무수히 보아오지 않았던가. 마소보다 못한 자신의 처지. 또다시 두 사람 사이에 침묵이 흘렀다. 가끔 멀리서 개가 컹컹, 짖는 소리가 났다. 불을 밝힌 집은 보이지 않았다. 어둡기 전에 저녁을 먹고 어두워지면 곧장 잠이 드는 사람들, 날이 밝으면 일어나 또다시 하루 일을 시작하는 사람들. 밤에 불이 켜진 집은 양반집들이거나 제사가 있는 집이었다.

"아씨와 제가 근본이 다르고……."
"……."
"그래서 가는 길이 다릅니다."
"……."

조현수는 가끔 나직이 한숨을 내 쉴 뿐 아무 말이 없었다. 다만 말석을 향한 시선은 다른 데로 돌리지 않았다. 또다시 한동안 침묵이 흘렀다.

"아씨께선 그만 집으로 가시지요. 어두운데 집까지 모셔다드리겠습니다."

"왜 이러십니까."

좀처럼 열리지 않을 것 같은 조현수의 입이 열리자 쇳소리가 났다. 말석은 뜨악하게 바라보았다.

"진정 몰라서 이러십니까?"

말석은 어쩔 줄 몰라 눈을 마주칠 수 없었다. 내가 왜 이러지? 하면서도 자신의 몸과 마음을 어찌할 수가 없었다. 말석은 심호흡했다.

"아씨와 전 가는 길이 다릅니다. 아씨께서 비록 동학에서 배웠다 하나 그건 단지 종교의 신념일 뿐입니다. 전……"

조현수는 여전히 말석에게 눈길을 꽂고 있었다.

"우린 살기 위한 몸부림입니다."

"살기 위한 몸부림……"

조현수는 중얼거렸다.

"양반이 비록 동학을 통해 뭔가 깨쳤다 할지라도…… 그건 양반으로서 깨친 것입니다. 전……"

"……"

조현수는 초조하게 다음 말을 기다렸다.

"전, 우리는…… 살기 위한 안간힘입니다. 저승보다 못한 세상을 바꾸기 위한 몸부림입니다. 그러니……"

"아……"

조현수는 자신도 모르게 신음을 뱉었다.

"우린 근본이 다르고…… 가는 길이 다릅니다. 설사 길이 같다 해도…… 향하는 바가 다릅니다."

짧은 말이지만 말석은 숨이 찼다. 하고 싶은 말은 많은데 어떻게 해야 할지 몰랐다. 말이 입속에서 아우성쳤다.

"그, 그럼. 제가 어떻게 하면 좋겠습니까?"

"예?"

말석은 자신도 모르게 되물었다.

"전, 집을 나온다 했습니다. 며칠 후 22일. 읍성을 치러갈 때 거기와 함께 간다고 했습니다. 근데…… 가는 길은 같은데 방향이 다르다 했습니다. 그럼…… 전 어떻게 해야 합니까?"

말석은 눈을 감았다. 잊으면 안 된다. 원수의 자식 또한 원수이거늘. 양반은 죽어도 양반이거늘. 노비는 죽어도 노비이거늘. 마음이 약해져서는 안 된다. 말석은 마른침을 꿀꺽, 삼켰다.

"집으로 가시지요. 거기가 아씨가 계실 곳입니다."

"아니요. 집을 나온다 하지 않았습니까?"

조현수의 음성이 올라갔다. 말석은 입술을 깨물었다. 분홍빛 선혈이 맺혔다.

"내가, 나으리를 주, 죽일까 봐, 그러십니까?"

조현수가 흠칫했다. 잠시 호흡을 고르던 조현수가 입을 열었다.

"용서가 안 된다면……"

"……"

말석은 조현수를 바라보았다. 굳은 얼굴이 죽은 사람처럼 달빛에 하얗게 빛났다.

"아씨도, 마님도……"

말석이 말하며 조현수의 눈길을 피했다. 그렇다. 원래는 다 죽일 작정이었다. 아예 씨를 말려야 한다고 생각했다.

"용서를 빈다면. 제가 거기에 용서를 빈다면…… 말이 안 되지만, 아버님께서 거기에 용서를 빈다면……"

말석은 고개를 세차게 저었다.

"그래서 동학을 다녔습니까? 아버지를 살리고…… 집안을 살리려고?"

"음."

조현수는 신음을 뱉었다.

"새로운 세상을 보았습니다."

조현수는 눈을 감았다 떴다.

"동학 때문에 눈을 떴다고 할 수 있겠지만……. 사실은……"

말석은 고개를 돌려 조현수를 바라보았다.

"예전에 거기 아버지께서 죽는 걸…… 보았습니다."

헉!

말석은 거친 숨을 토해냈다. 조현수는 심호흡하고 나서 말했다.

"전 뭔가 잘못됐다고 생각했습니다. 이것이 공자 맹자를 모시는 사람들의 행동인가. 말과 다른 행동에 뒤통수를 맞는 느낌이었습니다. 물론 몇 년 후에 느낀 것이었습니다만."

말석은 눈길을 아래로 내렸다. 가야 하는데. 사발통문을 돌려야 하는데 몸이 움직이지 않았다.

"한번 의심하고 보니, 그동안 양반들이 하인이나 소작인들에게 한 행동들이 다르게 보였습니다. 평소엔 당연하게 여겼던 것이."

"아버지에 대한 변명입니까?"

말석은 가만히 있으면 안 되겠다는 생각이 들었다.

"아닙니다. 저에 대한 변명입니다. 그리고…… 거기와 가는 길이 같다는 걸 말씀드리고자 하는 것입니다."

"당치도 않습니다. 근본은, 바꿀 수 없습니다."

"아닙니다. 불교에서 일체유심조라 하지 않습니까. 어떤 마음을 먹느냐 따라 세상이 달리 보입니다. 양반 눈으로 보느냐 아니면 하인의……"

"아씨, 그만하십시오."

말석은 속는다는 생각이 들었다. 그동안 양반들에게 얼마나 많이 속았던가. 들을 때는 맞는 것 같았는데 나중에 가면 자신이 속았다는 것을 알았다.

"미안하지만 조금만 더 들으세요."

단호한 말투였다. 아, 저 음성. 단호한 말투. 난 언제 저런 말투를 쓴 적이 있었던가. 항상 굽실거리고 무릎 꿇고. 말석은 눈을 감았다.

"전 그때 충격을 받았습니다. 그리고, 그 뒤 당연하게 여겼던 하인들이나 소작인들의 일에 대해 저는 유심히 보았고, 이건 아니다, 란 생각이 들었습니다. 거기도 알다시피 전 안채에서 일어난 일만 알았습니다. 집안에 일어나는 모든 일을 당연하게 여겼고요. 근데 거기 아버지께서 돌아가시고, 그리고 언제부터 거기가 나를 멀리하게 되면서 뭔가 잘못됐다는 생각이 들었습니다. 근데 누구도 나에게 자세한 얘기를 아니, 진실을 말하는 사람이 없었습니다. 아버님의 말씀이 집에서는 법이었으니까요. 그러다가,"

조현수는 침을 삼켰고 말석은 숨을 죽였다.

"우연히 동학에 관한 얘기를 들었습니다. 남녀노소 구분 없이, 양반 상 것 구분 없이 다 평등하게 대한다는 얘기에 충격을 받았습니다. 그러면서 무슨 소리를, 하면서 그런 사상이 어디 있느냐, 했습니다. 동학을 만드신 최제우 대신사께서 한 노비를 딸로 삼고 한 노비는 며느리로 삼았다는 얘기를 듣고는, 제일 먼저 거기가 가고자 하는 길이 이 길이 아닐까 생각했습니다."

꿀꺽, 말석은 침을 삼켰다. 벗어나야 한다는 생각이 들면서도 몸이 말을 듣지 않아 움직일 수가 없었다.

"벌써 동학을 믿은 지 오육 년이 돼가는군요. 전 동학을 통해 새 세상을 보았고, 그동안 보았던 세상이 말도 안 되는, 어처구니없는 세상이란 걸 알았습니다. 세상을 바꾸어야 이러한 잘못된 것이 바로 서리라 생각했습니다."

"그, 그래요?"

말석은 마치 반항하듯 물었다. 그래서? 뭐 어쩌겠다고?

"어쨌든 아씨 아버지는 잘살고 있고, 제 아버지는 죽었습니다."
"그래서요. 그래서 제가 더 동학에 매달렸습니다. 양반 상것이 없는 세상이 뭔지. 어떻게 해야 하는지. 그동안 거기 얼굴도 차마 제대로 보지 못했던 세월입니다."
"음."
그래도 내 마음을 어찌 알랴! 말석은 비웃고 싶지만, 마구 욕을 하고 싶지만, 몸이 말을 듣지 않았다.
"이제야 알았습니다. 거기는 저한테 스승입니다. 거기가 가는 모임, 잘 알고 있습니다. 그래서 거기가 가는 길을 함께 가고 싶습니다."
"흥, 웃기지 마십시오."
말이 툭 튀어나왔다. 하고 싶은 말이 많은데, 입에는 무수한 말들이 용광로처럼 들끓는데, 말석은 무슨 말을 할지 몰랐다.
"아씨는 죽어도 우리를 모를 겁니다. 어떻게 양반이 우리 같은 노비를 알겠습니까."
"그렇지요. 모릅니다. 몰랐습니다. 하지만 거기 때문에, 미안해서, 사죄하는 마음으로 동학에 다니다 보니, 어느새 내 앞에는 다른 세상이, 말도 안 되는, 있을 수도 없는 세상이 놓여 있었습니다. 전에는 보이지 않던 하인들의 삶이, 소작인들의 비참한 삶이 보였습니다. 그리고 아버님의 탐욕도 보였습니다."
말석은 자신도 모르게 눈물이 흐르는 걸 느꼈다. 하지만 눈물을 닦지 않고 그대로 두었다. 단지 통곡하고 싶은 마음뿐이었다. 순간 말석은 정신이 번쩍 들었다. 우리가 양반의 말에, 미소에 얼마나 많이 속았던가. 목숨까지 잃지 않았던가, 저 인자한 미소에.
"다 끝났습니다, 아씨. 전 내일 집을 나옵니다. 아씨께선 집으로 가십시오. 이게 아씨에 대한 마지막 예의고. 그리고…… 앞으로 어떻게 될지 모르겠습니다. 혹 집안에 무슨 변고가 있더라도 나으리가 지은 죗값이라 생각하십시오."

 말석은 돌아섰다.

 값싼 동정심을 가지면 안 된다. 큰일을 앞두고 이런 감상에 젖다니. 양반은 우리를 사람 취급도 안 하는 사람일 뿐이다.

"다시는 안 보면 좋겠습니다. 세상을 바꾸는 건 동학이 아니라 죽창이고 낫이란 걸 아셨으면 좋겠습니다."

 말석은 사발통문을 꼭 쥐고 뛰어갔다. 발이 공중에 붕 뜬 느낌이었다.

 조현수는 말석의 몸이 보이지 않을 때까지 서 있었다. 평생 사죄하고 용서를 빌어야 할 사람. 하지만 자신의 진정을 알아주지 않는 사람. 원망할 수도 없었다. 천천히 집을 향해 걸었다. 사물이 어렴풋이 보이는 밤. 무섭지 않았다. 설마 아버지보다 더 무서우랴 싶었다.

 하인들이나 소작인들에게 참회하고 새 삶을 살면 좋으련만.

 그런 생각을 하는데 문득 아버지의 말이 떠올랐다.

 똑똑한 노비들은 죽여야 해. 후환을 없애야지.

 무엇 때문에 그런 말을 했는지 기억나지 않지만 말은 또렷이 기억났다.

 노비를 벌하는 것은 강상을 바로 세우는 것이다. 강상이 바로 서야 나라가 바로 선다. 노비를 벌하지 않고 그냥 두면 상전에게 멋대로 대하고 나라의 기강이 무너지고, 나라의 근간이 무너진다.

 헉! 조현수는 자신도 모르게 고개를 세차게 흔들었다.

 노비가 인간이더냐? 인간 대접해주면 기어오른다. 자기가 진짜 인간인 줄 알고.

 조현수는 앞에 말석이 있다면 무릎을 꿇고 두 손으로 빌고 싶은 심정이다.

 저 개를 보아라. 잘해주면 기어오르고 때리면 꼬리를 내리고 고분고분하지 않으냐. 노비들도 마찬가지다. 개처럼 대해야 해. 사람으로 대하면 안 돼!

　조현수는 두 손으로 귀를 막았다. 몸이 부르르 떨렸다.

　다 나라를 위하는 일이다. 나라의 기강을 세워야 한다. 양반은 양반답게 상것은 상것답게. 그렇게 살아야 한다.

　조현수는 더 걸을 수 없어 주저앉았다. 온몸에 힘이 빠져 앉아 있을 수가 없어 제멋대로 옆으로 스르르 쓰러졌다.

　먹여주고 재워주었더니! 은혜를 원수로 갚아!

　조현수는 말석의 아버지 얼굴이 떠오르고, 높은 대청마루에서 소작인들에게 고함치는 아버지의 얼굴을 보며 정신을 잃었다.


　조현수가 정신을 차린 것은 자신의 방이었다. 어렴풋이 보이는 것은 아버지의 얼굴이었다. 어떻게 여길. 혹 내가 정신을 잃고 말석이가 나를 여기까지 데려왔을까? 그때 멀리서 음성이 들렸다.

"애야, 정신이 좀 드냐?"

"쯧쯧."

　어머니의 목소리. 혀 차는 아버지의 소리. 어찌 된 일인가. 조현수가 일어나려 하자 몸종이 달려들어 부축했다.

"아니다, 그대로 누워 있거라."

　어머니의 목소리.

"허, 참!"

　화가 난 듯 떨리는 아버지의 목소리. 조현수는 이런 약한 모습을 보이면 안 된다고 생각하며 겨우 몸을 일으켰다.

"쯧쯧."

　아버지가 바라보며 혀를 찼다. 조현수는 아버지의 얼굴을 똑바로 볼 자신이 없어 고개를 숙였다. 언제부터였나. 아버지를 만나려 하지 않았고 만났어도 똑바로 보지 않았다.

"그래, 동학이 그렇게 좋더냐?"

비꼬는 듯한 목소리. 어머니의 한숨. 조현수는 정신을 차리려 미간에 힘을 주었다.

헉. 알고 계셨단 말인가.

"양반 상것 할 것 없이, 남자 여자 할 것 없이 한 방에 같이 모여 해괴한 주문을 외우는 것이 그렇게 좋더냐?"

아버지의 말에는 노여움이 스며 있었다.

"짐승만도 못한 것들!"

아, 저 말! 집에 있는 하인들에게도 저런 말을 했었지. 노비는 사람이 아니다. 마소보다 못한 존재다. 순간 아버지가 불쌍하다는 생각이 들었다. 곧 큰일이 일어날 텐데, 저렇게 한가한 소리나 하고 있다니. 당장이라도 원한 맺힌 소작인이나 하인 몇이 낫을 들고 쳐들어올 것만 같다.

"나라의 기강이 무너졌어. 이러다 나라가 망한다. 이 나라가 어떤 나라냐. 유교의 나라가 아니더냐. 근데 남녀 구별이 없어지고 양반 상것 구별이 없어지고 동학이란 것이 생겼으니. 허허. 나라가 망하게 생겼다. 기강을 바로 세워야 하건만."

"아버님."

마침내 조현수가 입을 열었다. 모든 시선이 일제히 조현수에게 쏠렸다.

"뭐야? 짐승만도 못한 곳에 다니면서도 할 말이 있더냐?"

조진사는 화를 누르며 말했다. 조현수는 가벼운 한숨을 내쉬곤 말했다.

"아버님."

조현수는 간절하게 말했다.

"얘야, 아버님께 잘못했다고 빌어."

어머니의 울먹이는 목소리.

"아버님. 인제 그만하십시오."

"뭐라?"

조진사는 음성을 높였다.

"소작인들에게 소작료를 깎아주고 일체의 다른 것은 거두지 마십시오. 그들은 하루 두 끼의 죽으로 살아가고 있습니다."

"허허. 이게 미쳐도 단단히 미쳤구나."

조현수는 아버지의 말에 아랑곳하지 않고 말을 이었다. 어느새 눈물이 흘러내리기 시작했다.

"우리 집 곳간은 곡식이 넘쳐나는데 그들은 죽으로 연명하고 있으니 이건 너무 불공평한 것 아닙니까."

"뭐라, 불공평? 내 땅에 농사짓게 해주는 것만도 얼마나 큰 은혜인데 불공평하다니. 내가 그들을 다 먹여 살리거늘!"

"아버님."

조현수는 또다시 조진사를 불렀다. 조진사는 대답 없이 흘깃 보았다.

"소작인도 사람이고 양반도 사람입니다. 집의 하인들도 사람입니다. 우리와 다를 바 없습니다."

"허허! 미쳐도 단단히 미쳤구나!"

"이제 제발 그만두십시오. 전라도 지방에서 난이 일어난 걸 모르십니까?"

"뭐라?"

조진사는 눈을 크게 떴다.

"전라도에 크게 민란이 일어나 수령이나 아전들 그리고 악독했던 양반 지주들이 화를 많이 입었다는데 알고 계시지 않습니까?"

"저, 저것이."

조진사는 수염을 떨며 조현수를 향해 손가락을 뻗었다.

"경상도에는 민란이 일어나지 말란 법이 어디 있습니까. 제발 마음을 고쳐 잡수시고 아랫것들한테 잘해주십시오."

쿵!

조현수의 말이 끝남과 동시에 화분이 날아갔다. 다행히 조현수의 얼굴을 비켜 벽에 부딪혀 산산이 부서졌다. 몸종은 어찌해야 할지 모르고 부들부들 떨고 있었다. 그 모습을 본 조진사가 소리쳤다.

"저년을 당장 끌고 가서 물고 내도록 해라. 어디 아씨와 옷을 바꿔 입는단 말인가. 주제도 모르고 말이야."

"아버님"

조현수가 급히 불렀지만, 방 안으로 들어온 하인이 몸종을 끌었다. 조현수가 급히 일어나 그들을 막았다.

"놓으시오."

갑작스러운 조현수의 행동도 그렇지만 존댓말을 쓰는 아씨에게 하인은 어리둥절하며 바라보기만 했다.

"뭐? 놓으시오?"

조진사는 어이가 없어 딸과 하인과 부인을 번갈아 보았다. 설마 내가 잘못 들었겠지, 하는 표정이었다.

"아버님. 이 애는 잘못이 없습니다. 안 바꿔입으려는 걸 제가 강제로 바꿔입게 했습니다."

"그래도 바꿔입지 말아야 하거늘."

"어떻게 상전이 잘못한 걸 아랫것이 벌을 받아야 합니까? 그것도 공맹의 도입니까?"

"뭐라?"

조진사는 금방이라도 주먹을 날릴 듯 딸을 쳐다보았다.

"단지 옷 바꿔입은 게 아니라 네가 밤마다 밖으로 나가는 걸 단속 못해서 그런 것이다. 내가 그만큼 일렀거늘."

"그것도 제가 사정해서 그렇습니다. 아랫것이 상전이 눈감아달라는데 거절할 아랫것이 어디 있겠습니까. 또한 아무리 양반이라 하더라도 하인들에게 사사로이 형벌을 가하는 것은, 아버님이 좋아하시는 나라 법에서 금하는 걸로 알고 있습니다."

"허허!."

조진사는 말은 못하고 부들부들 떨었다.

"벌을 주시려거든 이 애를 내보내고 저를 주십시오."

"당장 내쫓고 싶으나 네가 정혼한 몸이라 내가 참는 것이다. 뭣들 하는 게야! 당장 물고를 내렸다!"

조현수가 막아섰지만 하인은 몸종을 끌고 밖으로 나갔다. 조현수는 아버지를 원망스레 바라보다 자리에 털썩 앉았다.

"저 결혼하지 않겠습니다."

"뭐라고?"

조진사와 어머니가 동시에 말을 했다.

"아버님 어머님이 어떻게 사시는지 뻔히 아는데, 저는 그런 길로 갈 수 없습니다."

"허허. 동학에 나가더니 단단히 미쳤구나. 너도 물고를 내야 되겠느냐?"

"아버님, 제발 마음 돌리십시오. 들어서 알고 계시겠지만 전라도에는 벌써 민란이 일어나 전라도 전체가 농민군에게 넘어갔다지 않습니까? 여기라고 해서 안 일어난다는 보장이 어디 있습니까?"

조현수는 차마 해월 신사께서 기포령을 내려 22일 봉기를 일으키기로 농민들이 결의했다는 말을 꺼내지 못했다.

"여기는 무식한 것들이라 안 일어난다. 근데 결혼을 안 한다니. 그게 무슨 말이냐?"

어머니가 가까이 다가와 앉으며 말했다.

"말씀 그대로입니다. 다른 삶을 살고 싶습니다."

"애야, 그건 안 된다. 결혼은 네가 하는 것이 아니라 집안이 하는 거다.

만약 파혼하면 우리 집안이 얼마나 손가락질받을 것이며, 또한 법도에 어긋나는 것이다."

어머니가 조현수의 손을 잡으며 말했다.

"어머님. 집안끼리 결혼이라 해도 당사자인 제 의견이 가장 중요하지 않습니까? 얼굴도 보지 않고 저의 의견을 묻지도 않고 집안만 보고 결혼하는 이 제도 자체가 잘못됐다고 봅니다. 저는 제가 사랑하는 남자와 결혼하겠습니다."

조현수는 어머니의 손을 맞잡고 말했다. 어머니가 불쌍하다는 생각이 들었다.

"뭐라? 사랑? 저것이 아주 미쳐도 단단히 미쳤구나!"

조진사의 말에 어머니는 울상을 지었다.

"얘야 그러지 마라. 아버님과 내가 얼굴도 모르고 결혼해도 잘살지 않느냐?"

"어머님은 지금 잘사시는 거 같습니까? 아버님 한 마디에 입도 벙긋 못 하시면서. 아버님은 기생 끼고 술 마시고 주무시고 들어오셔도, 첩을 두어도 어머님은 속으로 삭이기만 하셨지요."

"저것을 당장 광에다 가두거라!"

조진사는 마당을 향해 소리쳤다.

"아버님, 저에게 아무리 그러셔도 제 마음은 바뀌지 않습니다. 아버님이 생각 안 바뀌시면 제가 집을 나가겠습니다."

"그래도 저, 저것이. 그러고 보니 동학에 나가 어떤 놈이랑 눈이라도 맞았구나!"

조현수는 입술을 깨물었다.

"예. 저는 사랑하는 사람이 있습니다."

"뭐라고?"

어머니가 놀라서 잡고 있던 손을 놓았다.

"누, 누구냐. 그놈이."

"누구라니까!"

어머니와 조진사가 소리쳤다.

"나중에 말씀드리겠습니다."

"누군데 말 못하는 거야? 응?"

어머니가 다시 손을 잡고 물었다. 조진사가 말했다.

"안된다. 결혼해야 돼."

"그럼요, 해야지요."

어머니가 추임새를 넣었다.

"저번에 얘기했다만 그 집이 어떤 집인 줄 잘 알지 않느냐! 왕족의 사돈이란 말이다. 네가 혼례 하면 우리 집안이 펴는 것이다. 네 오라비도 앞길이 훤하고. 나만 좋다고 이러는 거야?"

조진사는 음성을 높였지만 부드러움이 묻어나왔다. 아무래도 당사자를 설득시켜야겠다는 생각이 문득 들었던 탓이었다. 고개를 숙이고 있던 조현수가 고개를 들었다.

"가문의 앞길 때문에 절 시집보내는 겁니까? 사랑하지도 않으면서 가문을 위해서 시집가란 말입니까?"

조현수의 가시 돋친 말에 조진사가 노려보다 화를 삭이고 말했다.

"그게 우리나라 전통이다. 누가 사랑해서 혼례 하느냐. 다 부모가 짝지어준 대로 하는 거지. 전통을 따라야 하는 게야."

조현수는 말을 하려고 입을 달싹이다 다물었다.

"그래. 네 아버지 말씀이 옳다. 나도 그랬고 네 할머니도 그랬고. 다 그렇게 혼례 해서 사는 거야. 집안이 좋으면 사람도 좋은 거야. 가문은 못 속여."

"암. 사람은 가문이 중요해. 근본이야."

이번엔 조진사가 어머니의 말에 추임새를 넣었다.

"전 안 갈 거예요."
 조현수는 미간에 힘을 주며 말했다.
"허!"
 조진사의 입에서 탄식이 흘러나왔다.
"애야, 정말 왜 그러냐? 네가 사랑한다는 그 사람 때문이야? 아무리 사랑해도 이 혼례는 이미 정해졌기 때문에 깰 수가 없어. 잘 알면서 왜 그래!"
"제 의견은 듣지도 않고 정해진 혼례입니다. 전 받아들일 수 없습니다. 어머님 그리고 할머님 그 위의 할머님께서 그랬다 하더라도 전 그대로 따를 필요 없다고 생각합니다."
 조현수의 말에 조진사는 마당을 바라보며 고함을 질렀다.
"게 누구 없느냐?"
"네, 나으리."
 마당에서 굽신거리는 소리가 들렸다.
"당장 이것을 광에다 가두고 내 허락 없이 아무도 접근 못하게 해라."
 하인이 방으로 들어왔으나 차마 어쩌지 못하고 조현수와 조진사를 번갈아 보았다.
"제가 갈게요. 아버님 뜻이 정 그렇다면 광에 제 발로 가겠습니다."
 조현수는 벌떡, 일어났다. 일제히 눈길이 조현수에게 쏠렸다.
"아버님."
 조현수의 말에 조진사는 고개를 틀었다.
"언제까지 이렇게 사실 겁니까? 곧 전국에서 민란이 일어날 텐데 계속 이렇게 사실 겁니까?"
 조현수는 안타깝다는 듯이 조진사를 바라보다 문을 열고 밖으로 나갔다. 하인이 엉거주춤 뒤따라 나가자 어머니가 어이쿠, 통곡했다.

광에 들어온 조현수는 그대로 쓰러졌다. 몸이 쇠잔해 있던 상태에서 긴장이 풀렸던 것이다. 하인은 밖에서 문을 잠갔고 조현수는 움직임이 없었다.

조현수는 비몽사몽 꿈을 꾸었다. 어릴 때였다. 동갑인 말석이와 동리를 누볐다. 말석은 동갑인데도 조현수보다 머리통 하나만큼이나 키가 컸다. 동리 아이들이 놀리기라도 하면 몸에 돌멩이를 맞아가면서도 아이들에게 달려가 때려주곤 했다.

말석아.

움직임이 없는 조현수의 입에서 신음처럼 말이 흘러나왔다. 어릴 때 말석아, 부르면 없었던 말석이가 귀신같이 나타났다. 어린 마음에도 조현수는 신기했다. 놀다가 지치면 업고 집에까지 오기도 했다.

말석아, 우리 혼례 하자.

조현수가 어느 날 말했다. 감꽃으로 목걸이를 만들고 반지도 만들었다. 둘이 똑같이 감꽃으로 만든 왕관을 쓰고 똑같은 반지를 끼였다.

너는 신랑이고 나는 신부야.

조현수는 방긋 웃으며 말했고 말석은 그런 조현수를 얼굴 만면에 웃음을 띠며 말했다.

예. 아씨.

에이 신부한테 아씨가 뭐야. 부인, 해 봐.

아씨, 제가 어찌 감히.

우린 부부야, 부부. 해 봐.

나으리 아시면 경 칠 텐데요.

안 보이시잖아. 들켜도 내가 있으니까 괜찮아. 해 봐.

부, 부인.

쑥스러워하는 말석의 표정. 아, 저 표정.

히히. 예 서방님.

조현수의 얼굴에 일그러진 미소가 인다. 근데 언제부터 말석이가 나를 멀리했을까. 부르면 귀신같이 달려오던 말석이가 언제부터 불러도 오지 않았다. 멀리서 보면 피했다. 섭섭하여 하루는 불렀다.

왜 나를 피하는 거야?

아닙니다, 아씨.

말이 어색했다. 예전보다 깍듯한 말투도 듣기가 거북했다. 조현수는 꿈을 꾸었다. 아니, 꿈인지 현실인지 구분을 하지 못한다.

퍽! 퍽! 소리가 난다.

으윽!

남자의 신음이 난다. 중문에 난 구멍으로 어린 조현수는 바라보고 있다. 잘못했으면 맞아야지, 하는 생각을 한다. 아버지의 말이 잘 들리지 않지만, 아버지가 호통치는 걸로 보아 매 맞는 건 당연하다. 순간 말석과 눈이 마주친다. 말석은 대문 옆에 서서 울고 있다. 아, 말석이 아버지가 매를 맞는구나. 가서 말려줄까. 아버지는 내 말이라면 다 들어주는데. 아냐, 잘못한 사람은 맞아도 싸. 특히 노비들은 거짓말을 잘해. 속이고 조금만 시간 있으면 놀고 게을러.

퍽! 퍽!

매질 소리에 지푸라기 깔린 광에 갇힌 조현수의 이마에 땀이 흐른다.

아, 그래서 말석이 나를 멀리했구나.

말석아.

조현수의 입이 달싹거린다.

나를 구해주러 올까. 내가 여기 갇혔다는 걸 알까?

조현수의 몸이 움찔거린다.

말석아.

조현수는 어릴 때처럼 이름을 불러보았다. 당장이라도 나타나 구해줄 거 같다.

말석아.

이름을 부르는 순간 문이 열리고 환한 빛살이 들어온다. 햇빛을 등진 말석의 모습이 보인다.

그래 나를 구해주러 왔구나.

말석아.

순간 조현수는 정신을 잃었다.

며칠 후, 말석은 사람들의 눈을 피해 남진갑의 집 뒤로 갔다. 내일은 봉기의 날. 오늘 마지막 점검하기로 한 날이었다. 말석은 며칠 전 조진사 집을 나왔다. 혹시 무슨 일이 생겨 봉기에 참여할 수 없을까 염려되어 미리 나왔던 것인데 조진사 입장에서는 그게 아니었다. 노비가 도망을 친 것이었다. 또한 하필이면 딸이 사랑하는 남자가 있어 혼례를 파기한다고 광에 가두었던 것인데 공교롭게도 말석이 도망친 것이었다. 자연스레 말석은 조현수가 사랑한 사람으로 소문났다. 말석은 도망치기 전 조현수가 광에 갇혔다는 걸 알았다. 잠시 조현수를 구할까 생각이 들었지만 일이 잘못되어 구하다 잡히기라도 하는 날에는 자신이 광에 갇히고 봉기에 참여할 수 없을지도 모른다는 생각에 혼자 조용히 도망을 쳤다.

혹시 의심스러워 남진갑의 집 주위를 한 바퀴 돈 다음 이상 없음을 확인한 후 마당으로 슬그머니 들어섰다. 그때 강홍이의 큰 소리가 들렸다.

"감히 여기가 어디라고 함부로 온 거요!"

아니 이게 무슨 소린가.

말석은 남진갑의 사랑채 뒤로 가서 귀를 기울였다.

"당장 나가시오."

"혹 염탐꾼이 아닐까요? 양반이, 그것도 여자가 낼 봉기에 같이하겠다니, 아무래도 의심스럽소! 심문해봅시다."

김경준과 원성팔의 목소리가 났다.

누가 왔는데 염탐꾼이라는 말까지 나오는가? 여자가?

"여자라고 봉기에 참여하지 말라는 법이 어디 있소. 남녀 차별이 없거늘."

여자의 소리가 났다. 어디서 많이 듣던 목소리였다. 목소리가 작아 명확하지 않았다.

"허허. 접장님 당장 집에 가시오. 이러다 봉변당하겠소."

남진갑의 목소리다. 김경준이나 원성팔처럼 윽박지르는 목소리는 아니다. 말석은 더 들으려다가 앞마당으로 가서 문을 열었다. 담배 연기가 와락 달려들었다. 연기가 어느 정도 빠져나가자 사람들의 형체가 보였다.

"왜 이리 늦었소. 뭔 일이 있나 했지요."

남진갑을 비롯해 사람들이 반갑게 맞이했다. 등이 보이는 여자는 그대로 앉아 있었다. 흰 저고리에 흰 바지, 그리고 이마에 머릿수건을 두르고 있었다. 남장을 했다.

"흠흠."

말석은 헛기침하며 안으로 들어갔다. 순간 여자가 돌아보았다.

"아씨!"

말석은 자신도 모르게 소리쳤다. 순간 반가움에 조현수는 눈을 크게 떴다.

"아씨는 개뿔!"

"아직 노비 근성이 남아 있어서."

강홍이 말석을 보며 비웃었다. 말석은 아랑곳하지 않고 조현수 앞으로 다가갔다.

"아니 어찌 된 일입니까? 광에 갇혀 있는 걸로 알고 있는데요?"

"다행히 돌석 아범이 구해줘서요."

조현수는 반가움으로 말석에게 눈을 떼지 않았다. 말석은 자기가 구해

주지 못한 미안함에 엉거주춤 서 있는데 강홍이가 말했다.

"글쎄 당장 나가래도 낼 봉기에 참여한다고 안 가네 그려."

말석이 정색하고 말했다.

"아씨, 집에 가시오. 그러다 몸 상하는 수가 있습니다."

"아닙니다. 거기가 집을 나왔듯이 나도 집을 나왔습니다. 갈 데도 없습니다. 이제 양반도 아니고 조진사의 딸도 아닙니다. 오직 당신들이 가는 길에 같이 갈 것입니다."

조현수는 또박또박 힘을 주며 말했다.

"안 됩니다. 여자가 어떻게 싸우려는 것입니까."

"왜 못 싸웁니까. 저 힘 셉니다."

순간 주위에 있던 사람들이 와, 웃음을 토해냈다.

"양반은 양반이지 무슨 지랄 한다고. 힘이 세다고? 어디 나하고 팔씨름해 볼까나?"

원성팔이 손을 내밀며 말했다. 또다시 사람들이 와, 웃었다.

"나도 새 세상 만들려 왔소. 왜 그대들만 하라는 법이 어디 있소. 새 세상을 만드는 일에는 남녀노소가 따로 없소."

조현수의 말에 모두 흠칫, 했다.

"양반은 죽어도 입은 살아 있땅께."

"양반은 뿌리부터 양반이랑께. 못 믿어!"

"우리가 어디 양반들에게 한두 번 속았나?"

사람들은 또다시 조현수를 윽박지르기 시작했다.

"가만히 있어 보십시오."

남진갑이 조현수 앞으로 가 앉으며 말했다. 조현수의 방패막이 된 형상이었다.

"양반들도 이번 봉기에 참가하는 사람이 많소. 근데 유독 조접장에게만 반대하는 이유가 뭐요?"

동학교도들은 남녀노소 따지지 않고 서로 접장이라고 부르는데, 남진갑도 동학교도라 조현수를 조접장이라 불렀다.
"그들은 조진사처럼 학대하지 않았소."
"땅도 뺏지 않고."
"목숨도 뺏지 않은 양반들이요."
"조진사를 그들과 비교하면 안 되지. 우리가 처단해야 할 양반인데."
조현수는 마른침을 삼키고 나서 말했다.
"알고 있습니다. 그래서 아버지가 한 행위에 대해 참회하러 나왔습니다. 새 세상을 만들어 아버지 같은 사람 없게 하려고 집을 나왔습니다."
조현수는 긴장했는지 말을 하고 나서 숨을 깊게 들이쉬었다.
"그 옷 누가 만들었는지 아오?"
"당신들이 먹던 밥은 누가 지었는지 아오?"
"당신들이 사는 집은 누가 지었는지 아오?"
여기저기서 비난이 쏟아졌다.
"압니다. 제가 먹는 거 입는 거 자는 거 다 남들 손에서 나온 거 압니다. 내가 손 하나 대지 않았던 거 압니다. 그때는 멋모르고 그랬습니다. 이제는 아닙니다. 입으로 들어가는 거 입는 거 손수 노력해서 거둘 것입니다."
"자, 일단 조접장이 집을 나왔다니까 두고 봅시다. 오늘 회의가 급하니 먼저 회의하고 조접장이 어떻게 하는지 두고 보면 될 거 아니오."
남진갑의 말에 사람들은 고개를 들거나 숙이며 생각하는 눈치였다.
"안 되오. 가시오"
말석이 말했다. 우리의 원수, 나의 원수. 원수의 딸과 함께 봉기를 일으킬 수 없었다.
"난 거기와 함께 하기로 작정하고 집을 나왔소. 집도 없는데 어디로 가란 말입니까?"

조현수는 사정하듯 말했다.

거짓말은 아닐 것이다. 진정 집을 나왔고 낼 봉기에 참여할 것이다.

말석은 조현수와 널찍이 떨어져 앉았다.

"자, 그럼 봅시다."

남진갑이 눈을 끔벅거리다 말했다.

"죽창은 다 연원에 갖다 놓았고. 낼 아침 일찍 가서 죽창을 북천으로 옮겨야 하니 오늘은 일찍 주무시고."

남진갑의 말에 여기저기서 말이 나왔다.

"잠이 올란가 모르겠네."

"빨리 내일 왔으면 좋겠구만."

"잠을 자기는 왜 자. 눈 뜨고 있다가 밝아오는 대로 연원으로 죽창 가지러 가야지."

남진갑은 웃음을 머금고 김군중을 보고 말했다.

"관에는 어떤가? 아무런 낌새 없지요?"

"없습니다. 여전히 농민 여럿 세금 내지 않는다고 볼기치고 있었습니다."

"그래, 이놈 내일이면 네 제삿날이다."

원성팔이 눈을 부라렸다. 말석은 조현수 생각을 하느라 사람들의 말이 귀에 들어오지 않았다. 몇 번 지적을 받았지만, 정신이 집중되지 않았다. 밖에 나갔다가 들어오고 세수를 하기도 했다. 지랄 같게도 가슴이 쾅쾅 뛰었다.

"자, 그럼 다들 집에 가서 일찍 주무시고 날 밝는 즉시 연원에서 만납시다. 혹 비밀이 새 나가지 않도록 특히 조심하시고."

남진갑이 회의가 끝났음을 알렸다. 말석은 놀랬다.

말 한마디 한 적 없고 들은 것도 없는데 벌써 끝나다니.

"저 갈 데 없습니다."

사람들이 신발을 신고 각자 흩어지는데 조현수가 말석에게 다가와 말했다. 말석은 하마터면 예 아씨, 모시겠습니다, 하고 말할 뻔했다.

"알아서 하십시오. 나도 집이 없으니께."

말석은 매몰차게 뒤돌아섰다. 등에 눈길이 오랫동안 꽂혀 있는 걸 느끼며 애써 외면했다.

"잘 됐습니다. 나도 집을 나오고 거기도 집을 나오고. 둘 다 집이 없고. 이제 우리는 같은 사람이네요. 같은 길 가면 되겠습니다."

"허!"

말석은 어이가 없다는 듯 뒤를 돌아보았다. 조현수가 빙긋 웃었다.

2부
백성이 읍성을 점령하다

저벅, 저벅. 발걸음 소리가 울린다. 저벅, 저벅 저벅 저벅 저벅 ……. 한 사람의 발걸음 소리가 아니다. 수백 명의, 수천 명의 발걸음 소리다. 바람을 타고 발걸음 소리가 퍼져나간다. 대지를 흔든다.

저벅, 저벅 저벅 …… 공기를 가르고 땅이 울린다. 바람을 가르고 산이 울린다. 개가 짖지 않는다. 꼬리를 사타구니에 넣고 집안에 처박혀 밖에 나올 엄두도 못 낸다.

어둠이 사람들의 발걸음 소리에 물러났다. 사람들은 자꾸만 모여들었다. 이미 모인 사람들은 죽창을 든 이들이 대부분이었고 이제 모여드는 사람들은 낫이며 괭이를 들고 있었다.
소문은 바람을 타고 퍼져나갔다. 22일 동트기 전에 천봉산 아래 북천에 모여라. 손에는 아무거나 들고 오면 된다. 소문은 소문을 물고 이 집 봉창에서 저 집 댓돌로 옮겨 다녔다. 남자들의 담배 연기를 타고 피어올라 여인들의 치맛바람을 타고 멀리 퍼졌다.
"이렇게 많은 사람이 모여들다니요."
머리에 흰 무명천을 두른 강홍이가 모여들고 있는 사람들을 둘러보며 입을 다물지 못했다.
"저들의 뜻을 하늘인들 모르겠소."
역시 무명천을 이마에 두른, 얼굴이 온통 수염으로 덮인, 자칭 포도대장 강선보가 떨리는 목소리로 말했다. 강선보의 손에는 총이 들려 있었다. 포수한테 거금을 주고 산 화승총이었다. 생명보다 더 아끼는 것이라고 했다. 강선보 주위에는 화승총을 든 이가 몇 명 더 있었다.

"이미 승패는 결정 난 거 같소,"

옆에서 역시 화승총을 든 이가 누런 이빨을 드러내며 웃었다.

"이제 우리 세상이 오는 거요. 양반 상놈 없는 평등 세상이오."

"사람이 하늘이요. 곧 사람이 하늘 대접받는 세상이 오는 거요."

말석과 강홍이 김경준 등 동료들은 계속 모여들고 있는 사람들을 보며 말을 더 잇지 못했다. 죽창을 든 사람들은 대부분 사발통문을 통해 미리 연락받은 사람들이었다. 하지만 낫과 괭이를 든 사람들은 소문을 듣고 모여든 사람들이었다. 그들은 죽창을 만들 시간이 없어 손에 익숙한 농기구를 들고 왔다. 농기구를 든 사람들은 손에 익어 차라리 죽창보다 낫다고 자위했다. 농기구를 든 사람들이 죽창든 사람들 못지않게 많았다.

밤을 꼬박 새웠는데도 말석은 피곤하지 않았다. 아니, 힘이 펄펄 솟아올랐다. 밤새 아버지의 얼굴이 떠올랐다.

아버지, 낼이면 우리의 세상이 올 거요. 이제 아버지 원한도 갚고 새 세상을 만들 거요. 저승에서나마 꼭 지켜보시오.

속으로 수없이 되뇌었다. 노비 신분에서 벗어나 새 삶을 산다. 양반 상것 없는 모두가 평등한 세상에서 산다. 가슴이 두근거리고 벅차 잠을 잘 수 없었다. 눈을 감았다가 이게 생시인가 눈을 떠 주위를 두리번거리기도 했다.

"각 동임들은 모이시오."

농민군 지도자는 동임을 모아 동리별로 사람들을 모으라고 했다. 동임들은 수천 명이나 되는 사람들 사이를 돌아다니며 손나발을 불었다. 웅성거리던 사람들은 자신의 동임 꽁무니를 따랐다. 얼마 지나지 않아 뱀의 꼬리처럼 사람들의 줄이 길게 늘어났다. 동임들은 서로 내기라도 하듯 손나발을 불면서 꽁무니에 사람들을 끌어모았다. 긴 줄이 엉켜 난장

판이 되어 끊어졌다가 곧장 질서를 회복하고 이어졌다.

"네가 여기 웬일이야."

무명천을 두르고 죽창을 든 이가 소리쳤다. 말석은 소리 나는 쪽을 바라보았다. 이제 열 살쯤 되었을까, 긴 머리카락이 헝클어진 소년이 지겟다리를 들고 서 있었다.

"아버지 원수 갚으러 왔어요."

소년은 다부지게 말하였다.

"어디서 왔느냐?"

옆에 죽창을 든 이가 물었다.

"봉대서 왔어요."

"아이고 그 지주들 심한 데서 왔구나."

옆에 있던 사람이 탄식했다.

"네 아버지는 어떻게 됐는데?"

"관아에 끌려갔다가 곤장 맞고 장독이 퍼져 며칠 전에 돌아가셨어요."

"저런."

"저런 죽일 놈들."

여기저기서 고함이 터져나왔다.

"네 엄마는 무얼 하시고? 말리지 않더냐?"

"누워 있어요. 아무 말도 안 하시고 울고만 계셔요."

"고만 가거라. 우리가 원수를 갚아주마."

"아니에요. 저도 싸울 거예요."

소년은 입을 앙다물었다.

"너 고추가 여물긴 여물었냐?"

좀 떨어진 곳에 있던 이가 농을 했고 웃음이 와, 터져나왔다.

"에이씨."

소년은 고개를 돌려 농을 한 사내를 노려보았다. 말석은 웃음이 나오는 걸 참았다. 자신이라도 나왔을 것이다. 아버지가 아무 죄없이 관에 끌려가 죽었는데 가만히 있는 게 오히려 이상했다. 말석이 가까이 갔다. 아무래도 소년이 다칠까 걱정되었다.

"그래 잘 왔다. 두 눈 크게 뜨고 똑똑히 보거라."

말석이 소년의 손을 잡아 동료들이 있는 곳으로 가 서 있는데 저쪽에서 또 한 무리의 사람들이 모여 웅성거렸다.

"여자가 무슨 싸움을 한다고요. 얼른 집에 가소."

수십여 명의 여자를 둘러싼 사내들이 히죽거렸다.

"나도 싸워야 해요. 작년에 우리 애 아버지가 목사 윤태원한테 맞아 죽었소."

"원수는 우리가 갚아드리리다. 여자가 어찌 싸우겠소."

죽창을 든 사내가 어서 돌아가라는 듯 손짓을 했다.

"우리가 왜 못 싸운대요. 하다못해 돌이라도 날라주기도 하고 던질 수도 있는데."

"그러다 없는 애 떨어지겠소."

또다시 와, 하고 웃음소리가 터져나왔다.

"뭐하는 짓거린가!"

강홍이가 화를 내자 김경준이 손으로 잡았다.

"참아. 사람들 많이 모이다 보면 이런저런 인간들 있으니까."

"그렇다고 아녀자를 희롱해?"

강홍이가 화가 풀리지 않는 듯 말했다.

"왜들 이러시오. 우리도 싸우겠소. 지금 집에 애들이 굶고 있소. 양식이 없소."

"우리가 쳐들어가서 양식을 뺏어올 테니 집에 가 계시오."

사내들이 달랬다. 하지만 여자들은 완강히 고개를 흔들었다. 그때였다.

"여자들은 왜 안 됩니까? 당장 물러나시오."

단호한 여자의 목소리가 났다. 순간, 말석은 호흡이 멎는 것 같았다. 조현수였다. 흰 바지와 흰 저고리를 입은 조현수는 이마에 흰 무명천을 두르고 죽창을 들고 있었다. 사내들이 주춤 뒤로 물러났다.

"남자나 여자나 같습니다. 근데 여자는 집에 돌아가라며 희롱을 하다니요. 세상에 이런 법이 어디 있소!"

사내들은 아무 소리도 못하고 죄 지은 것처럼 입을 다물었다. 그때 한 사내가 소리쳤다.

"여자를 보호하려고 그런 거요. 싸우다 죽기도 하고 다치기도 하는데, 어찌 힘없는 여자들을 싸움터로 내보내겠소. 오해 마시오."

사내의 말에 조현수는 고개를 저었다.

"아닙니다. 여자는 보호받는 존재가 아닙니다. 같이 싸우는 동지입니다. 남녀 차별, 신분 차별 없는 세상을 만들자고 일어난 거 아닙니까? 같이 싸우겠습니다. 다들 저리 물러가시오."

조현수의 단호한 말에 사내들은 주춤하며 뒤로 물러났.

"아따 뉘 집 댁인지 말 한 번 속 시원하게 잘하네."

"사내라고 거들먹거리기나 했지, 찍소리도 못하는구먼."

여자들은 조현수 주위로 모여들며 한마디씩 했다. 말석은 고개를 숙였다.

기어코 여기까지 따라오다니.


잠시 후 우렁찬 목소리가 났다. 사람들은 소리 나는 쪽을 바라보았다.

"자, 모두 조용히 해주시고 이 사람을 보아주십시오."

키가 약간 작고 호리호리한 남자가 바위 위에 올라가 소리치고 있었다. 목소리는 우렁찼다. 모서의 김현영 대접주였다. 말석은 봉기 준비할 때 몇 번 보았다. 양반이지만 누구에게나 존댓말을 쓰며 겸손했다. 또한 삼

형제가 누구 못지않게 봉기 준비에 앞장섰다고 했다. 김현영의 말에 동임들이 자기 동리 사람들의 줄을 똑바로 세우느니, 조용히 하라느니 하며 부리나케 돌아다녔다.

"여러분!"

앞에서 우렁찬 소리가 다시 들렸다. 옆 사람과 얘기하던 사람들은 말을 멈추고 앞을 바라보았다.

"우리가 왜 여기 모였습니까!"

바람 소리마저 멈추자 사방은 조용했다.

"목사놈 모가지 따러 왔소!"

"그렇소!"

여기저기서 소리가 났다.

"여러분! 우리가 왜 가난합니까. 우리가 사시사철 일만 하는데도 왜 가난합니까. 우리가 게을러서 그렇습니까?"

"아니요!"

"그게 아니랑게요!"

여기저기서 고함이 터져나왔다.

"그럼. 우리가 낭비해서 그렇습니까? 맨날 술 먹고 노름하고 좋은 옷, 좋은 음식 먹어서 그렇습니까?"

"돈이 어디 있다고 술 먹어."

"우리가 언제 노름했다꼬!"

"부모 제사상에 고등어 한 손 올려놔 봤으면 소원이 없겠구먼."

"죽이라도 실컷 먹어봤으면."

여기저기서 소리가 터져나왔다.

"여러분!"

잠시 뜸을 들였다.

"부인네들이 살림을 잘못했습니까?"

"그런 숭헌 소리 하지 마소!"
"양식이 있어야 잘하고 못하고나 있지."
"여러분. 맞습니다. 여러분들의 말이 맞습니다."
카랑카랑한 소리가 다시 울려퍼졌다. 웅성거리던 소리가 잠잠해졌다.
"우리가 이렇게 못 먹고 못 입고 맨날 일만 하는데도 저들은 무얼 합니까. 목사란 작자는 무엇 때문에 맨날 애먼 사람 잡아다 족치고 돈을 우려냅니까. 양반 지주는 도대체 무슨 일을 합니까. 맨날 노는 데도 왜 그렇게 곳간에 재물이 쌓이기만 하고 우리는 종일 땡볕에 일만 하는 데도 하루 두 끼 죽만 먹어야 합니까. 사람은 누구나 똑같습니다. 남자와 여자가 다르지 않으며 부자와 가난한 자가 다르지 않습니다. 모두가 하늘님입니다."
"맞소. 사람이 하늘이오."
"뒤엎읍시다!"
"이놈의 세상 뒤바꿉시다."
"옳소!"
"옳소!"
또다시 여기저기서 소리가 터져나왔다.
"부자고 가난한 사람이고 남자고 여자고 모두 하늘입니다. 이제 사람이 하늘 대접받는 세상을 만듭시다. 우리 오늘 죽기를 각오하고 그런 사람답게 사는 세상을 만들어 봅시다!"
"쳐들어갑시다!"
"우리 세상을 만듭시다."
사람들은 죽창과 농기구를 높이 들며 소리쳤다. 김현영은 잠시 말을 끊고 주위를 둘러보았다. 농민들의 환호에 감격해하는 모습이었다. 말석의 손에도 저절로 힘이 들어갔다.
"여러분."

다시 카랑카랑한 목소리가 울려퍼졌다.

"우리는 오늘 목사의 목을 치고 우리가 빼앗겼던 재물을 되찾을 것입니다. 그동안 나라에서 정한 각종 세에다 무명 잡세까지 거두어 우리의 피눈물을 짜낸 그들을 몰아내고 사람이 하늘인 세상을 만들 것입니다. 모두 힘을 합쳐 우리의 세상을 만듭시다."

"옳소!"

"우리의 세상을 만듭시다."

"양반 없는 세상을 만듭시다."

사람들은 악을 쓰며 죽창을 높이 치켜들었고 농기구를 흔들었다. 사람들의 열기에 호응이라도 하듯 동쪽에 불그스름한 기운이 퍼졌다. 김현영이 내려가고 포도대장 강선보가 올라갔다. 읍성을 칠 때 어떻게 행동할 것인가, 또한 네 개의 성문중 동리별로 쳐들어갈 성문을 정해주고 내려갔다. 공격의 시점이 다가올수록 사람들은 일사천리로 행동했고 긴장하는 모습이 역력했다. 말석과 동료들은 옆으로 빠졌다. 개인 행동이 금지되었지만 제일 먼저 쳐들어갈 작정이었다. 말석이 숨을 깊게 들이마시니 옆의 강홍이도 원성팔도 김경준도 심호흡했다. 긴장이 몸으로 전해졌다. 김현영이 다시 올라가 소리쳤다.

"지금부터 쳐들어가는 길에 어떤 소리도 내면 안 됩니다. 말은 물론 발소리도 내면 안 됩니다. 절대 명심하십시오. 조용히 갑시다. 절대로 소리를 내면 안 됩니다."

곧이어 명이 내려졌다.

"진군!"

소리가 떨어지자마자 농민군들은 네 갈래로 갈라섰다. 맨 앞줄에는 젊은이들이 섰다. 남문을 향하는 농민군들은 봉대 쪽으로 갔고 동문을 향하는 농민군들은 화개 쪽으로 갔다. 서문과 북문은 얼마 안 되는 거리였지만 농민군들은 서둘렀다.

농민군들이 각각 성문 앞에 도착했다. 모두 성문을 노려보았다. 성문 앞에는 나졸 두 명밖에 보이지 않았다.

둥 둥 둥.

북이 세 번 울렸다.

"갑시다!"

앞에서 동임이 소리쳤고 말석 동료들은 화살보다 더 빨리 성문을 향해 달려갔다. 그때 성문을 지키던 나졸 두 명은 꾸벅꾸벅 졸고 있다가 화들짝 놀라 농민군들을 바라보았다. 나졸은 도망갈 생각은 잊고 멍하게 창을 잡고 서 있기만 했다. 도대체 무슨 일이 일어났는지 정신이 없는 모양이었다.

"항복하면 살려주겠다."

말석이 소리치자 그제야 상황을 알아차린 듯 창을 버리고 두 손을 번쩍 들었다. 말석 일행은 저항 한 번 받지 않고 성 안으로 들어갔다. 그리곤 곧장 동헌으로 달려갔다. 하지만 동헌을 지키는 나졸 몇 명만 있을 뿐 텅텅 비어 있었다.

"목사 어디 있느냐?"

말석이 창을 버린 나졸에게 물었지만, 목사가 아직 내아에서 안 나왔다고 했다. 강홍이가 재빨리 내아로 달려가자 원성팔도 뒤질세라 죽창을 높이 들고 달려갔다. 강홍이가 문을 벌컥 여니 속옷 차림의 어린 여자가 이부자리에서 떨며 앉아 있었다. 목사가 어린 기생을 끼고 밤에 잔 것 같았다.

"목사 어디 갔느냐."

강홍이가 짚신을 신은 채 방 안으로 들어서며 소리쳤다.

"새, 새벽에 보니 어, 없어졌⋯⋯."

기생은 벌벌 떨며 말했다.

"에이."

화가 난 원성팔이 이불을 들추고 병풍 뒤를 샅샅이 뒤졌지만 목사는 보이지 않았다. 객사까지 다 뒤졌지만 마찬가지였다. 말석 동료들은 서로 얼굴을 보며 허탈한 표정을 지었다.

"그새 도망가다니."

"내가 그놈의 모가지를 땄어야 했는데."

원성팔이 억울한 듯 두 눈을 부라렸다. 농민군들은 목사가 도망쳤다는 말에 죽창과 농기구를 흔들며 아쉬워했다. 성 안에는 나졸들만 있을 뿐 목사를 비롯하여 수교나 좌수 등 높은 자들은 이미 도망치고 없었다.

그때 이미 목사는 상주를 벗어나 있었다. 목사는 어린 기생을 끼고 밤새 술추렴 하다 새벽녘에 잠들었는데 갑자기 수교가 깨웠다.

- 무슨 일이냐.

아직 술에서 깨어나지 못한 목사는 게슴츠레하게 눈을 뜨고 밖을 내다보았다.

- 농민들이 난을 일으켰습니다. 빨리 피하소서.

- 뭣이? 난?

목사는 정신이 번쩍 들었다. 그때 목사는 동부승지로 전임되어 수령직 인계인수를 기다리던 중이었다. 며칠 뒤면 떠날 것이므로 마지막으로 더 백성들을 우려먹자 싶어 무고한 백성들을 잡아들여 죄를 덮어씌우고 돈을 내면 풀어주곤 했다. 갈 때까지 최대한 백성들을 우려먹을 참이었다. 그러니 목사에게 없는 죄를 지어 동헌 마당에서 물고를 안 당한 사람이 없을 정도였다. 돈이 많은 사람들은 거금을 내고 풀려났지만, 돈이 없는 백성들은 몸으로 때우다 겨우 돈을 구해 풀려나면 매 맞은 후유증으로 장독에 걸리기 일쑤였다. 그러면 약은 못 지어 먹고 몇 년 묵은 똥물을 걸러 먹고는 했다.

그때 책사가 소식을 들었는지 달려왔다.

"이걸로 옷을 갈아입으시지요."

책사는 농민들이 입는 옷을 내밀었다.

"내가 이걸 입어야 한단 말이냐?"

목사는 얼굴을 찡그렸다.

"급합니다. 빨리 갈아입고 농민인 척하고 상주를 빠져나가야 합니다."

중전과 민씨 일가에게 바친 돈을 마저 벌려면 백성들을 더 족치어 돈을 우려내야 하는데 아쉬웠다. 어쨌든 자리를 피하고 보는 게 상책이었다.

"내 이놈들 두고 보자. 내 꼭 다시 오리."

목사는 이를 악물었다. 책사와 함께 옷을 갈아입고 성을 빠져나가 예천 쪽으로 길을 잡았다. 예천은 양반들이 민보군을 결성해 8월에 성을 쳐들어온 농민군을 물리쳤기에 안전하다 싶었다.

"목사란 작자가 싸워보지도 않고 맨 먼저 성을 버리고 도망가다니."

"뒤를 쫓아 목을 매답시다."

"목사를 잡아라."

모서 모동 화령에서 온 농민군들은 분노에 치를 떨며 곧장 예천 방향으로 선산 방향으로 대구 방향으로 보은 방향으로 네 길을 잡아 추격했다.

깨 깽 깽깽!

둥둥둥!

풍물 소리가 울려퍼졌다.

"우리가 성을 점령했다."

"우리가 이겼다."

농민군들은 서로 부둥켜안고 만세를 불렀다. 풍물패가 성 안을 돌아다니며 징을 울리고 꽹과리를 치며 분위기를 돋우었다. 말석과 동료들도 목사를 잡지 못해 아쉽긴 했지만, 읍성을 점령했다는데 가슴이 울컥했다. 서로 마주 보며 미소를 지었다.

"목사란 놈이 평소에 그렇게 거들먹거리며 백성들을 못살게 굴더니 이렇게 쉽게 쥐새끼처럼 도망칠 줄은 몰랐네."

원성팔이 말했고 남진갑이 말을 받았다.

"그러게 말이야. 민소를 올려 억울함을 호소해도 들어주기는커녕 장두선 사람을 붙잡아 고래고래 소리치며 태형 치던 기세는 어디 가고. 쩝쩝."

"원래 그런 놈들은 약한 자에겐 한없이 강하고 강한 자에게 또한 한없이 약한 자들이 아니요."

강홍이가 아쉬운 듯 입맛을 다셨다.

"매를 맞고 장독에 걸려 죽은 이가 한두 명이 아닌데 원수를 못 갚아 이만저만 실망이 아니요."

"사방 길로 좇아갔으니 잡겠지요."

말석 동료들이 아쉬움을 달래고 있을 때였다.

"여기 나졸이 있다."

농민군이 소리쳤고 나졸 하나가 마루 밑에서 기어 나왔다.

"이놈 맛 좀 봐라."

농민군들은 나졸에게 죽창으로 내리쳤다.

"아고고."

나졸은 죽는소리를 냈다.

"이놈!"

사람들은 나졸을 발로 찼다.

"평소에 목사 믿고 그렇게 거들먹거리더니."

"에라이 이놈아!"

사람들은 나졸을 두들겨 팼다.

"여기도 있다."
객사에 숨어 있던 나졸 한 명이 잡혀 왔다.
"살려 주시오."
나졸은 꿇어앉아 살살 빌었다.
"네놈도 목사만큼 나쁜 놈이야."
죽창으로 후려치고 발로 찼다.
"그만하시오. 그러다 결딴나겠소."
농민군 지도자는 말렸다.
"매운맛 좀 더 봐야 하오."
사람들은 말을 듣지 않았다. 발로 차고 죽창을 후려치고 주먹으로 때렸다. 나졸은 땅에 엎어졌다. 그제야 사람들은 손으로 옷을 털며 다른 곳으로 갔다. 여전히 다른 곳에서도 나졸들의 비명과 와, 하는 사람들의 환호성이 일었다.

말석 일행은 곧장 곳간으로 다려갔다. 곳간 문은 소 불알 만한 쇠 자물쇠로 잠겨 있었다. 원성팔은 담 밑에 있는 커다란 돌을 가져와 곳간 문을 향해 던졌다. 찌직 소리가 나며 조금 열렸다. 다시 돌을 든 원성팔이 힘껏 던졌다. 그제야 곳간 문이 우지직 소리를 내며 뒤로 쓰러졌다.
"쌀이다."
쌀을 본 농민들이 소리쳤다. 사람들이 곳간으로 구름처럼 몰려들었다.
"놔라. 이거."
"저리 비켜."
서로 쌀을 가져가려고 야단법석이었다. 너도나도 서로 바가지에 쌀을 담으려니 흘리는 게 오히려 더 많았다.
"모두 물러가시오."
남진갑이 사람들을 향해 말했다. 하지만 사람들은 들은 척도 하지 않았다. 오직 쌀을 평생 처음이라도 본 것처럼 앞다투어 서로 많이 가져가려고 할 뿐이었다.

"쌀을 주겠소. 주겠으니 제발 물러가시오."

원성팔이 큰소리로 외치자 바가지를 든 사람들이 그 자리에서 눈치를 보며 슬금슬금 물러났다.

"우리가 도둑이요?"

남진갑이 곳간 주위에 있는 사람들을 둘러보며 말했다. 모두 아무 말도 없이 오직 쌀만 바라보았다.

"우리가 강도요?"

"집에 노모가 굶고 있소. 벌써 여러 날째요."

한 사람이 나섰다. 눈이 휑하니 들어가고 볼이 홀쭉했다.

"우리 집엔 아이가 굶어 죽어가고 있소. 이 쌀은 우리가 애먹게 농사지었다가 애달게 뺏긴 거요."

또 한 사람이 나섰다. 그 사람 또한 입술은 불어 터지고 볼은 홀쭉한 게 며칠은 굶은 거 같았다.

"그렇소. 이 쌀은 모두 우리가 부당하게 착취당한 것이요. 그러니 이 쌀의 임자는 우리요. 쌀을 나눠주겠소. 하지만 이렇게 도둑질하는 것처럼 가져가면 안 되오. 자 한 줄로 서시오."

쌀을 주겠다는 남진갑의 말에 사람들은 서로 앞에 서려고 밀고 당기고 난리를 쳤다.

"빨리 주시오."

뒤에는 앞쪽에 서려고 다툼을 벌이는데 앞줄에 미리 선 사람들이 재촉했다.

"좋소. 우선 각자 한 바가지씩만 주겠소. 그리고 나중에 곡식이 얼마 있는지 파악한 후 나머지도 집마다 공평하게 다 나눠줄 것이오."

쌀을 받은 농민들은 입이 쩍 벌어졌다. 이게 꿈인지 생시인지 살을 꼬집어보는 사람도 있었다. 쌀을 받은 농민은 품에 안고 성 밖으로 뛰어갔다.

조현수는 이런 광경을 의아하게 바라보았다. 그동안 쌀이 귀한지 몰랐다. 먹기 싫으면 억지로라도 먹게 하려고 어머니나 몸종이 애를 썼다. 근데 이 사람들은 마치 처음 보는 것처럼 쌀을 대하지 않는가, 실제 농사를 짓는 저들이. 손에 흙 한 번 안 묻히는 나는 쌀에 대해 무덤덤한데. 조현수는 새삼스레 가슴이 저미었다.

"밥을 하시오. 오늘 성에 들어온 사람들을 모두 배불리 먹이시오. 모두 아침을 안 먹었을 테니 빨리하시오. 저녁땐 잔치를 벌이겠소."

김현영의 말에 와, 사람들은 환호성을 질렀다. 여자들이 쌀을 받아 갔다. 남자들도 거들었다. 여자들에게는 미리 취사 쪽으로 일을 줬고 조현수도 당장은 밥을 하게 되었다.

어느 정도 쌀을 나눠주는 게 끝날 무렵이었다.

"무기다."

이번엔 무기고에서 소란이 벌어졌다. 원성팔이 무기고 문을 부수자 사람들이 몰려들었다. 농민들은 무기들을 마당으로 끄집어냈다. 그러나 쓸 만한 무기는 거의 없었다. 화승총이 수십 자루 있고 창과 칼이 각각 백여 자루가 넘었으나 모두 녹이 슬어 쓸 수 있을지 의문이었다. 화승총을 먼저 가지려는 이들이 녹슨 것을 보자 주춤했다.

"죽일 놈의 목사놈. 백성을 지켜줄 무기는 전혀 관리 안 하고 백성의 고혈만 짜내 제 배만 채웠구나."

농민들은 어이없어 허탈하게 웃었다.

"자 각자 무기는 한쪽으로 모아 쓸 수 있는 것과 수리해야 할 것을 구분하시오."

포도대장 강선보가 지켜보고 있다가 말했다.

"저기 저 화승총은 내 것이니께 아무도 넘보지 말어."

농민군 한 사람이 눈을 부릅떴다.

"난 창이 좋으니께 저것이 내 꺼여."

다른 농민군이 말을 받았다. 주로 농기구를 든 사람들이었다. 자신들이 든 농기구가 영 미덥지 않았다.

"자 옥으로 가세."

원성팔의 말에 말석과 강홍이 김경준이 따랐다. 역시 원성팔이 옥문을 부수었고 옥 안에 갇혔던 사람들이 엉금엉금 기어 나왔다.

"아부지."

울부짖는 소리가 났다. 말석이 소리 나는 쪽을 돌아보았다. 머리카락이 헝클어지고 허리가 구부러진 중년의 남자를 젊은 사람이 부축하며 눈물을 흘리고 있었다.

"허허허."

중늙은이는 얼굴은 웃는데 입에서는 울음이 터져나왔다.

"저 사람 봉대 천서방 아니여?"

"맞는 것 같은데?"

"안즉도 살아있었구먼. 다행이여, 다행."

저마다 사람들이 혀를 끌끌 찼다.

천서방이라는 중늙은이는 아내가 지주에게 겁탈당하자 밤에 지주 방에 들어가 지주를 낫으로 찍었다. 하지만 지주는 팔만 다치고 천서방은 그 집 하인들에게 잡혀 죽도록 얻어맞고 관에 끌려온 것이었다. 물론 관에서도 매질은 계속되었다. 부인은 자살했고 소작은 떼였다.

옥에 갇힌 모든 사람은 풀려났다. 대부분 목사가 없는 죄 씌워 뇌물을 받으려고 잡아넣은 사람들이었다. 간혹 도둑질한 사람들도 있었으나 그들 또한 잘못된 세상의 희생자라 하여 다시는 나쁜 짓을 하지 않겠다는 맹세를 하고 풀려났다.

"나도 여기 있을라요."

"나도 싸우겠소."

옥에서 풀려난 사람들은 집으로 돌아가려고 하지 않았다.

"집으로 돌아가서 우선 몸을 추스르시오. 그래야 싸울 수 있지 않겠소."

포도대장 강선보가 만류했으나 그들은 말을 듣지 않았다.

"이 좋은 세상이 왔는데 집에 가서 누워 있다니요. 그리고 저들이 언제 쳐들어올지 모르는데 싸워야 하지 않겠소. 여러분들이 우리의 은인이오."

옥에서 풀려난 사람들은 함께 있게 해달라고 애원을 했다. 농민군 지도부는 몸이 아주 안 좋은 사람들은 집으로 보내 치료하게 하고 나머지 사람들은 성 안에 있되 의원을 불러 치료하게 했다.

"밥 먹으시오."

사람들이 큰 그릇에 밥과 반찬을 날라왔다. 사람들은 그대로 바닥에 퍼질러 앉았다. 큰 그릇에 여럿이 모여 밥을 퍼먹었다.

"이게 쌀밥이라는 것이로구나."

"이 사람아 천천히 먹어. 체할라."

"그냥 입에서 사르르 녹네, 녹아."

사람들은 반찬은 먹지 않고 밥만 퍼먹었다. 금방 동이 났다.

"이리 주시오. 더 가져오리다."

누군가 밥을 가져왔다. 또다시 금방 동이 났다. 또 가져왔다. 그제야 사람들은 절인 배추 반찬을 먹기 시작했다. 직접 농사지으면서도 정작 그들은 쌀밥을 한 번도 먹지 못했던 것이었다.

"아이고, 대장님들은 동헌 마루로 올라가시지요."

밥을 가지고 온 여인이 농민군 지도자들을 보고 말했다.

"그러시오. 우리들이야 맨땅에서 먹어도 괜찮지만."

농민군들도 지도자들에게 동헌 마루로 올라가라고 했다.

"아니요. 우리도 똑같이 땅에 앉아서 먹겠소."

"아이고 송구스럽게서리 왜들 이러시오."

여인과 농민군들이 강권했지만, 지도자들은 아랑곳하지 않았다.

"우리도 똑같은 농민군이요. 다만 하는 일이 다를 뿐이요. 하는 일이 다르다고 행동도 다르게 한다면 지금 세상과 우리가 바꾸고자 하는 세상이 뭐가 다르겠소. 모든 사람은 다 똑같소."

지도자들은 농민군들이 먹던 곳에 퍼질러 앉았다. 그리곤 숟가락을 들고 농민군들이 먹던 그릇에서 밥을 퍼먹었다.

말석이 일행도 자리에 퍼질러 앉자 김경준과 김군중이 밥과 반찬을 가져왔다.

"이야, 쌀밥이다."

강홍이가 신기한 듯 바라보았다.

"보기만 봤지, 먹어보는 것은 처음이네."

말석이 말했다.

"우리가 지은 쌀인데 우리가 못 먹어보다니."

원성팔이 숟가락을 들며 말했다. 다들 입이 미어져라 밥을 넣고 씹는데 누가 말했다.

"저기 저 사람."

말석은 고개를 들었다. 조현수가 쟁반을 들고 앞에 서 있었다. 아마도 밥을 들고 온 것 같았는데 못 알아보았다. 말석은 자신도 모르게 일어서려는데 강홍이가 허리를 잡고 아래로 내리눌렀다. 말석은 다시 자리에 앉았다.

"근본은 못 속인다니까. 왜, 아직도 네 아씨냐?"

비꼬는 듯한 강홍이의 말에 말석은 얼굴이 빨개졌다. 몸이 조현수를 보는 순간 알아서 움직였다.

"많이 드시고 모자라면 말씀하십시오."

조현수는 밥을 내려놓으며 밝게 웃었다.

"그 힘들겠소. 손에 물 한 번 안 묻혔을 텐데."

원성팔이 비꼬듯 말했다.

"이제부터 묻히면 되지요."

조현수는 넉살 좋게 웃어넘겼다.

"밥하는 것도 처음이고 나르는 것도 처음일 텐데. 조심하슈. 그러다 귀한 쌀밥 엎지르지 말고."

김경준이 말했다. 말석은 고개를 숙인 채 아무 말도 없었다. 당장 팔을 끌고 성 밖으로 데리고 나갔으면 좋으련만.

"하하. 걱정하지 마십시오. 여러분들이 피땀으로 지은 밥을 엎질러서야 되겠습니까?"

조현수의 웃음 섞인 말에 강홍이 빈정거렸다.

"두고 보지요. 들고 나르는 게 영 어설픈데."

"그만하게. 차차 좋아지겠지. 아, 손도 모자라는데 이렇게 도와주는 게 얼마나 고마운가."

남진갑이 나서자 원성팔이 와락 화를 냈다.

"아니, 도와주다니요. 누가 누굴 도와준답니까?"

남진갑이 아차, 하며 어쩔 줄 모르자 조현수가 나섰다.

"예. 맞습니다. 도와주는 게 아니라 내 할 일을 할 뿐입니다. 여러분은 여러분의 할 일이 있듯이."

조현수의 말에 밥을 먹던 말석이 밥그릇을 바닥에 탁, 놓았다. 다들 말석을 바라보았다. 말석은 소매로 입을 쓱 닦고서 일어서 어디론가 걸어갔다.

"허허, 그 사람."

남진갑의 말에 조현수가 말했다.

"밥 더 가져오겠습니다. 조금만 기다리십시오."

조현수는 말석의 뒷모습을 바라보다 밥하는 곳으로 빨리 걸어갔다.

밥을 다 먹고 한참이 지났을 무렵 목사 윤태원을 좇던 사람들이 돌아왔다. 공성 쪽과 화령 쪽이었다. 좀 지나자 낙동 쪽과 문경 쪽으로 갔던 사람들도 돌아왔다. 한결같이 허탈한 표정이었다.

"쥐새끼 같은 놈이 하늘로 솟았는가 땅으로 꺼졌는가 본 사람이 없네요. 정말 귀신 곡할 노릇이요."

좇아갔던 사람들이 분을 못 이겨 죽창이나 낫을 부르르 떨며 말했다.

"무슨 일이 있어도 목을 매달아야 하오."

"물론이요. 곡식을 빼앗긴 것도 그렇지만 곤장 맞아 죽은 사람이 어디 한두 사람이요."

주위에 몰려든 사람들도 애통해서 울부짖었다.

"언젠가는 목매달 날이 있을 거요. 수고했소. 우선 밥이라도 드시오."

지도자의 말에도 좇던 사람들은 한동안 그 자리에 서 있었다. 마치 자기들이 잘못해서 목사를 놓친 표정이었다.

지도자들은 동헌 마루에 올라가 한참 동안 회의를 하였다. 사람들은 동리별로 모여서 담배를 피우거나 휴식을 취했다. 한참 후 강선보가 동임들에게 지시했다.

"자 모두 동헌 마당에 동리별로 모이시오."

각 동임들은 손나발을 불면서 자기의 동리 사람들을 불러 모았다.

"지금부터 회의 결과를 말씀드리겠습니다."

김현영이 동헌 댓돌에 올라서서 말했다. 역시나 목소리가 쩌렁쩌렁했다. 사람들은 숨을 죽이고 귀를 기울였다.

"먼저 창의도소를 설치하겠소. 도소는 다 아시다시피 우리들의 자치

기구입니다. 말하자면 이제부터 우리 스스로 상주의 행정 등 모든 일을 하겠다는 것입니다."

"좋소!"

"옳소!"

여기저기서 소리가 넘쳐났다.

"먼저 총책임자인 집강은, 비록 못났지만 제가 맡기로 했습니다. 저는 김현영 올시다. 서기는 저 화령의 김정익 씨가 맡고 성찰은 조윤서 씨가 맡기로 했습니다."

집강으로 뽑힌 김현영은 집강소를 운영해 갈 간부들을 일일이 소개하고 한마디씩 하라고 했다. 간부로 뽑힌 사람들은 한 사람씩 앞으로 나와 열심히 하겠다고 했고, 사람들은 옳소, 옳소, 하는 소리로 화답했다.

"그럼 우선 우리가 지켜야 할 것을 말씀드리겠소. 우선 사사로운 보복을 하지 말라는 것입니다. 우리가 사사로이 보복이나 하자고 일어난 것은 아니오."

사람들 사이에서 갑자기 웅성거리는 소리가 났다.

"난 어미의 원수를 갚아야겠소."

누군가의 말에 강홍이와 말석이가 말했다.

"난 아비의 원수를 갚아야 속이 풀리겠소."

여기저기서 불평이 쏟아졌다. 집강이 말했다.

"그렇다고 사사로이 원수를 갚아야겠소?"

"난 그 땜에 나왔소. 밥도 밥이지만 구천에 헤맬 아버지의 원수를 갚아야겠소."

말석이 지지 않고 말을 되받았다. 난감한 표정을 짓던 집강은 웅성거리던 사람들을 보고 있다가 말문을 열었다.

"우리 농민군 전체의 이름으로 원수를 갚자는 것입니다. 탐관오리들 모두 잡아다 죄목을 일일이 따져보고 그에 맞게 엄징할 것입니다. 꼭 여러분들의 원대로 탐관오리들을 징치하겠소."

잠시 조용해졌다가 누군가 손을 번쩍 들었다.

"그럼 악독 지주들은 어떡할 거요?"

"못된 양반들은 그냥 두고 볼 거요?"

한 사람의 말이 또 다른 사람의 말을 끄집어냈다.

"그건 곧 얘기하려던 참이었소. 횡포한 부호들을 엄징할 것입니다. 또한 불량한 유림과 양반들을 징벌할 것이오."

그제야 사람들은 조용해졌다.

"또한 노비문서는 불태우고 칠반천인의 대우를 개선하고 백정이 쓰는 평양립을 없애겠소."

"옳소!"

"옳소!"

"잘한다!"

여기저기서 사람들은 옆 사람과 소리치며 손을 높이 흔들었다. 집강은 그제야 표정이 많이 밝아졌다.

"청춘과부의 재혼을 허락할 것입니다."

"이야, 과부들 살판났구나."

누군가의 말에 와, 하고 웃음을 터뜨렸다.

"무명 잡세는 모두 폐지하고 왜와 내통한 자는 엄징할 것입니다."

집강은 잠시 말을 끊고 주위를 둘러보곤 말을 이었다.

"그리고 공사채를 막론하고 지난 것은 모두 무효로 할 것입니다."

"그럼 지주한테 꾸어온 돈은 안 갚아도 된다는 말이여."

"말인즉 그렇다는 거 같네."

"그들이 가만히 있을까?"

"가만히 안 있으면? 이 죽창으로 배따지를 꽉 찍어버릴 팅께."

또다시 웅성거림이 일어났다.

"마지막으로 모든 토지는 평균으로 분작하도록 하겠습니다."
 집강은 상기된 표정으로 주위를 둘러보았다.
"뭐여? 그럼 땅을 우리한테 준다는 얘기여?"
"설마 그냥 주겠어?"
"방금 얘기할 때 통시깐에 갔었는가? 토지를 똑같이 주겠다고 분명히 말하는 걸 못 들었는가?"
 집강은 여러 사람이 말하는 걸 듣고 있다가 말을 이었다.
"그렇소. 땅은 농사짓는 사람들이 가져야 합니다. 농사짓는 사람들에게 땅을 모두 나눠주겠다는 말입니다. 양반들도 직접 농사를 지어야 땅을 줄 것입니다."
 사람들은 너무나 파격적인 말이라 말을 못하고 서로의 얼굴만 바라보았다.
"지금까지 말한 것은 몇 개월 전 농민군 대장이신 전봉준 장군과 전라 감사가 서로 합의한 사항을 바탕에 두고 말씀드렸습니다. 꼭 실행하도록 하겠습니다. 그러니 여러분들께서도 저희 집강소의 말을 잘 듣고 행동해 주시길 바랍니다."
"대장님 만세!"
"집강님 만세!"
 사람들은 손을 높이 들며 소리를 질렀다. 눈물을 흘리는 사람도 많았다.
"문서를 가져오시오."
 집강은 옆에 선 서기에게 말하였다. 그러자 몇 사람이 동헌 안으로 들어가 문서를 안고 나왔다.
"저 마당에 쌓으시오."
 사람들은 문서를 마당에 놓고 또다시 동헌 안으로 들어가 문서를 한 아름씩 안고 나왔다.

"여러분 이게 무엇인지 아십니까? 바로 노비문서입니다. 모두 불태울 것입니다. 이제 관에 딸린 노비는 면천될 것입니다. 양반 개인에 속한 사노비도 모두 속량하도록 하겠습니다. 이 문서 중에는 또 다른 문서도 있습니다. 우리 상주목 모든 사람의 가족관계, 농사짓는 땅, 이런 것을 상세히 적은 것입니다. 아마도 목사가 백성들의 생활상을 자세히 파악해서 돈을 우려낼 목적으로 만들었던 것 같습니다."

"불태웁시다!"

"그렇소, 불태웁시다."

사람들은 고함을 질렀다.

"그렇소. 불을 질러 우리의 세상이 왔다는 걸 보여주겠소."

집강은 옆을 돌아보며 불을 붙이라고 했다. 서기가 제일 밑에 있는 문서에 불을 붙이자 불이 금세 활활 타올랐다. 앞에 선 농민이 앞으로 나가 불을 여기저기 옮겨놓았다. 그러자 불길이 사람 키보다도 더 높이 솟았다. 사람들은 문서를 빙 둘러섰다.

"아따, 그 잘 탄다."

누군가 속이 시원하다는 듯 말했다.

"이제 무명 잡세는 안 내도 되는 것이지?"

사람들은 아직도 못 믿긴다는 듯 수군거렸다. 불은 오래도록 탔다. 불에 비친 사람들의 얼굴이 모두 벌겋게 빛났다.

"난 이게 꿈인가 생신가 모르겠네."

말석이 말하자 강홍이가 웃었다.

"근데 이렇게 해도 되는가?"

"당연한 걸 왜 묻나?"

원성팔이 말하자 김경준이 말을 받았다.

"어쨌든 빨리 목사놈 잡아 모가지를 비틀어야 하는데."

사람들은 한편으로 좋아하면서도 걱정이 되는 것 같았다. 그때 한 무리의 사람들이 주위를 두리번거리며 동헌 앞으로 달려왔다. 모두 너덜너덜한 옷을 입고 있었다. 사람들은 수군거리며 돌아보았다. 그들은 집강 앞에 무릎을 꿇었다.

"집강님. 저희들은 관에 속한 노비들입니다. 이렇게 저희들을 속량해 주시니 감격해 눈물이 흐를 뿐입니다."

관노비들은 어깨를 들썩거리며 흐느꼈다.

"저희들도 농민군에 들어가게 해 주십시오. 죽을힘을 다해 싸우겠습니다."

"잘 왔소. 일어서시오."

집강은 일일이 노비들의 손을 잡고 일으켜 세웠다.

"시키는 일은 무슨 일이든 다 하겠습니다. 우리가 관에서 모든 궂은일을 했으니 여기서도 그런 일 시키시면 성심성의껏 다 하겠습니다."

노비들은 눈물을 흘리며 얘기하자 집강은 잠시 듣고 있더니 정색했다.

"그 무슨 소리요. 여러분도 우리와 똑같은 사람입니다. 우리하고 똑같이 행동할 겁니다. 누구는 천한 일 하고 누구는 쉬운 일 하고 그런 일은 없을 겁니다. 똑같이 일하고 똑같이 밥을 먹을 겁니다."

집강은 여전히 손을 잡은 채 말했다.

"말도 안 되는 소리입니다. 저희들이 감히 어떻게 같이 합니까. 그저 궂은 일 마다하지 않을 테니 시켜만 주십시오."

노비들은 울음을 그치지 않은 채 말을 이었다.

"여러분도 여러분에게 맞는 일이 있을 겁니다. 곧 시킬 테니 돌아가서 기다리십시오. 또한 어떻게 될까 걱정되어 아직도 숨어 있는 사람이 있을 텐데 그 사람들도 나오게 하시오."

"여부가 있겠습니까. 감사합니다."

노비들은 큰절하고 물러났다. 상황이 어떻게 될까 싶어 나오지 못한 노비들이 숨어서 지켜보고 있는 걸 집강은 눈치챈 것이었다.

"목사놈이 옷도 제대로 안 입혔구나. 저 떨어진 옷 좀 보게. 불알이 다 보이겠네."

원성팔의 말에 주위에 있던 농민군들이 와, 하며 웃었다. 농민군들은 스스로를 자랑스러워했다. 마치 자기들이 노비들을 면천시켜준 것 같았기 때문이었다. 태어나서 이렇게 가슴 뿌듯한 일이 있었을까. 코끝이 찡했다.

"이제야 실감이 나는군."

"그러게 말이야. 노비하고 우리가 같다니."

"좀 이상하긴 해도 어쨌든 좋은 세상 아닌가."

"그래도 뭔가 찜찜하네."

"그러게."

못마땅한 이들도 있었지만 드러내놓고 반대하지는 않았다.

"양반 상놈 없는 세상 아닌가."

"모두 평등한 세상일세."

"우리 농민들이 주인인 세상이야."

대부분 사람은 감격했다. 불은 사람들의 열기를 받고 더욱더 활활 타올랐다. 사람들의 얼굴이 불에 벌겋게 달아올랐다.

조현수는 멀찍이 떨어져 이 광경을 보며 아버지를 생각했다.

아버지께서 이 광경을 보신다면 어떤 생각을 하실까. 아버지께서 평등 세상을 깨우치시기는 정말 어려운 일일까.

조현수는 아쉬운 마음으로 주위를 둘러보다 동료들과 얘기 나누는 말석을 보았다. 표정이 밝았다. 저런 얼굴을 본 적이 있었을까 싶은, 처음 보는 밝은 얼굴 같았다. 덩달아 기분이 좋았다. 다가가서 얘기를 나누고 싶지만 밀어내는 말석의 강한 힘이 느껴졌다.

불길이 거의 꺼질 무렵이었다. 성문에서 보초를 서던 농민군이 안으로 들어와 집강에게 무어라 말을 했다. 집강은 고개를 끄덕였다. 보초가 성문으로 간 뒤 말 한 필이 성 안으로 들어왔다. 집강을 비롯한 지도자들이 다가갔다. 농민 복장을 한 사내가 말에서 내렸다. 지도자들이 그를 둘러싸고 뭐라고 얘기를 하더니 갑자기 크게 웃었다. 사람들은 의아하게 그들을 바라보았다. 잠시 뒤 집강이 댓돌에 올라섰다. 사람들은 집강에게 눈길을 돌렸다.

"여러분 희소식을 전해드릴까 합니다."

재만 남고 중앙에만 하얀 연기가 모락모락 피워 올랐다.

"방금 들어온 소식이오. 우리 옆 고을인 선산에도 오늘 농민군들이 읍성을 점령했다는 소식이요."

"선산 농민군 만세!"

"만세!"

사람들은 손을 높이 치켜들고 환호성을 질렀다.

"이제 우리 세상이 왔네. 경상도와 전국에서 일어날 것이 아닌가."

남진갑이 옆에 있는 말석이 원성팔의 손을 잡으며 감격스러워했다.

"그럼요. 경상도 전 지역에서 불길처럼 일어나면 서울로 가야지요."

말석의 말에 강홍이가 말했다.

"그래, 원수 갚고 이 기세로 서울로 쳐들어가자고."

그때 집강이 큰 소리로 말했다.

"이제 전국 곳곳에서 모든 백성이 들고일어날 것입니다. 이제 우리의 세상이 되었습니다."

집강은 흥분을 감추지 못하고 큰 소리로 말을 했다.

"만세!"

"만세!"

사람들은 옆 사람과 부둥켜안고 고함을 질렀다. 농민군들은 말은 못했지만 일말의 불안이 있었던 것은 사실이었다. 대구에서 감영군이 쳐들어온다면? 나중에 다시 저들 세상이 온다면? 마음속에 불안이 스멀스

멀 기어올랐다. 하지만 선산에서 농민군들이 일어나 읍성을 점령했다면 다른 지역에서도 들고일어난다는 사실이었다. 다른 곳에서도 일어난다면 정말이지 나라가 뒤집힐 것이라 확신이 생겼다.

"에이씨!"

"에이, 정말."

감격스러워하는 사람 중에서 몇몇 사람이 손을 부르르 떨며 분개를 했다.

"왜 그러시오?"

옆 사람이 의아해서 물었다.

"우린 예천서 왔소. 지난 8월에 우리도 예천 읍성을 공격했지만 실패했잖소."

"분하오. 그때 읍성을 점령하고 수령 모가지를 땄어야 했는데."

예천에서 온 사람들은 주먹을 쥐며 이를 갈았다.

"여기 정리가 되거든 예천을 총공격하면 되지 않겠소. 이 많은 농민군이 몰려가면 어떠한 방어를 하더라도 이길 것이오."

주위 사람들이 위로했다.

"거긴 양반과 지주들이 민보군을 결성해서 쉽지 않다오."

"그래도 여러 고을에서 합세하면 누가 당할 것이오."

한 사람의 말에 사람들은 고개를 끄덕였다.

집강이 댓돌 위에 올라갔다.

"자, 그럼 우선 이것으로 회합을 마치고 저녁 무렵에 잔치를 열겠습니다. 그 사이에 창고에 있는 곡식과 재물 목록을 작성하는 대로 군량미로 쓸 것은 제쳐 두고 나머지는 여러분들에게 골고루 나눠드리도록 하겠습니다. 물론 양반들이나 지주들에게 빼앗긴 재물도 되찾아주도록 하겠습니다. 그리고 당장 시급한 것은 우리 농민군을 군대 조직으로 편성하는 것입니다. 군대 조직으로 편성하실 분은 여기 강선보 포도대장이 담당하도록 하겠습니다. 저녁때까지 모두 휴식을 취하시기 바랍니다."

집강이 댓돌을 내려가고 강선보가 올라왔다.

"잠깐만 기다리시오. 우선 군대 조직에 대해 간단히 말씀드리겠습니다. 군대 조직은 총 쏘는 부대, 창 쓰는 부대, 칼 쓰는 부대로 나누겠습니다. 그리고 몸이 불편하신 분들은 희망에 따라 밥하는 취사부 등에서 일할 수 있게 하겠습니다. 그러니 우선 여러분들이 어느 부대로 갈 것인가 각 동리 동임에게 말씀해주시면 희망대로 부대를 편성하고 내일부터 훈련에 들어가도록 하겠습니다."

강선보가 내려가자 사람들은 흩어질 생각은 안 하고 그대로 서서 옆 사람을 보며 수군거렸다. 칼을 써 본 사람도 창을 써 본 사람도 없었기에 사람들은 같은 동리에서 온 사람에게 서로 어디로 갈 것인가 묻기에 바빴다. 말석 동료들은 끝까지 같이 행동하기로 했다.

해 질 무렵 집강은 다시 사람들을 불러 모았다. 깃발 세 개가 동헌 마당에 세워졌다. 군대 조직에 들어갈 사람 명단을 발표했고 사람들은 동리별로 서 있다가 각 부대 깃발이 있는 곳으로 몰려갔다. 이제는 뭔가 다르다고 생각한 사람들은 긴장된 표정이었다. 강선보가 댓돌에 올라갔다.

"여러분."

수군거리던 사람들은 조용히 입을 다물었.

"이제 우리는 군인입니다. 군인은 명령에 죽고 명령에 삽니다. 한 사람이 군율을 어기면 그 부대는 몰살합니다. 나 한 사람 때문에 내 부대원 전체가 죽을 수도 있다는 말입니다. 그러니 각 부대 대장의 말을 절대로 따라야 합니다. 만약 명령을 어기는 자가 있다면 군율로써 엄하게 다스리겠습니다. 아시겠습니까?"

강선보의 목소리는 우렁찼다.

"알겠소!"

"좋소!"

사람들은 강선보의 말이 끝나기가 무섭게 복창했다. 강선보는 각 부대의 대장을 발표했다. 그리고 각 대장 밑에 참모 몇 명을 지명하고 인사를 시켰다.

"대장님 만세."

사람들은 각 대장이 인사할 때마다 큰소리로 화답했다. 강선보는 곧이어 보초 당번을 정해줬고 내일부터 훈련에 들어간다고 했다. 불평하는 사람은 한 명도 없었다. 각각 소속 부대가 정해지자 집강이 댓돌에 올라섰다.

"오늘 밤에는 잔치를 벌입니다. 소를 열 마리나 잡았습니다. 쌀밥도 넉넉히 했습니다. 많이 드시고 마음껏 놀도록 하십시오. 쌀밥은 오늘만 먹고 내일부터는 잡곡밥으로 아껴 먹도록 하겠으니 그리 아십시오. 오늘 밤새도록 흥겹게 노십시오."

집강이 내려가자 여자들이 고기와 술을 가져와 동헌 마당 여기저기에 놓았다. 어느새 여자들의 숫자가 많이 늘었다. 남자들도 같이 날랐다. 사람들은 음식이 놓인 곳에 모여앉았다. 떡과 밥이 날라왔다. 하지만 사람들은 밥은 먹지 않고 고기만 먹었다. 명절 때조차도 먹지 못하던 고기였기에 걸신이 들린 듯 사람들은 먹었다. 언제 소문을 들었는지 봉기에 참여하지 않은 사람들도 슬그머니 끼어들었다. 그래도 사람들은 탓하지 않고 나눠 먹었다. 아이들도 모였고 골방에서 골골하며 오늘내일하던 노인들도 엉금엉금 기어 왔다. 농민군 지도자들은 그들에게 오시느라 수고 많았다며 먼저 인사했고 그들은 송구스러워했다. 성 안에는 사람들이 꽉 차서 성 밖까지 사람들이 몰려들었다. 소를 더 잡느니 밥과 떡을 더 하느니 야단법석이었다. 그래도 일하는 여자들은 불평불만이 없었다. 태어나서 처음으로 이렇게 일한 적은 없었기에 오히려 신이 나서 일을 했다. 농민군 지도자들도 따로 먹지 않고 여기저기 돌아다니며 술도 따라 주고 또 받아먹었다. 너무 많이 먹었다고 손사래치면 왜 남의 술만 받고 자기 술은 안 받냐며 화를 내기도 했다.

한쪽에서 흥겨운 시간이 갑자기 깨진 것은 엉뚱하게 일어났다. 조현수가 밥과 고기를 나르다 엎은 것이었다. 조심조심한다고 했는데 아무래도 손에 익지 않은 탓이었다. 처음엔 그걸 본 사람들은 대수롭지 않게 생각했다.

"괜찮아. 쏟을 수도 있지."

누가 잘못해도 웃어넘길 수 있는 마음의 여유가 있었다. 한 여자가 조현수 옆에 와서 쏟아진 것을 같이 거두다가 조현수의 손을 보고 한마디 했다.

"손이 참 곱네요."

"아, 예."

소나무 껍질 같은 농민들의 손에 비해 하얀 손이 부끄럽던 조현수였다. 손을 뒤로 빼며 난감해하는데 말을 꺼낸 여자가 조현수의 얼굴을 빤히 보는 것이었다.

"얼굴도 뽀얀 게 농사짓는 아낙 같지 않네요."

"아, 예."

조현수는 민망함에 대충 대답했고 다른 여자들이 모여들어 조현수의 얼굴을 보았다.

"참으로 곱네, 고와."

"어찌 저렇게 고울까."

부러움으로 말하던 여자들이 차츰 이상한 눈으로 보기 시작했다.

"어디 사는 누구요?"

"농사꾼은 아닌 거 같고."

"양반이요?"

"양반인갑네."

차츰 음성이 높아지자 조현수는 자리를 피하려고 일어서는데 누군가 큰 소리로 말했다.

"맞네. 조진사댁의 아씨."

"뭐라고? 그 봉대의 악질 조진사의 아씨라고?"

"맞아. 내가 그 집 일을 자주 해서 몇 번 봤어."

"그런 아씨가 뭘 할라고 여기 왔어?"

"지랄하네. 염탐하러 왔는가?"

여자들이 모여들더니 조진사의 말이 나오자 남자들도 모여들었다. 조현수는 안 되겠다 싶어 고개를 들어 주위를 보며 말했다.

"예, 맞습니다. 조진사의 딸입니다. 하지만 전 염탐꾼도 아니고 여러분들과 함께 봉기를 일으키고자 왔습니다. 동학에 남녀노소 구분 없고 신분 차별도 없다지 않습니까? 전 그런 세상을 만들기 위해 왔습니다."

단단한 조현수의 말에 사람들은 웅성거렸다.

"지랄하네. 우리 같은 소작인들 피 뽑아 먹더니만."

"무슨 꿍꿍이가 있을 거야. 그 머시야, 심문해야 돼."

"집강님께 끌고 가세."

"맞아 염탐꾼이 맞아."

여자들이 모여들어 팔을 잡았다. 남자들도 여차하면 달려들 기세였다. 그때였다.

"왜들 이러십니까!"

누군가 큰소리치며 조현수 앞으로 나왔다. 조현수를 막아선 형국이었는데 남진갑이였다. 주위에 신망이 있어 사람들이 주춤했다.

"아무리 양반의 딸이라 해도 우리와 뜻을 같이하면 동지 아니요. 조접장이 무얼 잘못했소. 아버지가 잘못한 걸 딸에게 책임 물을 수는 없지 않소!"

남진갑의 말에 일부 사람들은 수긍하는 표정이었지만 일부는 떨떠름한 표정이었다. 이 광경을 말석도 보고 있었다. 기분이 묘했다. 나서고 싶은 마음과 내쫓고 싶은 마음이 뒤엉켰다.

"그래도 조진사 때문에 죽은 이가 어디 한두 명이요?"

"유랑 걸식하는 집도 한둘이 아니요."

사람들은 불만 섞인 말을 토해냈다. 그때 조현수가 사람들을 향해 무릎을 꿇었다.

"죽을죄를 지었습니다. 비록 제 아버지께서 하셨다 해도 저도 책임이 있습니다. 목숨을 구걸하지 않겠습니다. 아버지께 원한이 있는 분들은 저를 죽이셔도 전 원망하지 않겠습니다."

조현수는 말을 끊었다가 침을 삼킨 후 다시 말을 이었다.

"다만 새 세상을 만들고 싶어 여기 온 제 진정성만은 잊지 않았으면 좋겠습니다."

조현수는 고개를 숙였다. 여기저기서 침 넘어가는 소리가 들렸다.

어쩌자고 저기 있는가. 빨리 성을 나가지.

말석은 불만스레 바라보았다. 남진갑이 조현수를 바라보다 일으켜 세웠다.

"일어나시오. 조접장은 잘못이 없소. 자, 다들 조접장의 심정을 이해하시고 함께 새 세상을 만들어 봅시다. 한 사람이라도 같이 하는 게 낫지 않겠소."

남진갑의 말에 사람들의 표정이 매우 너그러워졌다.

"두고 봅시다. 얼마나 잘하는지. 꼴이 양반인데 잘할지 모르지만."

"고맙소."

남진갑이 인사했고 조현수는 고개를 숙인 채 한동안 있었다. 멀리서 바라보던 말석은 말없이 몸을 돌려 다른 곳으로 갔다. 자신도 모르게 휴, 한숨을 내쉬었다.

그때 동헌 쪽에서 풍물 소리가 울려퍼졌다.

깨깽, 깽깽깽.

어느 정도 배불리 먹자 풍물패가 사람들을 비집고 들어왔다. 어떤 이들은 일어서서 덩실덩실 춤을 추었다.

에해야디야, 상사디야.

누군가 상소리를 했다.

에해야디야, 상사디야.

사람들은 뒤를 받았다. 하나둘 사람들은 일어섰다. 양팔로 서로의 어깨를 둘렀다.

에해야디야, 상사디야.

에해야디야, 상사디야.

사람들은 밤이 깊어가는 줄도 모르고 춤추며 노래를 불렀다.

밤이 깊어가자 일부 사람들은 집으로 가고 일부는 읍성에 남았다. 조현수도 사람들과 함께 객사에 들었다. 하지만 조현수는 잠이 들지 않았다. 혼자 자던 습관이 몸에 밴지라 여럿이 자니 잠이 오지 않았다. 게다가 코 고는 소리는 적응이 안 되었다.

내가 버틸 수 있을까. 조현수는 두려웠다. 새 세상을 만들자는 큰 포부를 품고 왔지만, 비록 하루 동안이었지만 다른 세계에 있는 것 같았다. 나와 다른 사람들, 말투도 다르고 행동도 다르고, 생각도 다르고, 도무지 자기와 같은 게 없었다. 예상했던 것보다 심했다. 후회는 되지 않지만 잘할 자신이 없었다. 말석이라도 마음을 열어 상의하고 대화를 나눌 수 있으면 좋겠다는 생각이 들었다.

읍성 점령 둘째 날. 날이 밝자마자 죽창을 든 사람들은 말석 일행을 뒤따라 성을 빠져나왔다. 농기구를 들었던 사람들도 이젠 대나무를 깎아 죽창을 만들었다.

……

아무도 말하지 않았다. 앞장선 사람의 그림자를 뒷사람이 따라 걸었다. 손에 죽창을 꽉 쥐었다. 손바닥에서 땀이 났다. 백여 명의 사내들은 이제 갓 보랏빛 새벽 공기를 뚫으며 길을 나섰다.

……

아무도 말하는 자가 없었다. 다만 거친 숨소리만이 하늘로 모락모락 피어올랐다. 자박자박. 발걸음 소리는 낮게 깔렸다. 서둘렀다. 빨리 가자고 거친 콧김이 재촉했다. 이젠 우리 세상이다. 그동안 당한 대로 돌려주리라. 어느새 악독한 양반에 대한 보복이 있을 거라는 소문은 바람보다 먼저 퍼졌다.

죽창을 든 사람들이 성 밖을 몰래 빠져나간 지 얼마 되지 않아 큰 나무 뒤에서 인기척이 났다.

"얘야."

큰 나무 옆에 서 있던 여인이 무리 속의 한 젊은이를 불렀다.

"어머니가 여기 웬일이요? 어서 가세요."

아들은 손을 홰홰 저었다.

"아버님이 오셨단다. 잠시만 보잔다. 제발."

어머니는 빌듯이 아들에게 말했다.

"일없어요."

"아니다. 날 봐서라도 만나주려무나."

어머니는 애원했다. 아들은 어쩔 수 없이 어머니의 팔에 이끌려 큰 나무 뒤로 들어갔다. 어둠 속에는 큰 갓을 쓴 양반이 뒷짐을 지고 있었다.

"흠흠."

아들이 다가오자 양반은 헛기침했다. 아들은 양반 곁에 가서 먼산바라기를 했다.

"어찌 양반의 자식으로서 난에 참여한단 말이야."

"제가 양반의 자식입니까?"

"양반의 자식이 아니면?"

"첩의 자식인데 양반이라니요? 저는 한 번도 자식 대접받아본 일이 없습니다."

"세상 법이 그런 걸 난들 어떡하느냐. 어쨌든 넌 내 자식이다. 근데 어떻게 저런 무지랭이들과 어울린단 말이야."

"선량한 사람들입니다."

"양반을 욕보이러 가는 놈들이 선량하다고?"

"그동안 양반들에게 사람 취급을 받기나 했나요?"

"그들은 사람이 아니다. 게으르고 조금만 기회가 나면 양반을 속이는 자들이다."

"…"

"문자를 읽을 줄도 쓸 줄도 모르고, 공맹 사상도 모르고 오직 짐승일 뿐이다."

"그럼 전 갑니다. 나도 짐승이오. 난 저들과 같습니다."

"우리 집과 재물을 지켜라."

"이제 와서 무슨 소리입니까. 그동안 백성들한테 빼앗아온 재물이 아닙니까. 지금까지 흙 한 번 만져본 적이 있습니까. 흙 한 번 만져본 적이 없는 사람은 쌀밥을 먹고, 하루 종일 뙤약볕 아래서 일만 했던 사람들은 쌀밥은커녕 죽조차 실컷 못 먹는 세상 아닙니까. 직접 농사짓지 않는 땅, 농사짓는 백성들한테 돌려주는 게 도리 아닙니까."

"네가 단단히 미쳤구나. 난 저들에게 정당하게 받았을 뿐이다."

"아닙니다. 전 갑니다. 그동안 양반이라고 백성들 고혈 짜내고 눈에 피눈물나게 한 양반들을 징치하러 전 갑니다."
"우리 가문을 지켜라. 제발, 부탁이다."
"이제 세상이 바뀌었습니다. 양반 상놈 없는 세상입니다."
아들은 팔을 잡는 양반의 손을 뿌리치고 대열 속으로 달려갔다. 양반은 분을 못 이겨 부들부들 떨었다.
"네 놈들 세상이 오래 갈 것 같으냐 두고 보자."
이러한 상황을 바라보던 말석은 죽창을 쥔 손에 힘을 주었다.
"간사한 저 무리들!"
강홍이가 나직이 말했다.
"똥물에 튀겨 죽일 놈들!"
원성팔이 눈을 부라렸다. 김경준은 갑장산을 보며 걸었다. 울화통이 일 때는 갑장산을 보는 습관이 있었다. 말석도 김경준을 따라 감장산을 보러 고개를 돌리는데 뒤쪽 멀리서 익숙한 얼굴이 눈에 띄었다. 자세히 보니 조현수였다. 말석은 발걸음을 멈추었다 다시 걸었다.
어쩌자고 따라오는가. 곧 당신네 집도 칠 텐데.
말석은 당장이라도 달려가 조현수를 되돌려보내고 싶지만 소용이 없을 것 같았다. 따라올 마음이 있었다면 돌아갈 마음은 없으리라 생각되었다. 걷는데 자꾸만 뒤통수가 당겼다.

잠시 후,
"야야."
노파의 가냘픈 소리가 울려퍼졌다.
"안 된다이."
사람들의 물결은 노파의 목소리를 밀쳐내며 몰려갔다. 하지만 한 사내가 옆을 돌아보았다.

"어무이."
"야야. 이리 오거래이."
노파는 쓰러질 듯 앞으로 나아가 아들의 손을 잡았다.
"이러면 안 된다. 그만 돌아가자. 저들이 우릴 지금껏 먹여 살렸잖니."
"어무이, 그들이 우릴 먹여 살린 게 아니라 우리가 그들을 먹여 살렸소."
"야야, 무슨 그런 소릴 하느냐."
"우린 죽도록 일만 했었잖아요. 그런데 저들은 일은 안 하고 좋은 음식에 기생에 맨날 풍류만 즐기던 사람들이요."
"그들은 그들만의 세상이 있다. 우릴 그들이 먹여 살렸다."
"그런 저들이 우리가 일한 만큼 주었나요? 이제 그만 돌아가세요."
아들은 어머니를 밀어냈다. 하지만 노파는 아들의 손을 놓지 않았다.
"그냥 살자. 그 사람들이 순순히 물러갈 성 싶으냐."
"난 이대로는 못 삽니다. 이 더러운 세상을 뒤엎어야지요."
"그렇다고 세상은 안 바뀐다."
노파는 아들의 팔을 잡고 놓아주지 않았다. 아들은 대열에서 벗어났다. 사람의 물결은 아무 일도 없었던 듯 그대로 흘러갔다. 아들은 어머니의 손을 잡고 울었다.
"어무이. 보내주이소."
"야야, 가면 안 된다카이."
노파는 잡은 팔을 놓지 않았다.
"우리가 평생 이렇게 살아야 하나요?"
"우린 그저 죽은 듯 살면 된다. 주면 주는 대로 먹고, 시키면 시키는 대로 하며 살면 된다."
"어무이. 전 그렇게 못 삽니다. 사람이 하늘이라 캤습니다."
"앞에 나설 사람은 따로 있다."

"다른 사람들도 다 가는데 우째 나만 가만히 있습니까."
"두 눈 꼭 감고 그냥 있으래이. 지금은 난이다. 난이 일어났을 땐 가만히 있는 게 상수다. 세상이 바뀌면 삼 대가 몰살이다. 저놈들은 그런 놈들이다."
"어무이. 저도 새 세상에서 살고 싶소."
"새 세상이 그렇게 싶게 올 것 같더냐. 저들이 그렇게 쉽게 물러갈 것 같더냐. 그 사람들은 그런 사람들이다. 절대로 그냥 물러설 사람들이 아니다."
"어무이. 그럼 아부지의 원한은 어찌하오."
"그건 천지신명의 소관이다. 우린 어쩔 수 없다. 타고난 팔자인 걸."
"아버지가 아플 때 저들이 약 지어 먹으라고 준 돈이 배가 부르고 씨앗을 까 결국 있던 땅도 빼앗기고 빈털터리가 됐지 않았소."
"운명이다. 그건 나라 임금도 어쩔 수 없다카이."
"나라 임금도 못할 일을 우리가 한다고 하지 않소. 우리의 세상은 우리가 만들 거요."
"제발 돌아 오거래이."

백여 명이 넘던 군중에서 십여 명이 떨어져 나갔다. 어머니가 데려가고 아버지가 데려가고, 아내가 데려갔다. 끌려가는 자는 울었다. 끌려가지 않는 자는 외면했다.

"여보. 지금은 당신 세상 같지만 절대로 그렇지 않소. 그들은 잠시 움츠리고 있을 뿐이오."
"제발 돌아오소. 삼십여 년 전 임술년 그때 못 보았소. 그때도 우리의 세상이 왔지만, 며칠 못 갔지 않았소. 그때 해산하면 요구를 들어주고 추후 죄를 묻지 않겠다고 해놓고도 막상 물러나니 저들은 얼마나 많은 사람을 죽였소. 저들은 그런 자들이오."
"아녀. 이젠 그렇게 쉽게 물러서지 않을 거여."

"아니요. 제발 가지 마오."
 아낙들은 군중에 달려들어 남편들의 팔에 매달렸다. 몇몇 남자들은 아내에게 끌려갔고 다른 남자들은 고개를 외로 틀었다.

 쉬지 않고 걸은 말석 일행과 농민들은 공성 소리마을에 도착했다. 고래등 같은 기와집 20여 채가 큰 마을을 형성하고 있었다. 소작인들에게 너무나 지독해서 같은 양반들도 고개를 틀고 지나간다는 소리마을이었다. 앞장선 말석 일행은 맨 먼저 보이는 27칸 기와집 대문에 몰려들었다.
"문 여시오."
 말석이 문을 두드리며 외쳤다. 아무 대답이 없었다.
"때려 부수시오."
 뒤에 선 사람들이 아우성을 쳤다.
"문 여시오. 안 열면 때려 부수리다."
 최후통첩했다. 그때 문이 열렸다.
"왜들 이러시오."
 하인인 듯한 맨상투를 한 사내가 얼굴을 내밀었다.
"주인장 좀 보세나."
"나으리는 외타중이오."
"직접 보리다."
 원성팔이 하인의 가슴을 힘껏 밀치며 들어갔다. 그러자 뒤따르던 사람들이 와, 하며 안으로 들어갔다. 여러 명의 하인이 몰려 있었다. 사람들은 하인들의 놀란 표정은 아랑곳없이 주위를 휘둘러보았다.
"우리는 저 집으로 가겠소."
 강홍이가 말하곤 옆집으로 갔다. 일부 사람들이 따라갔다.
"우리는 이쪽 집으로 가겠소."

김경준이 밖으로 나가 다른 집으로 갔다. 사람들이 뒤를 따랐다. 사람들은 여러 패로 나뉘어 흩어졌다.

"물러가시오."

하인은 두 팔을 벌렸다.

"뒤지시오."

말석이 개의치 않고 소리쳤다.

"주인 끌어내라."

사람들은 사랑방으로 몰려갔다. 원성팔은 신발을 신은 채 마루에 올라 사랑방 문을 열었다. 언제나 마당에서 엎드려 보던 문이었다. 그때는 엄청나게 크고 높아 보였는데 이제 보니 손바닥만 했다. 처음엔 떨리던 손이 이젠 떨리지 않았다. 안에는 아무도 없었다. 병풍 뒤를 보았다. 문갑 뒤를 보았다. 어떤 이는 다락문을 열고 들어갔다. 주인은 보이지 않았다.

"없다."

원성팔의 소리에 사람들은 작은사랑채로 몰려갔다. 역시 작은사랑채를 다 뒤져도 주인은 보이지 않았다. 사람들은 허탈해서 서로 바라보았다.

"안채를 뒤져라."

말석이가 소리쳤다. 사람들은 잠긴 중문을 때려 부수고 안채로 뛰어들었다. 안채 역시 여자 종들만 있을 뿐 주인 가족은 보이지 않았다.

"돌아가시오."

하인이 소리쳤다. 말석이 하인에게 다가갔다.

"어디로 도망갔소?"

"난 모르오. 제발 돌아가시오. 무슨 일이 나면 우리는 살아남지 못할 거요."

하인들이 애원했다. 그때 조현수가 나섰다.

"이제 세상이 바뀌었습니다. 당신들도 이제 면천될 것입니다. 노비문서를 불태울 겁니다."

조현수의 말에 몰려 있던 하인이 앞에 나섰다.

"면천된다 한들 우리가 무엇으로 먹고 살라요. 돈이 있소. 땅이 있소."

조현수는 웃으며 안심시켰다.

"집강소에서 돈도 주고 땅도 줄 것이요. 이제 여러분의 세상입니다."

"좋소. 나도 동참하겠소."

조현수의 설득에 하인 몇이 앞으로 나왔다. 하지만 나머지 하인들은 서로의 눈치를 보며 머뭇거렸다.

"빨리 이리 오시오."

원성팔이 재촉했다.

"우리 여기 남을 거요."

말석이 눈에 힘을 주었다.

"그럼 우리 일에 방해하지 마시오. 그러다 상할 거요. 곳간을 열고 쌀을 꺼내시오"

말이 떨어지자마자 사람들이 곳간으로 달려가 문을 부수었다. 곳간에 쌀이 가득히 쌓여 있었다. 비단이며 어물도 많았다.

"모두 집 밖으로 꺼내시오."

말석의 말에 사람들은 쌀을 집 밖으로 옮겼다. 비단이며 어물들도 집 밖으로 옮겼다. 사람들이 사랑채로 들어가 문서를 한 아름 들고 왔다.

"노비문서다."

원성팔이 소리쳤다.

"불을 지르시오."

"땅문서다. 돈이다. 어음도 있다."

사람들은 금고를 몇 개나 들고 나왔다.

"그것은 재물들과 함께 놔두시오."

말석의 말에 사람들은 사랑채에 있던 돈과 재물을 집 밖으로 가져갔다. 조현수는 노비문서에 불을 붙였다. 문서는 활활 타올랐다. 봉기에 동참하려고 앞으로 나왔던 하인들은 멍하니 서로 바라보다가 눈물을 흘렸다. 말석은 조현수의 행동을 보며 제지하려다 말았다.

 우리와 다름없이 한다 한들 근본이 바뀔까.

 말석은 고개를 저었다.

 누군가 불붙은 문서를 방 안으로 던졌다. 방에서 불이 치솟았다.

"안채로 갑시다."

 사람들은 안채로 몰려가 재물을 꺼냈다. 안채에도 불을 질렀다. 불은 활활 타올랐다. 짚단에 불을 붙여 방마다 던졌다. 방 안에서 불길이 치솟았고 연기가 쿨렁쿨렁 터져나왔다.

 와!

 사람들은 불타오르는 집을 보며 환호성을 질렀다. 한 번도 허리 펴고 들어온 곳이 아니었다. 감히 접근 못하던 곳이었다. 자신들이 사는 방식이 다른 그들만의 별천지였다. 사람들은 환호성을 질렀다. 주인을 못 잡은 것이 아쉬웠지만 불길이 집을 집어삼키는 것을 보니 주체할 수 없을 정도로 가슴이 벅찼다.

"기둥에 줄을 묶으시오."

 원성팔의 말에 사람들은 기둥마다 줄을 묶었다. 그리곤 여럿이 잡아당겼다. 조현수도 줄을 잡고 힘껏 당겼다.

 영차! 영차!

 우지끈, 소리와 함께 기둥이 넘어지며 기와지붕이 풀썩 주저앉았다.

 와!

 사람들은 고함을 질렀다. 그렇게 큰사랑채와 작은사랑채가 무너졌다. 안채가 무너졌고 별채가 무너졌다. 옆집에서도 연기가 치솟았고, 쿵쿵, 집 무너지는 소리에 사람들의 환호성이 하늘을 찔렀다.

"불 끌 생각은 마시오."

집에 남겠다는 하인들에게 다짐하곤 다른 집으로 옮겼다. 거기서도 재물을 밖으로 끄집어내곤 불을 질렀다. 고래등 같은 기와집 수십 채가 불길에 휩싸였다.

같은 시각 읍성.

선산 가는 길목인 낙동의 처가에 숨어 있던 이방과 함창 마름 집에 숨어 있던 호방을 비롯하여 아전들이 친척 집이나 소작인 집에 숨어 있다가 잡혀 왔다. 사람들이 전날부터 잡으러 다녔다. 아전들을 동헌 마당에 꿇어 앉혔다. 아전들은 끌려오면서 사람들에게 맞아 입술이 터지고 볼이 부어올랐다. 거친 숨을 내쉴 때마다 이방의 비대한 몸이 움찔거렸다.

"사람들이 공성으로 몰려가 소리마을을 작살냈다는데 큰일이요."

농민군 지도부는 동헌 마루에 앉았다.

"그만큼 사사로운 보복을 말라 했거늘."

집강이 혀를 쯧쯧, 찼다.

"워낙 악독하게 군 지주들인지라 원한을 많이 산 것 같소이다."

"지주들에게 사사로이 곤장을 안 맞은 사람이 없을 정도이며 고리채에 땅을 날리고 심지어 목숨까지 잃은 사람들도 있다 하더군요."

"봉대마을에도 많은 집이 불에 탔다고 하더이다."

지도부 사람들의 표정에는 근심이 가득했다. 사람들이 지주들에게 보복하는 것을 이해하면서도 걱정이 되었다. 잘못된 제도를 바꾸자고 봉기를 일으켰지 사사로운 보복을 하자고 일으킨 것은 아니었다.

"악독한 지주들을 하루빨리 잡아들여 죄를 밝히고 그에 합당한 벌을 주어야겠소."

집강이 말했다.

"잡아들이려 해도 악독한 지주들은 이미 도망을 가버려 어쩔 수 없소이다. 도망가지 않고 집에 있는 자들은 오히려 죄가 가벼운 자들이요."

"하여튼 소리마을과 봉대마을에 사사로운 보복을 한 사람들에게 다음부터 하지 말라고 단단히 일러야겠소."

집강은 입술을 깨물었다. 잡혀 온 아전들과 악덕 지주들을 빨리 징치해야 했다. 집강은 동헌 마루에 정좌했다.

"우선 이방부터 시작하겠소. 다른 아전들은 옥에 가두시오."

집강의 카랑카랑한 목소리가 떨어지자 창을 든 사람들이 이방을 제외한 다른 아전들을 옥으로 데려갔다.

"살려주시오. 원하는 대로 다 해주리다."

호방은 끌려가면서 우는소리를 했다. 그때 서기가 집강에게 다가가 귓속말을 했다.

"쯧쯧."

집강은 끌려가는 호방을 바라보며 혀를 찼다. 모두 집강을 바라보았다.

"삼만 냥을 내놓았다는군요. 살려 달라고. 나에게 일만 냥을 따로 가져왔다 하고요."

"뇌물이군요. 쯧쯧."

사람들은 혀를 내둘렀다.

"이방을 형틀에 묶으시오."

집강은 정색을 하고 마당의 이방을 내려다보았다.

"네 이놈."

이방은 형틀에 묶이지 않으려고 발버둥치며 집강을 노려보았다.

"이방은 아직도 그대의 죄를 모르겠소?"

"네 놈이 감히 무슨 자격으로 이러는가."

이방은 고함을 질렀다.

"무슨 자격? 난 이 나라 백성의 한 사람으로서 부정부패한 아전을 벌주려 하고 있소."

"관속에게 손을 대다니. 목숨이 떨어질 죄라는 것을 모르는가."

"부정부패한 아전을 징치하는데 죄라니. 이방은 아직 세상이 어떻게 바뀌었는가 잘 모르겠소?"

"이 세상이 오래갈 것 같으냐. 네 놈들은 꼭 나라의 법으로 죄를 받을 것이다."

"이방은 아직 그대의 죄를 모르시오?"

"난 죄가 없소. 단지 목사가 시키는 대로 한 일 뿐이오."

그때였다.

"저놈을 죽여라."

"저놈이 아직도 자신의 죄를 모르고 있다."

둘러싼 사람들이 삿대질하였다.

"그래요? 그럼 목사 혼자만 나쁜 짓을 다 했다는 말이군요."

그때였다.

"악!"

이방은 비명을 지르며 옆으로 쓰러졌다. 이방 옆으로 주먹 만한 돌멩이가 굴러떨어졌다. 누군가 돌을 던진 것이었다. 이방의 이마에서 피가 흘러내렸다.

"이러지 마시오."

집강이 엄하게 말했다.

"저놈은 곤장 가지고 안 되오. 저놈이 아무 죄 없는 우리 아버지를 끌고 가 물고낸 사람이요. 이십 냥을 내면 풀어주겠다는데 내가 돈이 어디 있소. 그래서 매를 맞았다가 장독이 퍼져 사흘 만에 돌아가셨소."

사내가 또다시 돌을 던지려 하자 사람들이 달려들어 말렸다.

"저놈을 죽여야 하오. 내 아비의 원수를 갚아야겠소."

사내는 끌려가며 악을 썼다.

"악!"

또다시 비명이 났다. 넘어졌던 이방이 자세를 고쳐 앉으려는데 누군가 달려들어 얼굴에 주먹을 날린 것이었다. 옆으로 이방은 꼬꾸라졌다. 그러자 누군가 뛰쳐나와 발길질했다.

"으억!"

이방은 죽는다고 비명을 질렀다. 여러 사람이 달려들어 말렸지만, 성난 사람들을 말리지 못했다.

"멈추시오."

집강은 일어서서 소리쳤다. 이방은 널브러져 움직이지 않았다. 깨끗하던 비단옷은 흙이 묻어 원래의 색깔을 알 수 없었다. 얼굴과 찢어진 등 쪽의 옷에서 피가 묻어나왔다. 그래도 사람들은 집강의 말을 듣지 않고 계속 주먹질과 발길질을 했다. 지도부가 나서서 말리자 겨우 진정이 되었다.

"아무 죄 없는 사람을 잡아가서 돈 주면 풀어주고 돈 안 주면 곤장 쳐 내쫓았는데 그렇게 당한 사람이 수백 명이 넘을 거요."

지도부에게 밀려나며 사람들은 불만을 토로했다.

"징치한다지 않소. 죄를 조사해서 그에 합당한 벌을 내리겠소."

집강이 말했다.

"그까짓 곤장 몇 대 칠라고 그러시오?"

사람들은 수긍하지 않았다.

"사람은 하늘이요."

"난 동학을 안 믿으니께 사람이 하늘인지 모르겠고 그냥 내 아비 복수만 하면 되오."

많은 농민군이 악에 받쳐 집강의 말을 잘 들으려 하지 않았다.

"옥에 가두시오."

집강은 서둘러 명을 내렸다. 이러다가 무슨 사단이라도 벌어질 것 같았다. 그때 쌀을 실은 달구지가 줄을 지어 성 안으로 들어왔다.

"이방 집과 호방 집에서 가져온 것이오."

"곳간이 넘쳐나서 비가 오면 젖는 쌀이 태반이요."

"돈과 어음만 수십만 냥이 넘소."

사람들은 집강에게 보고를 했다.

"한쪽으로 잘 쌓아두고 목록을 적으시오. 일일이 피해 조사를 해서 농민들에게 다 돌려줄 것이오."

집강이 말을 하는 중에도 달구지는 계속해서 들어왔다. 예방 공방 등 다른 아전들의 집에서 나온 재물을 가져오는 중이었다. 특히 이방과 호방의 집에는 주먹 만한 금송아지가 몇 개나 나와 사람들을 놀라게 했다.

"호방을 데려오시오."

집강은 사람들을 멀찍이 떨어지게 하고선 명을 내렸다. 하지만 걱정이 되었다. 호방 또한 이방보다 더하면 더 했지 못하지는 않았다. 그렇다고 피해 조사나 징치를 나중으로 미룰 수는 없었다.

"아이고 살려주시오."

호방은 끌려 나오며 벌벌 떨었다.

"에이, 쥐새끼 같은 놈."

평소엔 거들먹거리며 농민들에게 위세를 부리던 호방이 벌벌 떠는 모습을 보자 농민군들은 한심하다는 듯 혀를 끌끌 찼다.

"형틀에 묶으시오."

"살려주시오. 내 재산 다 내놓겠소. 원하는 것은 다 하겠소."

호방은 형틀에 묶이면서도 집강을 보고 손을 비비며 하소연했다.

"에이 죽일 놈아."

누군가 달려들어 주먹을 쳤다.

"아고고. 나 죽네."

호방은 죽는시늉했다.

"그렇게 돈을 우려먹고 사람 못살게 굴어놓고도 살기를 바라느냐."

"저놈도 죽여야 해."

사람들은 달려들어 주먹질과 발길질을 했다.

"아고고. 살려주시오."

금세 몸이 축 늘어진 호방은 살려달라는 말만 되풀이했다.

"멈추시오."

집강은 마당으로 내려와 소리쳤다. 몇 번 더 발길질하던 사람들은 마지못해 뒤로 물러섰다.

"옥에 가두시오."

집강은 명했다.

다른 아전들도 데리고 왔지만, 사람들의 주먹이 먼저 날아와 죄를 따질 수가 없었다. 아전들 모두 옥에 가두고 따로 날을 잡아 죄를 밝히고 벌주기로 했다. 몇몇이 이의를 제기했지만 집강의 생각은 완고했다.

아전들에게 가져온 쌀이 곳간에 넘쳤다. 임시로 천막을 치고 쌀과 비단 등 재물을 쌓았다.

"오늘도 쌀을 나눠드릴 테니 우선 당장 먹을 양만 가져가시오. 조사가 끝나는 대로 공평하게 나눠주겠소. 그리고 저녁 드시고 오늘 밤도 맘껏 놀도록 하시오. 술과 안주는 넉넉히 준비할 것이오."

집강의 말에 사람들은 와, 하고 환호성을 질렀다.

말석 일행은 소리마을에 불을 지르고 빼앗은 재물은 달구지에 싣고 읍성으로 향했다. 재물을 실은 달구지의 끝이 보이지 않은 정도로 길게 행렬이 이어졌다.

"참, 이런 세상이 오다니."

강홍이가 말했다.

"양반놈들 모가지를 땄어야 했는데."

원성팔은 입맛을 다셨다.

"맞소. 악독 양반들을 몰아내야 진정 우리 세상이 되는 거요. 그들이 살아 있는 한 무슨 일을 꾸밀지 모르오."

김경준의 말에 모두 고개를 끄덕였다. 모두 환희에 찬 얼굴이었다. 굴종에 익숙한 얼굴이 아니었다. 무릎 꿇고 사는 사람들이 아니었다. 이젠 당당히 이 땅의 주인이었다.

상주 가까이 왔을 때 강홍이가 말했다.

"가는 길에 조진사 집에도 갑시다."

순간 말석은 숨이 멎는 것 같았다. 예상한 일이었지만 가슴이 쿵닥쿵닥 뛰었다.

"당연히 가야지."

원성팔의 말에 김경준이 답했다.

"다른 사람은 먼저 보내고 우리 몇이만 갑시다."

"그럽시다."

남진갑이 말했다. 말석은 발걸음이 무겁게 느껴졌다. 자꾸만 조현수가 신경이 쓰였다.

"조접장은 달구지 따라 보냅시다."

말석의 말에 강홍이가 뒤돌아보며 웃음을 머금었다.

"그럴까?"

"흠흠."

원성팔이 헛기침을 했다. 그때 조현수가 앞으로 달려왔다.

"나도 가겠습니다."

말석은 뜨악하게 조현수를 바라보았다.

"그만 읍성으로 돌아가십시오."

말석의 음성이 떨렸다.

"아닙니다. 저는 이미 집을 나왔기에 제집이 아닙니다. 조진사의 집입니다."

조현수의 말에 사람들이 웃었다.

"그도 그렇긴 하오."

원성팔이 누런 이를 드러내며 웃었다.

"그럽시다. 가겠다는데."

강홍이도 누런 이를 드러내며 웃었다. 말석은 앞만 보며 걸었다.

도대체 어쩌자는 건가. 조진사는 이미 도망쳤을까. 그래서 같이 가겠다는 건가.

말석은 떠오르는 생각들을 떨쳐버리는 듯 하늘을 보았다. 구름 한 점 없는 짙푸른 하늘이었다. 돌멩이라도 던지면 짓푸른 물이 와락, 쏟아질 것만 같았다.

침묵이 조진사의 집까지 갈 동안 이어졌다. 말석은 주동자가 되어야 할 판이니, 긴장이 되었다. 아무 말도 없이 가자니 말석은 답답했다. 조현수도 가슴을 누르는 답답함으로 걸었다.

마침내 67칸 으리으리한 기와집에 도착했다. 말석이 심호흡했고 다른 사람들은 먼 곳을 보며 말석의 행동을 기다렸다. 조현수도 곁눈으로 말석을 바라보았다. 어차피 예상한 일이었지만 가슴이 뛰었다.

부모님은 도망갔을까. 갔겠지.

조현수는 도망갔으리라 빌고 있는 자신에게 깜짝 놀랐다.

그만큼 암시를 주었는데.

조현수는 자꾸만 불안한 마음이 들었다. 말석은 머뭇거리다 주먹으로 문을 두드렸다. 태어나서 한 번도 두드려보지 못한 문이었다. 높다란 지붕 자체가 위압스러웠다.

쾅! 쾅! 쾅!

아무 소리가 없자 말석은 다시 두 주먹으로 두드렸다. 얼굴에 핏기가 몰려 붉게 변했다.

"에이"

원성팔이 길가에 있는 커다란 돌을 주워 던졌다. 하지만 삐거덕하는 소리만 날 뿐이었다. 견고한 문이었다. 강홍이와 김경준이 큰 돌을 길가에서 가져와 던졌다. 조현수는 초조하게 주시했다. 원성팔이 다시 큰 돌을 주워 던지자 그제야 문이 안으로 휘청거렸다. 강홍이와 김경준 둘이 함께 큰 돌을 던지자 한쪽 문이 부서지며 조금 열렸다. 말석이 큰 돌을 들어 힘껏 던졌다. 양쪽 문이 부서지며 활짝 열렸다. 말석은 성큼 안으로 발을 들어놓았다. 며칠 전까지 자신이 살던 주인집에 오니 감회가 새로웠다. 사랑채 마당에 들어서니 하인 몇이 모여들었다.

"말석이 아닌가. 왜 이러는가?"

하인들이 말석에게 비굴한 웃음을 지었다.

"조, 조진사 어디 갔소?"

굳은 표정의 말석은 큰사랑채 작은사랑채 중문을 바라보며 물었다.

"아씨 아니십니까?"

하인들이 뒤따라 들어온 조현수를 알아보고는 반갑게 인사를 했다.

"아버님 어디 가셨습니까?"

조현수의 깍듯한 존댓말에 하인들은 어리둥절했다.

"아, 안 계십니다."

"뭐라?"

하인의 말에 원성팔이 신발을 신은 채 사랑채 마루로 올라섰다. 강홍이와 김경준도 뒤따랐다. 원성팔이 문고리를 잡고 힘껏 잡아당겼다. 우지직, 문이 나가떨어졌다. 안은 깨끗하게 정돈되어 있었다.

"도망갔군."

방에 들어갔다가 나온 원성팔이 허탈하게 말했다.

"안채로 가세."

강홍이가 중문을 부수고 안으로 들어갔다. 말석은 작은사랑채로 갔다. 역시 깨끗하게 정돈되어 있었다. 안채에 갔던 강홍이가 돌아와 곧장 조현수에게 다가갔다.

"이년! 네가 빼돌렸지?"

금방이라도 한 대 칠 것처럼 말했다.

"난 그런 적 없소."

조현수는 당당하게 말했다.

"아무래도 수상해."

원성팔이 조현수를 아래위로 보며 말했다. 말석은 마른침을 꿀꺽, 삼켰다.

"더 찾아봅시다."

말석은 안채로 들어갔다. 별당에도 갔지만 아무 흔적도 없었다. 곳간도 뒤졌지만 없었다. 허탈했다.

원수를 갚아야 하는데. 어디로 갔을까.

말석은 어디 숨었을까, 생각하며 사랑채 마당으로 나오는데 원성팔이 죽창을 조현수의 목에 대었다.

"악!"

순간 조현수가 비명을 질렀다.

"바른대로 말해. 네가 빼돌렸잖아. 네 부모 살리려고 봉기에 참가한 거 아냐?"

"아닙니다. 정말 모르오."

조현수가 하얗게 질린 얼굴로 말했다.

"좋아. 그럼 정말인지 보지. 이얏!"

원성팔은 죽창 든 손을 높이 들었다. 금방이라도 찌를 기세였다. 그때 안 돼, 하는 소리가 희미하게 들려왔다. 높이 들었던 원성팔의 죽창이 멈추었다. 모두 눈을 크게 뜨고 두리번거렸다. 소리가 난 방향을 찾앉다. 하지만 쥐 죽은 듯 조용했다. 조현수는 감았던 눈을 뜨고 긴 숨을 토해냈다. 순간 말석과 눈이 마주쳤다. 말석은 얼른 눈길을 피했다.

잊지 말자. 원수의 자식 또한 원수다.

말석은 먼 데를 보며 굳게 다문 입술에 힘을 주었다.

"분명 여자 목소리였는데."

강홍이가 주위를 둘러보다 조현수를 보았다.

"아무래도 수상해. 이 년 족치고 불 지릅시다."

원성팔이 말했다.

"그럽시다. 조진사가 얼마나 많은 소작인과 하인들을 못살게 굴었습니까."

김경준이 죽창을 쥐며 말했다.

"자, 그럼."

원성팔은 다시 죽창을 높이 들었다. 그때였다.

"안 돼!"

여자의 날카로운 소리가 들렸다.

"곳간 쪽이다!"

강홍이가 곳간으로 달려가자 원성팔 김경준이 뒤를 따랐다.

드디어 올 것이 오고야 말았구나.

말석은 죽창 쥔 손에 힘을 주었다.

"여기 있다."

"나와라, 이놈아!"

곳간에서 소리가 들리더니 조진사와 부인이 비틀거리며 걸어 나왔다. 조현수의 입술이 떨렸다.

"빨리 가자, 이놈아!"

강홍이가 조진사의 등을 죽창으로 내리치자 조진사는 에구구, 비명을 지르며 비틀거렸다. 가까이 다가오자 원성팔이 다시 조진사와 부인의 등에 죽창을 후려쳤고 두 사람은 쓰러졌다.

"똑바로 앉아라!"

김경준이 말했다. 조진사와 부인은 무릎을 꿇었다.

"살려주시오. 제발 목숨만은 살려주시오."

조진사는 무릎을 꿇은 채 두 손으로 빌었다. 말석은 지그시 바라보았다. 제대로 눈도 못 맞추던 사람이 이렇게 무릎을 꿇고 살려달라고 빌고 있다니. 꿈인지 생시인지, 실감이 나지 않았다. 잠시 침묵이 흘렀다. 다들 어떻게 처리할까 고민하는 표정이었다. 말석도 어떻게 할까 고민이었다. 당장이라도 죽창을 배에다 쑤셔 넣으면 좋으련만, 차마 딸인 조현수가 보는 앞이라 망설여졌다. 흔한 개소리 새소리도 들리지 않았다. 숨소리조차 들리지 않았다.

"자, 말석아!"

마침내 강홍이가 말석을 돌아보았다.

"그래, 말석이 네가 처리해라."

원성팔이 말했고 김경준이 뒤를 받았다.

"저승에서 네 아버지가 보고 있을 거다."

말석은 아무 말 없이 조진사를 노려보았다. 얼굴이 후끈거렸고 땀이 났다.

죽여야 한다. 얼마나 기다렸던 일이더냐.

말석은 죽창을 쥔 손에 힘을 주었다. 그리곤 죽창을 높이 들었다. 배에 힘이 들어갔다.

그래. 단박에 목숨줄을 끊어야 한다.

"살려주게. 원하는 거 다 주겠네."

조진사는 무릎걸음으로 말석에게 다가가 다리를 붙잡고 사정했다. 말석은 발로 조진사를 걷어찼다.

"으악!"

조진사는 뒤로 벌러덩 넘어졌다.

"살려주게. 뭐든 다 하겠네."

부인이 무릎걸음으로 말석에게 다가왔다.

"에고고!"

역시 말석이 발로 걷어차자 뒤로 넘어지며 비명을 질렀다.

"나를 원망 마시오. 십여 년 전 우리 아버지 죽일 때를 생각하시오. 그러고도 살기를 바라시오?"

말석은 힘준 손을 더 높이 들었다가 내리치려는 순간, 조현수가 소리쳤다.

"저, 저를 죽여주십시오! 저를!"

조현수는 부모 앞으로 가 막아섰다. 찰나였다. 자칫 죽창에 조현수가 찔릴 뻔했다. 말석은 조현수를 노려보았다.

"비록 제 아버지께서 죄를 많이 지었으나 뉘우칠 기회를 주십시오. 그리고 죗값으로 저를 죽여주십시오. 제발, 저를 죽여주십시오."

조현수는 말석 앞에 무릎을 털썩, 꿇었다.

"비키시오."

말석이 단호하게 말했다.

"저를 죽이시고 마음의 원한을 씻어내십시오. 제 목숨을 바치겠습니다."

조현수는 울부짖었다. 강홍이와 김경준은 고개를 외로 틀었고 원성팔은 에이, 하며 조현수와 조진사를 노려보았다.

"비키시오!"

말석의 목소리가 허공을 찢었다.

"제발요. 제발 제 소원 들어주십시오."

조현수는 울부짖었고 말석의 팔이 후들후들 떨렸다.

"제발 살려주시오. 원하는 거 다 들어주겠소. 목숨만은 살려주시오."

조진사가 주위를 둘러보며 소리쳤고, 강홍이가 다가가 발로 걷어찼다.
"그 주디 닥쳐라! 네 손에 죽은 사람들을 생각해보아라!"
"그 죗값을 제가 받겠습니다."
조현수는 거듭 소리쳤다. 말석은 마침내 손을 내렸다. 얼굴에 비 오듯 땀이 흘러내렸다. 온몸에 맥이 빠져 움직일 수가 없었다. 사람들은 일제히 말석을 바라보았다.
"자, 자. 잠시 내 말 좀 들어보게."
남진갑이 보고 있다가 앞으로 나왔다.
"아무리 흉악해도 자식 보는 앞에서 부모를 죽일 수는 없네. 그러니 우선 집강소로 끌고 가세. 거기서 많은 사람이 보는 앞에서 처리하세."
"쳇. 거기 가봤자 곤장 몇 대 때리고 끝낼 건데?"
강홍이가 빈둥거렸다.
"에이."
김경준이 원통하다는 듯 화를 냈다. 남진갑이 재빨리 소리쳤다.
"이 두 놈을 묶고 집 안에 있는 모든 재물과 문서를 다 꺼내고 불을 지르시오."
남진갑이 서둘렀다. 사람들은 서로 눈치를 보다 사랑채 안채 별당 등으로 들어가 재물을 꺼내 대문 앞에 쌓았다. 곳간의 문을 부수고 곡식을 꺼내니 대문 앞에는 금방 작은 산이 하나 생겼다.
"많이도 해 처먹었군."
강홍이가 분하다는 듯 말했다.
"불을 붙이시오."
남진갑이 소리쳤다. 그러자 사람들이 짚단에 불을 붙였다.
"제가 하겠습니다."
그때 무릎 꿇고 있던 조현수가 벌떡 일어나더니 불붙은 짚단을 들었다. 사랑채 앞으로 가 방 안으로 짚단을 던졌다. 잠시 후 방 안에서 연기와 함께 불길이 솟아올랐다. 다시 짚단을 들고 안채로 갔다. 사람들이 어리둥절하여 바라보았다. 조현수는 아랑곳하지 않고 직접 방마다 불을 질렀다.

죄를 씻는다. 말석이 아버지에게도, 그동안 아버지에게 고통받은 소작인들, 하인들, 죄를 씻는다. 그들의 피로 지은 집, 다 불타야 한다.

별당 작은사랑채도 불을 질렀다.

동학 정신을 실현할 수만 있다면 모두 불태워야 한다. 변해야 한다. 모두 변해야 한다. 그동안 살아왔던 내가 변해야 한다. 집도 태우고 과거의 정신도 불태워야 한다.

조현수는 땀을 비 오듯 쏟으며 계속 방마다 불을 질렀다.

평등 세상, 남녀노소 구별하지 않는 평등 세상이 와야 한다. 양반 상것 없는 평등 세상이 와야 한다. 이게 말석이 아버지에게도 그동안 아버지 손에 죽거나 고통받은 소작인이나 하인들에게 그나마 사죄를 비는 일이다.

순식간에 67칸 기와집 전체에 불길이 하늘 높이 치솟았다. 조진사와 부인은 황망히 불길을 바라보았다. 말석은 흘러내리는 땀을 닦을 생각은 안 하고 불을 붙이는 조현수를 바라보기만 했다. 가슴 속에 있던 무거운 어떤 것이 빠져나가는 느낌을 받았다. 그동안 짓눌렸던 가슴이 편안해지는 것 같았다.

"앗!"

사람들이 소리쳤다. 말석은 상념에 잠겼다가 소리 나는 쪽을 바라보았다. 조현수가 쓰러져 있었다. 사람들은 조현수 주위로 몰려들었다. 말석은 자신도 모르게 조현수에게 뛰어갔다.


밤이 되자 말석 동료들은 한쪽 구석에 모여 낮에 있었던 소리 마을 불태운 얘기를 하고 있었다.

"태어나서 그런 불구경은 처음이네."
원성팔이 큰일을 한 듯 말했다.
"재물 실은 달구지가 끝이 안 보였다고."
강홍이가 자랑스레 말했다.
"곳간 한쪽에선 썩어가는 곡물도 있었는데 우리 같은 사람들은 굶고 있었으니."
남경준이 담뱃대에 담배를 쑤셔 넣으며 말했다.
"도망친 양반놈들 지금쯤 배 아파서 어떻게 지낼꼬."
"그게 어디 지들 것인가. 우리 같은 농투성이들이 다 지은 것이지."
"맞아. 저들이 직접 한 게 뭐가 있는가. 손에 흙을 한 번 묻혀 봤는가. 베를 짜 봤는가. 집을 지어봤는가. 죄다 남이 지은 것으로 호화롭게 살던 작자들이니."
김경준이 생각할수록 통쾌하다는 듯이 웃었다.
"그러이. 일하는 사람이 배불리 먹는 세상이 와야제. 그게 우리가 할 일이고."
남진갑의 말에 다들 고개를 끄덕였다. 그때 농민 한 사람이 두리번거리며 보따리를 들고 그들 앞에서 기웃거렸다.
"저, 여기가."
농민은 조심스러운 목소리로 말했다.
"왜 그러시오."
남진갑이 물었다. 농민은 머뭇거리다 조심스레 말했다.
"저기, 낮에 소리마을 불태운 분들입니까?"
"하하하. 맞소. 근데 왜 그러시오?"
원성팔이 크게 웃으며 말했다. 그제야 농민은 활짝 웃었다.
"너무 고맙고 감사하고."
"뭘 그러시오."

강홍이가 우쭐대듯이 말했다.

"약소하지만 이것 좀 드시라고 가지고 왔습니다."

농민은 보따리를 내밀었다.

"이게 뭐요?"

남진갑이 받지 않고 물었다.

"집에 기르던 닭을 잡았소이다. 마침 어제가 아버지 제사라 술이 조금 있고요. 드시라고 가져왔습니다."

"이러면 안 되오. 가져가시오."

남진갑은 손사래를 쳤다.

"아니올시다. 여러분들 덕분에 원한도 갚았고, 또 태어나서 처음으로 쌀밥을 먹었습니다. 쇠고기도 처음 먹어보았습니다. 여러분들 아니면 저희들이 어떻게 그런 쌀밥에 쇠고기를 먹을 수 있었겠습니까. 여러분 덕분에 우리 세상이 되었습니다. 받아주십시오."

농민은 눈물을 흘렸다. 비쩍 마른 몸에 볼은 푹 꺼졌다.

"먹은 걸로 하겠소. 쌀밥은 당연히 먹어야 할 것을 먹었을 뿐이오. 가져가시오. 마음만 받겠소."

남진갑은 농민의 손을 잡았다. 아, 이런 사람이 하늘이구나. 다들 속으로 탄복하며 농민을 바라보았다.

"아니올시다. 받아주시오."

농민은 떼를 썼다. 남진갑은 망설이다 말했다.

"그럼 받겠소. 잘 먹겠소이다."

"고맙구만요."

농민은 큰절하고 물러났다. 남진갑은 농민이 물러가자 난감하게 바라보았다.

"잘됐네. 목도 컬컬한데."

원성팔의 말에 남진갑이 손을 저었다.

"안 되네. 우리가 농민들에게 피해를 주면 안 되네."
"피해라니요? 갖다주는 건데 먹으면 어떻소."
원성팔이 뚱한 표정을 지었다.
"먹은 걸로 칩시다. 이런 일도 민폐입니다."
남진갑의 말에 김경준이 말했다.
"그럼 어떻게 하시려오?"
"집강 어른께 갖다 드립시다. 그럼 공정하게 처리하시겠지요."
남진갑의 말에 모두 고개를 끄덕였다. 남진갑이 보따리를 들고 일어서서 동헌으로 걸어갔다. 다들 흐뭇한 미소를 지었다.
"야, 근데 넌 무슨 생각을 그리하냐?"
강홍이가 말석의 어깨를 툭 쳤다.
"응? 생각은 무슨."
말석은 깜짝 놀라 겨우 말했다.
"무얼. 말도 안 하고 웃지도 않고. 자네 방금 무슨 일 있었는지 아는가?"
원성팔의 말에 말석은 눈만 끔벅거렸다.
"일은 무슨 일이 일어났다고."
말석의 말에 모두 웃음을 터트렸다.
"거봐. 방금 어떤 분이 찾아왔는데도 전혀 모르고 있지 않은가."
"뭐라고? 누가 왔었다고?"
말석은 어리둥절한 표정을 지었다.

읍성 점령 셋째 날. 아침이 되자 선산 쪽 방향인 승곡이란 고을에서 새벽에 살인이 났다고 소문이 퍼졌다. 죽은 사람은 평소에 소작인들에게 악독하게 굴던 조민희라는 양반이었다. 아침에 일어나지 않아 하인이 방에 들어가 보니 목에 칼을 맞고 죽어있더라는 것이었다. 다섯 군데 칼에 찔렸다고 했다. 그의 부인은 자객들에게 겁간을 당했다는 말도 돌았다. 사랑채와 안채에 있던 재물이 없어졌다고 했다. 단서라면 전날 낮에 대문에 방이 붙어 있었다고 했다.

 우리들이 모두 죽지 않는 한 끝내는 너희들의 배에 칼을 꽂으리라.

 방은 죽은 양반의 집에만 붙었던 게 아니고 사람들이 많이 다니는 곳곳에도 붙어 있었다.
"살반계군."
 원성팔의 말에 사람들의 얼굴에 미소가 스쳐 갔다.
"고소하군."
 강홍이가 말했고,
"잘 죽었어."
 김경준이 뒤를 이었다. 사람 대부분은 빈정거렸지만, 양반들은 비상이 걸렸다. 하인들을 번갈아 밤새도록 집을 지키게 했고 어떤 양반은 아예 상주를 떠나 친척 집으로 피신하기도 했다. 살반계란 무엇인가. 글자 그대로 양반들을 죽이는 계였다. 그들의 행동 강령은 '양반을 죽일 것', '부녀자를 겁탈할 것', '재산을 탈취할 것' 등이라고 알려졌다. 살주계도 있다는 소문이 돌았는데 살주계는 노비들이 주인을 죽이는 계였다. 그들은 모두 칼을 차고 행동했다. 평소에도 가끔 양반들이 자객의 손에 죽었고 살주계의 짓이라는 소문이 돌았다. 그러나 소문만 무성할 뿐 실제로 그런 계가 있는지조차 관에서도 파악하지 못하고 있었다.
"이거 큰일이요."
 집강소에서는 농민군 지도부 회의를 열었다.
"그렇소. 자칫 우리 짓이라고 소문이 나겠소."
 집강이 우려를 표했다.

"당장 무슨 조치를 취해야겠소."

만약 이 사건이 농민군이 한 짓이라고 소문나면 큰 타격을 입을까 걱정이었다. 서원을 비롯해 향약에서도 가만히 있지 않을 것이었다.

"괜찮소이다."

칼부대 대장이 말했다. 그는 백정 출신이었는데 동학을 믿지 않으면서 처음부터 봉기에 적극적으로 가담한 사람이었다.

"그 무슨 소리요?"

집강이 말했다.

"조민희 그놈은 진작 죽일 놈이었소. 평소에 소작인들에게 얼마나 악독하게 굴었는지 논두렁에 심은 콩까지 소작 비율로 가져간 놈이요. 또한 흉년 때 양식을 빌려주고 하루라도 늦게 갚으면 가지고 있던 논을 빼앗은 놈이요. 그 때문에 걸인이 되거나 고향을 떠난 사람들이 한두 명이 아니오."

예전부터 논두렁에 심은 콩은 두렁콩이라 하여 땅 주인도 눈감아주는 것이 관례였다. 근데 욕심 많은 지주가 그 콩까지 소작료를 내라 하여 말썽이 생기기도 하였다. 주인이 달라하면 안 줄 수 없었다. 소작을 떼일 수 있기 때문이었다.

"그렇다고 사람을 죽여요?"

"농민들 대부분 좋아하고 있소."

"죽인다고 무슨 문제가 해결되겠소."

집강은 음성을 높였다.

"양반놈들이 겁에 질려 다시는 소작인들에게 악독하게 못 굴겠지요. 양반들이 소작인 부녀자를 겁간하는 경우도 어디 한 둘이요?"

"허허 참."

지도부들은 난감하다는 표정을 지었다.

"그럼, 이렇게 합시다. 우리와 관련 없다는 방을 붙이고 만약 농민군이 그런 일을 벌인다면 분명히 죄를 물을 것이라고요."

누군가 중재안을 내놓았다.

"그럴 필요 뭐 있겠소. 우리가 아니면 그만이지. 솔직히 우리들이 해야 할 일을 그들이 한 게 아니요?"

칼부대 대장은 지지 않았다.

"그것보다 더 무서운 것은 혹시 농민군들이 살반계를 사칭해 사사로이 양반들을 죽일까 걱정이요. 워낙 양반들에게 당한 사람들이 한두 명이 아니라서. 어제 아전들 징치할 때 보십시오. 자칫 잘못하면 무슨 사단이라도 날 뻔했지 않소."

강선보가 말했다.

"설마 그러겠소. 그동안 수없이 당했다 해도 농민들은 순박하오. 그런 일은 없을 것이요."

집강이 단호하게 말했다.

"그렇게 안 하면야 얼마나 다행이겠소."

"방을 붙이고 우리가 악독한 양반들을 빨리 잡아들여 공개적으로 죄를 밝히고 징치를 합시다."

지도부의 입장은 정리되었다.

"에이, 그렇게 겁이 많아서야 무슨 일을 하겠소."

하지만 칼부대 대장은 못마땅한 표정을 지었다.

"방을 붙이도록 하시오."

집강은 서기에게 명했다. 서기는 곧장 초안을 잡았다.

이번 살변이 일어난 것은 우리 농민군과는 무관함을 밝힌다. 우리 농민군은 사사로운 복수를 하기 위해 봉기를 일으킨 게 아니라 잘못된 제도를 고치고 외세를 물리쳐 평등 세상을 만들기 위해서이다. 또한 농민군들은 사악한 무리에 현혹되지 말라. 만약 농민군이 살변을 일으킬 경우 죽음으로서 죄를 묻겠노라.
상주 집강소

"에이."
칼부대 대장은 못마땅하다는 듯 방을 나갔다.
소문은 계속 퍼졌다. 이번엔 누가 죽을 것이며 그 사람의 가족까지 다 죽을 것이라는 소문이었다. 집강소의 방이 붙여지자 곧장 다른 방이 그 옆에 붙었다.

우리들이 모두 죽지 않는 한 끝내는 양반들의 배에 칼을 꽂으리라. 우리는 우리 식대로 세상을 바꾼다. 우리에게 그동안 악독한 짓을 한 양반들은 꼭 그에 맞는 대가를 치러주겠다. 양반 없는 세상을 꿈꾼다.
살반계

"그려. 양반 없는 세상이 와야 해."
"잘한다."
방을 본 사람들은 수군거렸다.
"그렇다고 사람을 죽이면 되나."
"그냥 몽둥이로 혼만 내주면 되지."
사람들의 의견은 두 패로 갈렸다.
"혹 봉기를 일으킨 사람들이 한 짓 아니여?"
"그러게. 소리마을과 봉대마을도 재물 뺏고 불 질러버려 마을이 없어졌잖아."
"그래도 그땐 상한 사람이 없었다오."
사람들은 농민군 지도부들의 염려대로 일부 농민군들이 살반계를 사칭하고 그런 게 아니냐는 눈길을 보내곤 했다.

"혹 화적패들이 그런 게 아닐까. 문경 쪽에 화적패가 많다지 않소. 이번 기회에 한몫 잡아보려고 농민군으로 위장해 온 것일지도 모르지 않소."

"맞소. 그럴지도 모르겠소."

"어쨌든 잘한 일이네. 다시는 그렇게 못 살게 안 굴겠지."

"그놈들 버릇 어디 가겠는가. 세상이 바뀌면 복수한다고 더 그럴까 그것이 걱정이네."

사람들은 몇 명만 모여도 살벌계 얘기였다.

흉흉한 소문들이 수시로 농민군 지도자들의 귀에 들어왔다. 지도자들은 소리마을을 불 지른 말석 일행을 불러 다시는 그런 일이 없어야 한다고 말했다.

"우리는 당연한 것을 했을 뿐이오."

원성팔이 발끈했다.

"그 마을은 없어져야 다시는 그런 일이 없을 것이오."

"우리가 그들에게 당한 것이 얼마나 되는지 아시오?"

강홍이가 불만을 제기했다.

"정식으로 그들을 잡아들여 죄를 묻겠다고 하지 않았소. 사사로이 보복하는 것보다 우리 농민군 전체 이름으로 해야 할 것이오."

"우리는 우리 식대로 할 것이오."

말석이 오금을 박았다. 하지만 집강도 고집을 꺾지 않았다.

"다시는 그런 일이 없도록 하시오. 만약 그런 일이 또다시 일어나면 분명 죄를 묻고 벌하겠소."

집강이 단호하게 나가자 원성팔이 주먹으로 바닥을 쳤다.

"그런 놈들이 있는 한 평등 세상은 오지 않소."

"맞소. 그놈들을 처단해야 다시는 그런 일이 없을 것이오."

말석은 눈을 부라리며 집강을 보았다.

"그러면 규율이 무너집니다. 우리가 장기적으로 싸우려면 함께 해야 합니다."

강선보의 설득에 말석 일행은 화를 내며 방을 나왔다.

"에이씨."

마당으로 내려온 원성팔이 방을 바라보며 인상을 찌푸렸다.

"죄 없는 사람을 상하게 하면 안 되지만 그동안 악독한 짓을 한 양반들은 본때를 보여줘야 해."

강홍이가 주먹을 쥐며 말했다. 집강은 집강 나름대로 걱정하고 있었다. 10여 명씩 떼를 지어 다니며 악독했던 양반 지주들을 욕보이는 일이 허다했다. 대부분 부모가 그들 손에 죽거나 불구가 된 사람들이었기에 집강의 말도 듣지 않았다. 그들에게 재산 다 뺏기고 유랑 걸식하던 이들이 집강의 말을 듣지 않는 건 당연했다.

말석 일행이 집강과 얘기하고 있던 시각.

낙동에는 복면을 한 여섯 사람이 담을 넘고 있었다. 그들 손에는 작은 칼이 들려 있었다. 집은 초가로 허름했는데 집안에는 아무도 없는 듯 조용했다. 복면을 한 사람들은 거리낌 없이 곧장 부엌으로 들어갔다. 이미 다 알고 있는 듯했다. 이 집은 민부식이라는 양반의 소작인 집인데 지주가 농민으로 변장하고 숨어 있다는 정보를 입수했기 때문이었다. 정보를 준 사람은 바로 그 집 주인인 소작인이었다. 악독했던 지주라 소작인들조차 등을 돌린 것이었다.

"이놈 민가야, 나오너라. 다 알고 왔다."

복면이 소리쳤으나 안에는 아무 소리도 나지 않았다. 뒤에 있던 복면이 창고 문을 발로 힘껏 찼다. 우지끈거리며 문이 떨어져 나갔다. 복면들은 안을 들여다보았다. 잡곡 가마와 각종 자루만 보였다. 복면은 가마를 발로 찼다.

"어이쿠."

안에서 사람의 비명이 났다.

"안 나오면 칼로 쑤시겠다."

복면이 소리쳤다.

"살려주시오. 나가겠소."

자루에서 비단옷을 입은 맨상투 차림의 사내가 고개를 내밀었다.

"민부식, 이놈."

복면이 호통을 쳤다.

"살려주시오. 원하는 거 다 주겠소."

민부식은 가마를 나오며 벌벌 떨었다. 그는 살반계가 설친다는 말에 가족들은 멀리 있는 처가로 먼저 보내고 자신은 상황을 좀 더 살피다 도망간다는 것이 늦어져 전날 밤에 부랴부랴 소작인 집으로 숨어들었다. 아침 일찍 떠난다는 것이 밤을 뜬눈으로 새운지라 새벽에 잠깐 졸아 아직 도망가지 못하고 있었다. 소작인에게 밖의 상황을 보고 오라 보낸 후 혼자 숨어 있다가 소작인의 발고로 잡혔다.

"네 죄를 알겠는가?"

복면은 칼을 민부식의 목에 대었다.

"살려 주시오. 원하는 거 다 주겠소. 재물은 집에 다 있소."

민부식은 벌벌 떨면서 빌었다.

"벌써 네 놈 집에는 갔었다. 네 놈 가족들은 어디로 갔느냐?"

"처, 처가로 갔소."

"이 죽일 놈."

복면이 발로 찼다. 민부식은 옆으로 꼬꾸라졌다.

"아이고 나 죽네."

민부식은 죽는 소리를 냈다.

"가소로운 놈."

복면들은 혀를 찼다. 평소엔 고래등 같은 기와집에서 호통을 치던 모습을 생각하면 지금의 모습은 어이가 없었다.

"임술년 때 네가 야소교(천주교)로 몰아 그 가족들이 풍비박산난 것을 기억하느냐?"

"전 모르는 일입니다요. 살려만 주십시오."

민부식은 살려달라는 말만 되풀이했다.

"그때 그 가족들은 네 놈에게 재산을 다 빼앗겨 뿔뿔이 헤어져 아직 생사도 모르고 지낸다. 나를 알겠느냐? 그때 아홉 살 먹은 그 집 아들이다."

"아이고. 재산 다 돌려주겠나이다."

"재산 가지고 되겠느냐. 네 목숨을 내놓아야지."

복면이 발로 옆구리를 찼다.

"아고고."

민부식은 비명을 냈다.

"정말 재산을 다 내놓겠느냐?"

"그렇소이다. 집에 있는 재산 다 가져가시오."

민부식은 손으로 빌었다.

"그리고 특히 네놈은 얼굴 반반한 소작인들의 부인을 수시로 집으로 불러들여 몸을 탐했다는데 그 죄를 알고 있으렷다!"

"아이고 그건……."

말이 채 끝나기도 전에 주먹이 얼굴을 강타했다.

"아고고."

민부식은 뒤로 벌렁 넘어졌다.

"만약 반항하면 소작을 안 준다고 협박하고."

또다시 발길질했다.

"살려만 주십시오. 다시는 안 그러겠습니다."

"다시는 그러지 않겠다고?"

복면들은 발길질을 멈추고 그를 보았다.

"그럼요. 다시는 안 그러겠나이다."

"다시는 안 그러겠다."

복면은 잠시 말을 중얼거리더니 고개를 끄덕였다.

"좋다. 모든 재물을 뺏고 다시는 아녀자를 겁간 못하게 해주겠다."

복면들은 민부식의 옷을 홀라당 벗겼다.

"왜, 왜 이러시오."

민부식은 의혹의 눈길을 보냈다.

"다시는 아녀자를 겁탈하지 못하게 해주겠다고 하지 않았느냐."

복면들은 그를 밖으로 끌고 나와 마루 기둥에 묶었다.

"불알을 까라."

복면들은 작은 칼을 들고 민부식에게 달려들었다.

"왜, 왜 이러시오. 한 번만 용서해 주시오."

민부식은 죽을 인상을 쓰며 애원을 했다.

"너는 그동안 아녀자를 많이 겁간했고 나쁜 짓을 많이 했으니 그걸 잘라야겠다. 다시는 너 같은 종자가 이 세상에 태어나지 않도록 말이다."

"아이고. 그건 죽은 목숨이나 같소이다."

"이 판국에도 그걸 걱정하냐. 고얀 놈."

북면들은 민부식의 아랫도리에 칼을 들이댔다. 고환을 들어냈다. 피가 다리로 흘러내렸다.

"으악!"

민부식은 찢어지는 비명을 질렀다.

그 시각에 한 소문이 퍼지고 있었다. 양반의 시체가 길에 버려져 있다고 했다. 목에는 새끼줄이 매여 있었는데 아마도 이리저리 끌고 다녔던 것 같다고 했다. 시체는 공검에 살던 조경희인데 재작년에 죽은 이였다. 그러니까 살반계에서 죽은 지 2년이 된 시체를 산소에서 끄집어내어 끌고 다녔다는 소문이었다. 조경희의 자식들은 집을 떠나 있었기에 피해를 입지 않았다.

 조경희는 특히 32년 전인 임술년에 악독한 짓을 많이 하였다. 당시에 농민군이 읍성을 점령했는데 조정과 대구 감영에서 해산하면 모든 요구를 들어주고 죄를 묻지 않겠다고 했다. 그래서 농민군들은 요구 조건을 내걸고 해산을 하였다. 그런데 상주 목사로 새로 임명된 이는 그날부터 군사를 풀어 농민군 지도자뿐만 아니라 참가한 모든 사람을 잡아들였고 지도자들은 효수형에 처했다. 사람들은 속은 걸 알고 분노했지만 어쩔 수 없었다. 나라 임금도 거짓말을 하는구나. 경상 감사도 거짓말을 하는구나. 농민군들은 어처구니가 없었다. 그때 조경희는 만석꾼 지주였는데 소작인들에게 읍성 점령 당시 많은 피해를 입었다.

"난에 앞장선 소작인들을 잡아들여라."

 하인들을 풀어 앞장선 소작인들뿐만 아니라 참여한 모든 소작인을 잡아들였다. 그리곤 하인청에 있는 형장 기구로 물고를 내고 소작을 모두 떼버렸다. 나라 법에는 양반이라도 사사로이 곤장을 치는 것은 금지되어 있었으나 조경희는 아랑곳하지 않았다. 그때 곤장을 맞고 풀려난 많은 사람은 장독에 걸려 죽었고 살아남았다 해도 불구가 된 이가 상당하였다. 또한 소작을 떼였기 때문에 먹고 살기도 막막해 상주를 떠나거나 음식을 빌어먹었다. 그 후로도 말을 잘 안 듣는 소작인들은 집으로 수시로 잡아들여 형틀에 묶고 물고를 냈다.

"잘 됐어."

"암 잘 했고 말고."

 사람들은 소문을 듣고 좋아했다.

"그 아들놈도 죽였어야 했는데."
 사람들은 미리 피신해 화를 모면한 아들이 죽지 못한 것을 아쉬워했다. 그 아들 또한 아버지에 못지않았다. 며칠 동안 산소에서 끄집어낸 시체가 몇 구 더 되었다. 조경희처럼 악독한 지주나 양반이 있었고 명당자리라 하여 소작인의 산을 강제로 빼앗아 산소를 썼던 양반들도 포함되어 있었다.

 그 시각.
 말석은 조현수가 거처하는 객사를 찾았다. 안으로 들어가기가 쑥스러워 앞에서 머뭇거리고 있는데 밥하러 나온 여자가 물었다.
"누굴 찾으러 오셨소?"
 말석이 조현수에 관해 얘기하자 따라오라고 했다.
"이제 깨어났어요. 밤새 앓더니만."
 여자는 말석을 의심스러운 눈빛으로 보며 말했다. 여자가 들어가고 조금 후 조현수가 밖으로 나왔다. 말석은 가까이 온 기척이 났는데도 뒷짐을 지고 먼 산을 보았다. 조현수는 아무 말도 없이 옆에 섰다. 말석은 머뭇거리다 말했다.
"좀 괜찮습니까?"
"예."
 목소리에 힘이 없었다.
"다행입니다."
 올 때는 할 말이 많았는데 막상 만나고 보니 입안에서만 맴돌 뿐이었다.
"고맙습니다. 저를 구해주셨다고요."
"아, 아닙니다. 그냥 의원한테……"
 말석은 입을 다물었다. 그냥 조현수를 업고 정신없이 의원한테 뛰어간 기억밖에 없었다.

"전 불밖에 기억이 없습니다. 깨어나니 여기고."

"몸이 쇠약해서 그렇다니 건강 잘 챙기시기 바랍니다."

말석은 들고 있던 보따리를 건네주었다.

"이게 뭡니까?"

조현수는 뜨악하게 바라보았다.

"조진사께서 아씨께 드리는 것입니다."

"아버님께서요?"

조현수는 의심스러운 눈길로 보따리를 받았다.

"전 그럼."

말석은 수많은 말들이 입속에서 아우성쳤지만 발길을 돌렸다.

"저, 저기요."

말석은 발걸음을 멈추었다.

"고맙습니다."

조현수 또한 할 말이 많은데 입 밖으로 나오지 않았다. 말석은 말없이 발걸음을 뗐다. 조현수는 말석의 모습이 보이지 않을 때까지 있다가 방으로 들어왔다. 보따리를 풀어 헤치니 노비문서와 땅문서였다.

"이걸 왜?"

조현수는 고개를 갸우뚱거리며 노비문서와 땅문서를 뚫어져라 바라보았다. 아무래도 잘 보관하라고 아버지가 준 것 같았다. 잠시 후 조현수는 보따리를 들고 밖으로 나와 동헌으로 갔다. 동헌에는 집강이 회의 중이라 한참 기다린 후에야 만날 수 있었다.

"좀 괜찮습니까?"

집강은 인자한 표정으로 물었다. 조현수는 하마터면 울음을 터트릴 뻔했다. 다들 자기에게 적대감을 가지고 있는데 집강이 따뜻하게 맞이해 주니 갑자기 서러움이 복받쳤다.

"괜찮습니다."

"몸이 쇠약해서 그렇다니 아무 일도 하지 마시고 푹 쉬세요."

여전히 집강은 미소를 띠며 말했다. 조현수는 머뭇거리다 보따리를 풀었다.

"이게 뭡니까?"

"아버지께서 저한테 주셨다고 누가 들고 왔는데."

"아, 그거요. 저도 들었습니다만, 조진사께서 모든 재산을 딸에게 준다고 집에 간 사람들에게 말했다고 합니다. 그래서 다른 곡식 등 재물은 집강소에서 처리하고 그건 조접장에게 주라고 했습니다."

조현수는 고개를 숙이고 듣다가 고개를 끄덕였다.

"저, 부탁이 있습니다."

"말씀하세요, 조접장."

"집에서 가지고 온 재물 좀 주실 수 있습니까?"

"예?"

집강은 의아해서 물었다.

"예, 좀 필요해서 그렇습니다. 제 재산이라고 주장하는 건 아닙니다만."

"어디에 쓸 건지 물어봐도 되겠습니까?"

조현수는 고개를 숙이고 아무 말이 없었다. 집강은 재촉하지 않았다.

"한 백여 명이 살 수 있는 돈이 필요합니다만. 집도 그렇고 당장 먹을 양식도 그렇고."

집강은 담뱃대에 담배를 넣었다. 생각하는 것 같았다. 불을 붙이고 연기를 길게 내뿜었다.

"그러지요."

"고맙습니다."

조현수는 고개를 숙여 예를 표했다. 집강이 밖에 나갔다 들어와 보따리를 조현수에게 건네주었고 조현수는 방을 나왔다. 뒤에서 집강의 말이 들렸다.

"아버지에 대해선 묻지 않는군요."

조현수는 멈칫거렸다가 발걸음을 뗐다. 아버지는 어제 옥에 갇혔다는 얘기를 들었지만 어떻게 될지는 몰랐다.

조현수가 걸어서 집에 도착하니 해가 서쪽 하늘에 떠 있었다. 몸이 완전하지 않아 빨리 걸을 수가 없어 느린 탓이었다. 집은 지붕이 내려앉아 시커멓게 탄 채로 있었다. 그나마 남은 건 행랑채였다. 조현수는 황망히 집을 바라보다 안으로 들어갔다.

"아씨."

행랑채에서 하인 여러 명이 나왔다. 어떤 이는 울먹이기도 했다.

"아씨, 괜찮으십니까?"

하인들의 걱정스러운 말에 조현수는 고개만 끄덕였다.

"나으리와 마님께서는요?"

"괜찮으십니다."

조현수는 다 타버린 집을 바라보다 하인들을 바라보았다. 하인들은 정신이 없어 보였다. 걱정이 가득한 눈빛이었다. 집도 타버리고 주인도 잡혀갔으니 걱정이 되는 건 당연했다. 조현수는 타버린 집터를 돌았다. 사랑채를 돌아 중문으로 들어갔다. 중문 안 큰 연못에선 타다 만 나무들과 기왓장이 쌓여 있었다.

연꽃이 참 예쁘게 피었는데.

조현수는 안채를 돌아 별당으로 갔다.

아버지의 애첩이 살던 집. 애첩 때문에 어머니가 무척 속을 끓이셨지.

작은사랑채로 갔다. 오라버니가 살았는데 흔적도 없었다.

어디로 갔을까. 부모님을 모실 수 없을 정도로 급했나. 내 혼사에 기대를 많이 했는데. 혼사만 이뤄지면 고을 원 자리는 거저라고.

쓸쓸한 표정으로 집을 돌아보던 조현수는 마서방을 불렀다. 마음씨 좋기로 소문난 행랑채 아범이었는데 일정 부분 마름 역할도 했다.

"예, 아씨."

마서방은 조현수 앞으로 와 고개를 숙였다.

"고개를 드세요. 이젠 그럴 필요 없습니다. 또 아씨가 아니라 접장입니다. 그렇게 불러주세요."

조현수의 말에 마서방은 얼떨떨한 표정을 지었다.

"지금 곧장 우리 땅 농사짓던 분들 모두 모아주세요."

"왜 그러십니까?"

마서방은 허리를 굽신거리며 물었다.

"짓던 땅을 나눠주려고 그럽니다. 한 사람도 빠짐 없이 모두 오시라고 해 주세요."

"예?"

마서방은 고개를 갸웃거리며 하인들을 불러 모아 동리별로 나눠 소작인들과 외거 노비들을 모두 불러오라고 일렀다. 조현수는 행랑채 앞 뜨락에 앉았다. 행랑채라곤 멀리서만 보았지 실제로 와 본 건 처음이었다.

말석이 여기서 태어나고 생활했단 말이지.

갑자기 명치께가 뜨끔했다.

"누추하지만 안으로 드시지요."

마서방이 권했지만 밖에서 기다리기로 했다. 다시 불탄 집을 둘러보았다.

하인들과 소작인들의 고혈을 뽑아 이 대궐 같은 집을 짓고 호의호식했단 말이지.

조현수는 그동안 살아온 날들이 비루하게 느껴져 눈을 감았다. 눈가가 파르르 떨렸다.

얼마 지나지 않아 가까운 동리에 있던 소작인들과 외거 노비들이 왔다. 자신으로선 누가 누군지, 어디에서 농사를 짓는지 몰랐다. 조현수는 보따리를 풀어 땅문서를 꺼냈다. 마서방을 불렀다.

"여기 땅문서입니다. 나는 누가 어디 땅을 짓는지 모르니 마서방께서 농사짓던 사람의 땅문서를 주십시오."

"예?"

마서방은 무슨 뜻인지 모르겠다는 투로 조현수를 바라보았다.

"오늘부터 땅 짓는 사람이 주인입니다. 소작인이 아닙니다. 자 문서 보고 맞게 나눠주십시오."

조현수의 말에 먼저 와 무슨 일인가 하던 사람들의 눈이 휘둥그레졌다. 마서방은 머뭇거리다 조현수의 거듭 요청에 온 사람 순서대로 땅문서를 찾아 주었다. 땅문서를 손에 쥔 소작인은 울먹였다.

"아씨."

"아씨, 이 은혜를 어찌 갚겠습니까."

어떤 이들은 반신반의하면서 뒤로 물러서자마자 재빨리 집으로 돌아가기도 했다. 소문을 들었는지 동네 사람들도 모여들었다. 소작인들은 혹 늦게 가면 못 받을까 싶어 하던 일을 멈추고 쏜살같이 달려왔다. 하인들이 한 줄로 세우며 야단법석이었다. 어떤 소작인은 땅문서를 받고 울먹이며 큰절을 하기도 했다. 그러면 조현수는 맞절을 하곤 일일이 답했다.

"열심히 농사지으십시오. 그동안 도움 많이 주셔서 감사했습니다."

소작인은 울먹이며 연신 허리를 굽신거렸다. 거의 해질 무렵이 되어서야 몇 집을 빼곤 다 줄 수 있었다. 조현수는 주지 못한 땅문서는 잘 챙겼다가 나눠주라고 마서방에게 주었다. 마서방은 아직도 정신을 못 차리고 있었다.

"자 모두 모여주십시오."

조현수는 외거 노비들과 하인들을 불러보았다. 큰보따리와 집강에게 받은 보따리를 풀었다.

"자, 여기 노비문서입니다. 이제 면천되었습니다. 그리고 얼마 되지 않지만 돈도 있습니다. 우선 작은 집이라도 장만하시고 식량이라도 구하십시오."

하인들은 서로 바라보며 가까이 오지 않으려 했다.

"걱정마십시오. 자 어서 받으시고 돈도 받으세요."

조현수는 하인들에게 일일이 직접 나눠주었다. 외거 노비들에겐 땅문서도 함께 주었다. 하인들은 문서를 받고 나서도 이해할 수 없다는 표정이었다.

"아씨."

"아씨."

하인들이 울먹이며 조현수를 불렀다.

"이제 아씨가 아닙니다. 여러분들과 똑같은 신분입니다. 아씨라 부르지 말고 접장이라 불러주십시오. 아님 조현수, 이름 불러주십시오."

조현수는 일어섰다. 쓰러진 집을 둘러보았다. 아직도 매캐한 냄새가 났다.

이제 마지막이구나.

그동안 가슴을 짓눌렀던 무거운 것이 스르르 사라지는 느낌이었다. 조현수는 천천히 발걸음을 뗐다. 하인들이 조현수 뒤를 따라 큰길까지 나와 눈물로 배웅했다.


농민군들은 오전에 군사 훈련을 하였다. 농기구 대신 잡는 칼이나 창이 낯설었지만 누구 하나 요령부리지 않고 열심히 하였다. 언제 대구 감영의 군사들이 쳐들어올지 모르는 일이었다. 정탐꾼을 대구에 보냈지만 감영에서는 아무 기척이 없었다. 대구 감영에서는 조정으로 상주의 읍성 점령에 대해 장계를 올렸는데 조정에서는 아직 아무 말이 없다고 했다. 군사가 쳐들어올지 아니면 다른 목사를 내려 보내 요구조건을 들어줄지 아무도 모르는 일이었다.

"다들 자루를 들고 창고로 오시오."

저녁이 되자 지도부에서 사람이 나와 손나발을 불며 돌아다녔다.

"이제 목록을 다 뽑았는가."

"그러게. 우선 집집마다 한 말씩 준다고?"

"나중에 또 준다지 않아."

사람들은 자루를 들고 창고로 가 줄을 서며 중얼거렸다. 군량미로 쓸 것을 제외하고 관아에 있던 것과 아전들한테 빼앗은 쌀을 나눠준다는 소문이 돌았다. 나중에 지주들에게 쌀을 회수하면 또 나눠준다고 했다.

조현수가 집강소로 온 것은 한창 쌀을 나눠줄 때였다. 조현수는 쌀을 타기 위해 길게 줄지어선 사람들을 물끄러미 바라보았다. 농민들은 줄을 서서 활짝 웃는 얼굴로 얘기했다.

"내 태어나서 이런 세상이 올 줄은 꿈에도 생각 못했네, 그랴."

"그러게 말이여. 이게 아니면 지금쯤 죽도 겨우 먹을 낀데 말이여."

"지주들은 오늘 오후부터 징치하려나. 그 놈들을 징치해야 쌀이 많이 나올 텐데."

"그러게 말이여."

쌀은 지주들한테 많았기에 농민군들은 지주들에게 기대를 걸고 있었다. 어떤 지주들은 욕을 보기 전에 미리 쌀 몇 섬이나 보내온 작자도 있었다.

"나도 줘."

주위에서 어슬렁거리던 소녀가 다가와 자루를 내밀었다. 긴 머리카락은 헝클어졌고 옷은 여기저기 찢어졌다. 읍성을 점령할 때부터 여기저기 다니던 소녀였다.

"네가 어데 쓸라고. 바쁘니까 저 쪽으로 좀 비켜라."
쌀을 나눠주던 여인이 손을 저었다.
"울 엄마가 타오랬어."
소녀는 지지 않고 땟국이 흐르는 얼굴에 인상을 썼다.
"허허 야가 참."
여인들은 혀를 찼다.
"네 어미가 어디 있다고 그러냐. 저리 좀 비켜라."
쌀을 받으려고 자루를 벌리고 있던 농민군이 말했다.
"집에 있다. 쌀 가져가면 밥 지어 줄 끼다."
소녀는 눈을 내리깔고 말했다.
"허허. 참."
사람들은 소녀를 보며 안타까운 눈길을 보냈다.
"야야, 바쁘니께 저리 비켜라이."
그때 쌀가마를 지고 와 땅에 부려놓은 남자가 소녀를 보고 큰 소리로 말했다.
"악!"
순간 소녀는 자루를 던지고 얼굴을 감싸며 자리에 주저앉았다.
"아이고 야가 왜 이런다야."
남자가 달려가 소녀를 일으켜 세웠다.
"살려주세요. 다시는 안 그럴게요."
소녀는 남자의 손을 뿌리치고는 벌벌 떨었다.
"쯧쯧."
쌀을 나눠주던 여인이 일손을 멈추고 소녀에게 다가갔다.
"애야. 이 사람은 나쁜 사람이 아니란다. 괜찮다. 저리 가자."
여인이 소녀의 팔을 잡고 아무도 없는 창고 뒤로 갔다.
"여기 가만히 있으래이. 내가 쌀 많이 가져올 것이니께."

여인은 소녀의 등을 두드려주며 달랬다. 여전히 겁을 먹은 소녀는 미동도 않은 채 우두커니 서 있었다. 여인이 가고 나자 소녀는 두려운 듯 주위를 두리번거렸다.

그 남자는 어디로 갔나.

소녀는 겁먹은 얼굴로 주위를 둘러보다 냅다 뛰기 시작했다.

빨리 벗어나야 한다.

소녀는 자루를 손에 꼭 쥔 채 뛰었다. 신발이 벗겨졌다. 아랑곳하지 않았다. 너덜너덜한 옷 속으로 속살이 비쳤다.

저기 저 남자들이 많다. 저리로 돌아가자.

소녀는 달려가다 쌀을 받으려 줄지어 선 사람들을 발견하고는 돌아서서 뛰기 시작했다. 그러다 얼마 못 가 돌멩이에 걸려 바닥에 꼬꾸라졌다.

아악.

남자의 손길이 치마 속으로 들어온다. 소녀는 주춤 뒤로 물러선다. 남자는 부드러운 표정을 지으며 가까이 오라고 손짓을 한다.

집에 갈라요.

네가 집에 가면 네 어미는 죽어. 네가 말을 잘 들어야 네 어미가 살고 소작 땅도 부칠 수 있다.

남자는 가까이 다가와 가슴을 움켜쥔다. 소녀는 아무 말도 못하고 벌벌 떤다.

우리 어무이 살려 주이소.

소녀는 떨리는 목소리로 말한다.

그래 살려준다지 않느냐. 네가 이렇게 말 잘 들으면 살려주마.

남자는 옷을 벗긴다. 홑저고리라 금방 가슴이 드러난다. 소녀는 두 팔로 가슴을 감싼다. 남자는 치마를 벗긴다. 치마도 금방 벗겨진다. 속곳도 벗겨진다. 남자가 소녀를 쓰러뜨리고 위로 올라간다.

숨이 막힌다.

소녀는 발버둥친다. 소녀가 벗어나려고 할 때마다 남자는 더욱더 우악스럽게 소녀를 짓누른다.

아악!

소녀는 찢어지는 듯한 아랫도리의 통증에 비명을 지른다. 벌린 입을 남자의 입이 막는다. 우악스럽게 움켜쥔 가슴이 아프고 아랫도리는 생살이 찢어지는 듯하다.

아악!

남자를 밀쳐내려고 하지만 꼼짝도 하지 않는다.

착하지, 얘야. 잠시만 기다리거라.

남자의 몸이 거칠게 움직인다. 숨을 못 쉬겠다. 정신이 혼미해진다.

어무이.

소녀는 말을 하다가 까무러친다. 까무러친 소녀 위에서 벌거벗은 남자는 한동안 있다가 내려온다. 소녀는 미동도 하지 않는다. 남자는 아랑곳없이 소녀의 몸을 훑어 보다 옷을 입는다.

어무이.

배가 고파 울다 집을 나선다. 들에 갔겠지. 어머니한테 가자. 소녀는 집을 나선다. 몸이 무겁다. 쓰러질 것 같다. 어머니한테 가자. 어머니가 밥을 주실 거야. 어머니에게 가자. 소녀는 휘청거리며 걷는다. 고개를 넘는다. 안간힘을 쓰며 고개를 넘었는데 또다시 고개가 앞을 버티고 서 있다. 들이 보인다. 어머니가 보인다.

어무이.

소녀는 어머니에게 달려간다. 그러나 아무리 달려가도 어머니는 멀리 떨어져 있다.

어무이.

어머니는 돌아보지 않고 앉아 일만 한다. 안간힘을 쓰며 걸어간다. 어머니한테 빨리 가자. 아랫도리가 아프다. 가슴이 아프다. 숨이 막힌다. 누가 입을 막는다. 몸뚱이가 아래로 추락한다.

어무이.

가까이 갈수록 어머니는 점점 멀어진다.

"어무이."

힘껏 소리친다.

"야야. 정신 차려라."

누군가 몸을 흔든다. 웬 아주머니가 바라보고 있다. 여기가 어딘가. 소녀는 두리번거리다 아주머니를 보고 히죽, 웃는다.

"히히."

소녀는 웃는다. 히히.

"이제 정신이 드나? 아이고 불쌍한 것."

아주머니는 소녀의 머리를 쓰다듬는다.

"히히."

소녀는 히죽, 웃는다.

"깨어났는갑소?"

누가 죽사발을 들고 들어오며 말을 건넸다. 죽사발을 소녀 앞으로 내밀었다. 하얀 쌀죽을 본 소녀는 손으로 입에 퍼넣는다.

"숟가락으로 먹어야지."

한 아주머니가 숟가락을 쥐어준다. 소녀는 아랑곳없이 히죽 웃으며 손으로 죽을 퍼먹는다.

"관두소. 숟가락을 줘도 소용없다오."

다른 아주머니가 쯧쯧, 혀를 찬다.

"천벌을 받을 것이여. 암, 천벌을 받고말고."

"임생원이 그렇게 덕망이 높고 어질었다면서?"

"그러게 말이요. 근동에 그만한 인물도 없다는데."

"우째 그런 사람이 이 어린 것을."

"양반 속은 알다가도 모를 일이요."

조현수는 조심스럽게 다가가 바라보았고, 두 아주머니의 말에 신경을 쓰지 않고 소녀는 먹는 일에 바빴다.

"앞으로 야를 어찌할꼬."

한 아주머니가 탄식했다.

"누가 데려가서 키우면 좋으련만."

"있는 애도 양식이 없어 내다버릴 판인데, 누가 저런 애를 데려가겠소."

"맞소. 짐승이라면 묶어서라도 데리고 있지만."

"임생원도 잡아 들였소?"

"아직인데 잡아들여야지요. 집강님께 이 애 얘기도 해야겠소."

"당연히 해야지요. 천벌을 받게 해야지요."

죽을 가져온 아주머니는 소녀가 먹고 내놓은 사발을 들고 밖으로 나갔다.

"히히."

소녀는 조현수를 보고 히히, 웃는다. 어찌 저렇게 해맑은 웃음을. 나라도 데려가서 키우면 좋으련만. 조현수는 그러면서 소문으로 들은 소녀에게 닥친 일을 생각하곤 몸서리를 친다.

소녀의 아비는 병에 걸려 시름시름 앓았다. 소녀의 어미는 지주인 임생원 집에서 돈을 꾸어다 아비의 약값에 썼다. 하지만 아비는 깨어나지 못하고 죽었다. 몇 개월이 지나자 임생원 집에서 돈을 돌려달라고 독촉을 했다. 남자가 없으니 소작을 떼겠다고 했다. 조금만 참아달라고 어미는 사정을 했다. 낮이고 밤이고 닥치는 대로 일을 했다. 하지만 두 모녀의 입에 들어가는 곡식을 벌기에 벅찼다. 소녀의 나이 아직 열 살이었다. 어미는 아이를 데리고 임생원 집에 갔다. 스스로 노비가 되었다. 목구멍에 거미줄 치지 않으려면 다른 수가 없었다. 어미는 새벽에 일어나서 밤늦은 시간까지 일을 했다. 다행히 밥은 굶지 않았다. 소녀는 걸레질을 했다. 안채 별채를 하다 사랑채까지 했다.

너 왜 그러냐?

소녀가 수시로 치마 속에 손을 넣어 긁는 것을 이상하게 여긴 어미는 소녀의 치마를 들치고 속곳을 내렸다. 여린 그곳이 벌겋게 부어올라 있었다.

여기가 왜 이래?

어미는 놀라서 물었다.

말하지 말랬는데.

소녀는 울상이 되었다.

누가 그랬어!

어미의 말에서 쇳내가 났다.

…… 나으리.

어이쿠.

어미의 입에서 탄식이 터져나왔다.

며칠 후 어미는 사랑채 마당에서 곤장을 맞았다. 사랑채에 들어가 돈을 훔쳤다고 했다. 훔친 돈이 발견되었다고 했다. 양반이라도 사사로이 곤장을 칠 수 없으나 증조부가 대사헌까지 지낸 임생원이라 겁나는 게 없었다. 엉덩이가 터져 피가 치마를 적셨다. 며칠 후 장독이 퍼져 죽었다. 소녀는 어미가 죽고 나자 아예 사랑채에 지냈다. 덕망 높고 어진 임생원이 어미의 죄는 밉지만 아이가 무슨 죄 있냐고 거둔다고 했다. 매일 사랑채에서 걸레질을 했다. 몇 개월 뒤 소녀는 사랑채 마당에서 곤장을 맞았다. 사랑채에서 돈을 훔쳤다고 했다. 씨는 못 속인다고 그 어미가 한 짓 그대로라고 했다. 훔친 돈이 발견되었다고 했다. 소녀는 곤장을 맞다가 기절을 했고 하인청에 갇혔다. 아랫도리에서 피가 쏟아졌다.

물컹한 것이 나왔다. 소녀는 임신을 했었고 유산을 했다.

히히. 소녀는 항상 웃고 다녔다. 히히, 웃으면 세상이 소녀의 것이 되었다. 하지만 꿈이 무서웠다. 꿈에서 어미가 나으리에게 사정을 했다. 차라리 나를 취해 주시오. 저 아이는 이제 열 살이오. 이런 발칙한 것. 나으리는 어미를 내쫓고 나서 장서방을 불렀다. 한참동안 둘이는 속닥거렸다. 소녀는 마루에서 걸레질을 하다가 두 사람이 얘기하는 것을 다 들었다. 장서방에게 돈을 건네는 소리가 들렸다. 방을 나서던 장서방이 소녀를 보았다. 소녀가 먼저 놀랬다. 장서방도 놀랬으나 주위를 두리번거렸다. 손을 입에 가져갔다. 아무한테도 말하지 말아라. 말하면 너도 죽는다. 다음날 어미는 곤장을 맞았다. 어미가 죽고 나자 나으리는 수시로 소녀를 불렀다. 잠은 항상 나으리 방에서 잤다. 잘 때 옷을 입지 않았다. 몸에 회초리 상처가 가신 적이 없었다. 나으리는 소녀가 시키는 대로 하지 않으면 회초리로 때렸다. 어떨 땐 아무 잘못이 없는데도 벌거벗은 몸을 회초리로 때렸다. 그리곤 소녀를 덮쳤다.

소녀는 생시가 좋았다. 꿈에서는 나으리가 나타나지만 낮에는 나으리가 보이지 않았다. 가끔 남자들이 보여 무서울 때도 있었지만 피해 다니면 되었다. 히히, 웃으면 그냥 좋았다. 꿈에서는 왜 아버지와 어머니가 멀리만 있는지 몰랐다. 안기고 싶어 달려가면 저만치 물러서 있곤 했다. 소녀는 슬퍼서 히히, 웃었고 웃으면 기분이 나아져서 히히히, 웃고 다녔다.

조현수는 소녀에게 다가가 꼭 안았다. 눈물이 났다.

미안하구나. 미안하구나.

조현수는 눈물 닦을 생각도 없이 소녀를 꼭 안았다. 소녀는 멀뚱히 조현수를 바라보다가 조현수가 울자 같이 울었다. 두 사람이 울자 사람들이 모여들었다. 하지만 조현수는 사람들의 눈길은 의식하지 않고 소녀를 안은 채 울었다.

얼마나 울었을까. 거친 손이 조현수의 팔을 낚아챘다. 조현수의 몸이 옆으로 휘청거렸다.

"일어나시오."

조현수는 위를 올려다보았다. 말석이었다.

"이러다 죽으려고 환장했습니까?"

말석의 화난 음성을 들으며 조현수는 안았던 소녀를 놓고 일어섰다.

"자, 갑시다."

말석은 막무가내로 조현수의 팔을 끌었다. 조현수는 끌려가며 멍하니 말석을 바라볼 뿐이었다.

"얘기 다 들었습니다. 아직 몸이 성치 않은데 어떻게 어제부터 아무것도 먹지 않고 그런 짓을 하십니까?"

말석은 거친 숨을 뿜었다. 조현수는 아무 말도 못하고 말석을 보며 끌려가기만 했다. 밥하는 곳에 도착하자 그제야 말석은 잡았던 팔을 놓았다.

"여기 국밥 퍼떡 한 그릇 말아주시오."

말석은 취사장에 있는 여자에게 말했다. 조현수는 갑자기 웃음이 나왔다. 자신도 모르게 웃음이 터져나오려 했다. 말석은 웃음을 참아 일그러진 조현수의 얼굴을 보더니 의자에 앉혔다. 그리곤 안타까운 듯 조현수를 바라보았다.

"하인들에게 노비문서 나눠주고 소작인들에게 땅문서 다 나눠준 사람인가배."

국밥을 들고 온 여자가 조현수를 유심히 보며 말했다. 말석이 숟가락으로 국밥을 휘젓더니 조현수의 손에 숟가락을 쥐어주었다.

"근데 어디 아프요? 성한 사람 같지 않네?"

여자는 쟁반을 들고 조현수를 걱정스레 바라보았다.

"자, 한술 뜨시오. 어제부터 이렇게 굶는 법이 어디 있습니까."

웃음이 나오는 걸 참으며 조현수는 국밥을 한 숟가락 떠서 입에 넣었다. 몇 번 우물거리다 꿀꺽, 삼켰다. 또다시 밥을 떠서 입으로 가져갔다. 몇 번 떠먹자 이마에 땀이 송글송글 맺혔다.

휴.

그제야 말석은 긴 숨을 토해냈다. 조현수는 게걸스럽게 금방 한 그릇을 다 비웠다. 말석은 여자에게 부탁했다.

"여기 한 그릇 더 주시오."

"굶다가 갑자기 많이 먹으면 탈 나요. 국물만 드릴 테니 조금 드시고 좀 쉬었다가 드시오."

여자는 작은 사발에 국물만 가져왔다. 말석은 국물을 후후 불어 식힌 다음 조현수에게 내밀었다. 조현수는 또다시 웃음을 참는 듯 일그러진 표정으로 사발을 받아 후루룩 마셨다.

"이제 정신이 좀 드십니까?"

조현수는 고개를 끄덕였다.

"그럼 됐습니다. 숙소에 가서 쉬셨다가 다시 와서 한 그릇 드십시오."

말석의 말에 조현수는 빙긋이 웃었다. 말석은 또다시 긴 숨을 내쉬었다.

"이거요."

조현수가 주머니에서 문서를 꺼냈다.

"뭡니까?"

말석은 문서를 건네받아 보다 눈이 휘둥그레졌다. 노비문서였다. 조현수는 여전히 말석을 보며 미소를 지었다. 노비문서를 바라보는 말석의 손이 떨렸다. 조현수가 말석에게 다가가 두 손을 꼭 잡았다. 말석의 눈에서 눈물이 뚝, 떨어졌다. 순간 말석의 몸이 흐느꼈다. 조현수는 손에 힘을 주었다.

봉기가 일어난 지 넷째 날.

지역에 있는 서원에서 양반들의 동학 배척 운동이 일어났다. ㅇ 서원에서 ㄷ 서원으로 통문을 띄웠고, ㄷ 서원은 각 서원에 다시 통문을 띄웠다. 양반들은 서원과 향약을 중심으로 민보군을 결성한다는 소문이 돌았다.

농민군 지도부는 ㅇ 서원과 ㄷ 서원의 통문을 구해 회의를 소집하였다. 서기가 ㄷ 서원 통문을 먼저 읽었다.

ㄷ 서원 통문

우리 서원이 이단을 물리치는 일에 먼저 일을 꾸미지 못한 데 대해 이를 부끄럽게 생각한다.

"흠흠."

몇몇 지도자들은 헛기침하였다.

…… 동학이란 어떤 것인가. …… 즉 그들이 하는 말과 하는 일은 이미 참모습을 감추고 사악함이 만 가지가 하나 같으니 얻을 것은 아무것도 없다. 그들의 행위가 무엇이 요사하고 흉악한 기도인지, 서양의 학인 오랑캐 짐승의 도와 비해 심한지 심하지 않은지를 실로 모르고 있다.

…… 하나같이 귀천의 차등을 두지 않고 백정과 술장사들이 어울리며 엷은 휘장을 치고 남녀가 뒤섞여서 홀어미와 홀아비가 가까이 하며 재물이 있든 없든 서로 돕기를 좋아하니 가난한 이들이 좋아한다.

…… 그들 모두는 참된 이치를 어지럽혀 혹세무민하기 때문에 거기에 빠진 자는 후세의 화가 될 것이다. 어진 선비들이 배척한 것은 이런 때문임을 어찌 모르는가.

ㄷ 서원 원장 전 별제 조현우
회원 전 참판 민부여

"에이 이놈들을 그냥!"
칼부대 대장은 주먹으로 가슴을 쳤다.
"흠흠."
집강은 헛기침을 했다.
"죽일 놈들. 나라가 도탄에 빠지게 된 연유는 한마디도 없이 오직 동학만 배척하자는 말이군."
지도부의 한사람이 이를 갈았다.
"그러게 말이오. 혁명에 참가한 사람 중에 동학교도가 아닌 사람들도 많은데 동학과 그들 간의 관계를 끊어버리려고 그러는 게 아니오."
집강은 어이가 없어 했다.
"목사나 아전들이 백성들에게 가렴주구 하여 백성들이 죽으로 연명할 때 저들은 무얼 했소. 목사에게 충언한 적이 있기나 있었소."
"꽃놀이나 했을 뿐이지요."
지도부의 성토가 쏟아졌다.
"이럴 게 아니라 서원을 당장 쳐부숩시다."
칼부대 대장이 나섰다.
"그건 어렵소. 우리가 싸우는 것은 잘못된 제도를 고치자는 것이오. 근데 유생들과 싸우게 되면 판이 커지게 되오."
농민군의 한 지도자가 말했다.
"어차피 민보군을 결성할 거 아니오. 민보군을 결성하기 전에 쳐부수자 이거요."
칼부대 대장은 반박하였다.
"일단 지켜볼 일이오."

"양반들은 할 수 없소. 봉기를 일으켰다 해도 양반은 양반일 뿐이오."
"말조심하시오."
거친 말이 오고 가자 집강이 중재에 나섰다.
"어차피 민보군과 붙게 될지도 모르오. 또한 지금 낙동강 옆에 있는 일본군도 염려가 되오. 우선 정탐꾼을 늘려 정보를 수집하고 군사훈련을 더욱더 강화해야 할 거 같소."
집강의 말이 끝나자 총포부대 대장이 나섰다.
"총을 빨리 구해야 되오. 어차피 일본군하고 붙게 되면 총밖에 없소."
"포수들을 최대한 설득해서 우리 편으로 만들고 그들을 통해 총을 구입하도록 합시다. 돈이 많이 들어서 그렇지 구할 수는 있다지 않소."
지도부는 군사훈련과 무기 조달에 대해 논의를 하는 중에 농민군들도 따로 모여 얘기를 나누고 있었다. 그들에게도 양반들이 민보군을 결성한다는 것이 제일 큰 관심사였다.
"서원에서 나섰다고요?"
조현수가 말했다. 조현수는 하루 지나니 몸이 많이 좋아졌고 생각이 바뀌었다. 밥하는 것보다 직접 싸우겠다는 생각이 들었고 군사훈련을 받았다. 말석 일행에게 합류했는데 누구도 반대하지 않았다. 노비들을 면천시키고 소작인들에게 땅을 나눠 준 것이 그들을 감복시켰다.
"ㅇ 서원이 ㄷ 서원으로 동학 배척 통문을 보냈고 또 ㄷ 서원이 다른 서원으로 통문을 보냈다오."
김경준이 말을 받았다.
"에이 죽일 놈들."
원성팔이 주먹을 휘두르며 말했다.
"그러게 말이여. 양반들이 누구여? 백성들 피 빨아먹는 존재 아니여?"
강홍이가 말했고,
"손에 흙은 안 묻히고 쌀밥에 고기반찬 먹는 놈들이여. 정작 손에 흙 묻히는 우리는 쌀밥 구경도 못하고 말이여."

말석이 말을 이었다.

"저번에 ㄷ 서원에서 시회한 것 봤는가?"

"또 낙동강에 배 타고 꽃놀이하던가?"

"말도 말게."

ㄷ 서원에서 소작짓다가 쫓겨났던 한 농민군은 고개를 저었다. 가족은 많은데 소작은 조금밖에 짓지 않아 항상 배곯던 이였다. 그래서 크게 마음먹고 벼를 베고 난 뒤 볏단 조금을 옆 논에 쌓아놓았다가 발각이 되었다고 했다. 그래서 서원에서 곤장을 맞고 그해 농사지은 곡식을 모두 빼앗겼다고 했다. 올해 훔쳤으니 전에도 훔쳤을 거 아니야, 그러면서 예전에 훔친 거 가져간다며 일 년 농사지은 것을 모두 가져갔다고 했다. 소작까지 떼였으니 그의 가족은 뿔뿔이 헤어져 아직도 합치지 못하고 있었다.

"그니까 우리는 땡볕에 김매고 피 뽑을 시간에 그 공자왈 맹자왈 양반들은 낙동강에 배 타고 시나 읊었다는 말이지?"

한 사람이 소태 씹은 표정으로 물었다.

"그렇다 뿐인가. 그러면서 하는 말이 농민들은 무지랭이여서 인간도 아니라는 거야."

"그건 또 무슨 소리여?"

누군가 물었다.

"아, 시회할 때 내가 심부름을 했다지 않소."

"심부름을?"

"술도 나르고 고기도 나르고 밥도 나르고. 말도 마소. 징그런 인간들이오."

"그놈들은 잔치도 매일 여는구먼. 그려."

"매일 열다마다. 그래 내가 몸이 안 좋아 짐을 나르다 좀 쉬지 않았겠소."

"그래서?"

"그런데 어느 양반이 보더니 혀를 쯧쯧 차며 뭐라 하더이다."

"뭐라 하는데?"

사람들은 궁금해하며 물었다.

"농사꾼 저놈들은 조금만 틈이 나면 놀려고 하고 게으르다고 하지 않겠소."

"허허, 참. 꼭두새벽에 일어나 해질 때까지 일만 하는 우리가 게으르다니."

사람들은 소태 씹은 얼굴을 하였다.

"그래서 이번 봉기에 참가하였는가?"

"나도 벼르고 있었지요. 양반 없는 세상에 살고 싶다고. 일하는 우리가 쌀밥을 먹고 일하지 않는 저놈들은 죽을 먹어야 한다고."

"맞는 말이여. 양반 상놈 없는 세상이 와야 혀."

"살반계는 무얼 하는가. 그놈들 혼쭐 좀 내지 않고."

사람들은 모두 고개를 끄덕거렸다.

"민보군을 만든다는데 어찌 되는가?"

누군가 물었다.

"그게 문제요. 이제 우리 농민끼리 싸우게 됐소."

원성팔이 떨떠름하게 말을 받았다.

"그게 무슨 소리여?"

또 누군가 눈이 휘둥그레 뜨며 물었다.

"민보군이 무엇입니까? 양반들이 백성을 보호한다는 구실로 저들에게 속한 노비들이나 소작인들을 끌어들여 만드는 조직 아닙니까. 그러니 싸움이 일어나면 양반들은 뒤에서 숨고 소작인들이나 노비들이 앞장서 싸울 텐데요."

조현수가 대답했다. 말석은 적극적으로 나서는 조현수를 보며 흐뭇해했다.

"그러면 우리 농민들끼리 싸우는 게 아니오?"

"내 말이 그 말이오. 민보군을 양반들이 만들었다고 그놈들이 앞장서서 싸울 거 같소?"

강홍이가 말했다.

"천만에요. 뒤로 빠져 숨기가 바쁘겠지."

"그게 걱정이오. 결국은 민보군과 싸우면 우리 농투성이끼리 싸우는 것이 되겠소."

김경준의 말에 사람들은 할 말을 잃고 멍하니 있었다. 어이가 없다는 표정이었다.

"민보군을 양보군으로 해야 하는데 말이여. 백성을 위하는 조직이 아니라 양반들 재산이나 권세 보전하려고 그런 게 아니오."

남진갑이 담뱃대를 물고 말했다.

"그러게. 근데 앞장서 싸우는 건 상놈들이고. 쯧쯧."

강홍이도 담뱃대에 담배를 넣으며 말했다.

"소작인들은 소작을 떼일까 봐 할 수 없이 들어갔겠고. 옛날 임술년 때도 그랬다며."

"그러게 말이여."

사람들은 이를 악 물었다. 양반들의 권세욕에 다시 한번 더 치를 떨었다. 지금껏 백성들을 위해 양반들이 한 일이 무엇이 있나. 오로지 농민들을 인간으로 취급하지 않았던 게 아닌가.

32년 전인 임술년에도 민보군이 결성되었는데 유명한 일화가 있었다. 그때에도 양반들에게 딸린 노비들이나 소작인들이 가입하였는데, 물론 소작인들은 강제로 가입하였다.

"앞에서 열심히 싸운 자는 소작을 더 줄 것이다."

"뒤로 물러서는 자는 소작을 뗄 뿐만 아니라 물고를 낼 것이다."

양반들은 협박하였다. 한참 일할 철이라 농민들은 투덜거렸다. 그러자 양반들은 소작료를 면해주겠다고 했다. 또한 다른 사람이 민보군에 가입하면 돈을 주고 양식을 주었다. 그러니 걸인들도 많이 가입하였다.

그 당시에 화령에 사는 천서방이라는 사람이 있었다. 그는 자진해서 민보군에 가입하였다. 양반들은 천서방이 자진해서 들어온 농민이라고 대대적으로 선전하였다. 그러나 속내는 그게 아니었다. 아내가 시름시름 앓다가 죽었고 많은 빚을 지게 되었다. 그에게 여섯 살 먹은 아이가 있었는데 아이는 굶길 수 없어 양반에게 찾아갔다.

"이 아이를 노비로 삼아 주시오. 나중에 돈을 벌어 찾으러 오겠나이다."

마침 그 양반에게도 여섯 살 먹은 아들이 있어 아들에게 놀이감으로 줄 겸 그 아이를 노비로 삼았다. 얼마 후 양반들이 민보군을 결성한다는 말을 듣고 그 양반을 찾아갔던 것이었다.

"잘했다. 난이 끝나면 네 놈이 빚진 돈을 면해주고 아이도 돌려주겠노라."

양반은 반가이 그를 받았다. 천서방은 열심히 싸웠다. 몇 개월 동안의 난이 끝났을 때 천서방은 아이를 찾으러 갔다. 그러나 아이는 없었다. 양반은 아이를 서울에 사는 양반한테 뇌물로 준 것이었다. 애초부터 아이를 돌려줄 마음이 없었다. 빚진 돈도 면하지 못하고 결국은 야반도주를 했다.

"그럼 소작인들에게 소작료를 면해준다는 약속도 안 지켰는가?"

누군가 물었다.

"그야 뻔한 말 아닌가. 뒷간에 갈 때하고 나올 때는 다른 법이야."

"저런 죽일 놈들."

사람들은 이를 갈았다.

농민군들은 민보군이 결성된다는 말에 크게 술렁거렸다. 결성된다면 언제 관군과 합세해서 쳐들어올지 모르는 일이었다. 또한 일본군 병참 기지도 가까이 있어 여간 신경이 쓰이는 게 아니었다.

"오늘부터 훈련을 강화한다며?"

"그들이 언제 쳐들어올지 모르니."

농민군들은 사기는 높았지만 두려움이 없는 것은 아니었다. 싸움은 언제 죽을지도 모르는 것이었다. 애들 소꿉장난이 아니었다. 또한 농민군들이야 수는 많았지만, 오합지졸이라는 것을 그들 스스로 잘 알고 있었다. 평생 일만 했지, 창이나 칼을 잡아본 적이 없었기에 정작 싸움이 일어나 앞에 선 몇 사람이 죽으면 도망치기 바쁜 사람들이었다. 그들도 그런 것을 알고 있었기에 두려움을 느꼈다. 하지만 겉으로 드러내는 이는 없었다. 두려움보다는 이 세상을 바꿔야 한다는, 양반 상놈 없는 세상에 살고 싶다는 욕망이 더 컸다. 내 땅을 가지고 싶다는 소망이 두려움을 잊게 했다.

"아씨, 좀 괜찮습니까?"

점심 먹으러 가며 말석이 조현수에게 말을 걸었다.

"언제까지 저한테 아씨라 부르시겠습니까? 면천도 되었는데."

조현수가 웃으며 말했지만 말석은 얼굴이 빨개졌다. 아씨라 부르면 안 되는데 생각했지만 자신도 모르게 아씨란 말이 툭, 튀어나왔다. 노비 근성인가? 생각해보았지만 꼭 그렇지는 않은 것 같았다.

"저, 그러니까. 저, 접장이라 불러주십시오. 나도 거기한테 접장이라 부를 테니까요."

말석이 얼굴이 빨개지자 조현수는 미안했다.

"전 동학을 안 믿습니다."

"그래도 뜻은 같지 않습니까? 사람이 하늘님이라는"

"예, 알겠습니다. 아,"
"또."
조현수와 말석은 말갛게 웃었다. 지나가던 사람들이 의아하게 바라보았다. 앞서가던 강홍이가 뒤를 돌아보았다.
"거, 사랑은 남 안 보는 데서 하소."
조현수의 얼굴이 빨개지자 말석이 얼른 말을 받았다.
"사랑이라니. 말 함부로 하지 마라."
정색하는 말석의 말투에 강홍이는 걸음을 멈추고 둘이 가까이 오기를 기다렸다가 말석에게 말했다.
"왜? 노비라서 그래? 감히 양반을 사랑해? 이거냐? 아직 노비 근성에서 못 벗어났군."
말석이 말을 하려 입을 달싹거리는데 강홍이가 빠르게 말했다.
"이봐. 우리가 왜 봉기했는데? 양반 상것 없는 세상 만들자고 일어나지 않았는가? 근데 자네는 몸으로 실천해야 하거늘 아직……."
"됐네 됐어!"
말석은 강홍이의 등을 손바닥으로 세차게 쳤고, 어이쿠, 강홍이는 아프다는 시늉을 하며 앞으로 뛰어갔다.
"웃기는 놈."
말석은 웃으며 조현수를 바라보았는데 조현수는 입술을 굳게 다문 채 표정이 굳어 있었다.
"왜 그러십니까?"
말석이 조심스레 물었다.
"강홍이 접장님 말씀이 하나도 틀리지 않습니까?"
말석은 조현수의 싸늘한 말에 할 말을 잃고 땅을 보며 걸었다. 잠시 후 조현수가 말을 걸었다.
"아까 뭐라고 저한테 안 물었습니까?"

조현수는 말석이 계속 고개를 숙이고 가자 공연히 미안해 주제를 돌렸다.

"아. 그거요. 괜찮으시냐고요. 나으리께……"

"또! 또!"

조현수는 말을 끊고 말석을 화난 얼굴로 바라보았다. 말석은 뒤통수를 벅벅 긁었다.

"아참. 조진사께서 어제 봉변을 당하시고 어디로 가셨는데, 조, 조접장님께서는 괜찮으신가 해서……."

이틀 전. 조진사 부부는 집강소로 끌려와 어제 곤장을 맞고 쫓겨났는데 집도 없이 어디로 갔을까 궁금했고 또한 딸인 조현수의 마음은 어떨까 싶어 위로하려고 한 말이 자꾸만 어긋나는 것이었다.

"저는 이미 예상했던 일이라, 괜찮습니다. 아버님은 아마 친척 집에 가 계시겠지요. 다들 잘살고 있으니."

조현수는 담담하게 말했지만 가늘게 떨리고 있음을 말석은 눈치챘다. 곤장을 맞은 조진사를 하인들이 부축해 데려갔다는 소문이 돌았다. 하인들이 당한 것을 생각하면 미쳤느니, 하며 하인들을 욕하는 말들이 있었지만, 말석은 이상하게 다행이라는 생각이 들었다.

"다행입니다. 하긴 양반들은 친척이나 친구들도 양반일 테니 다들 부자겠지요."

말석은 말을 해놓고 아차, 했다. 혹 조현수가 기분이 나쁠까 싶었다.

"그렇지요. 그래서 그런 세상을 바꾸기 위해 우리가 봉기를 일으킨 거 아니겠습니까?"

조현수는 미안해하는 말석을 보며 웃어 보였다.

"밥 많이 드십시오. 일도 고되고 아직 몸도 성치 않은데요."

취사실에 가까이 오자 말석이 말했다.

"접장님도 많이 드세요. 그래야 큰일을 하시지요."

조현수는 웃어 보였다.

군사훈련이 강화되었다. 오전에만 하던 훈련을 오후에도 하고 저녁을 먹고 밤에도 이어졌다. 주로 훈련 담당은 임오군란 때 장교로 활동했던 창대장이 맡았다. 군대에 있던 경험으로 총뿐만 아니라 칼과 창 쓰는 법을 가르쳤다. 지도부의 기미가 이상하다는 걸 느낀 농민군들은 힘은 들었지만, 누구 하나 불평을 터뜨리지 않았다. 사기는 높았다. 새로운 세상, 새 세상이 왔다는 것을, 그것도 그들 힘으로 만들어냈다는 자부심이 강했다. 새 세상을 빼앗기고 다시 옛날로 돌아갈 수는 없었.

조현수도 남자들 틈에 끼여 훈련을 열심히 받았다. 취사반에 가서 밥 하라는 말에 발끈하며 각자 하고 싶은 것을 해야 한다며, 싸움은 남자들만 하는 게 아니라며 강력히 말을 하였고 지도부에서도 받아들였다. 조현수를 비롯하여 여자 몇몇이 남자들 틈에서 훈련을 받았다. 조현수는 훈련이 힘들었지만 그동안 호의호식했던 몸과 마음을 씻는다는 생각으로 열심히 훈련하였다. 옆에서 항상 말석이 함께 훈련을 받았다. 말석이 다른 사람들의 눈치에도 아랑곳하지 않고 조현수 옆에서 훈련받기를 고집하였다.


오전 오후 훈련이 끝나자 사람들은 저녁을 먹기 위해 둘러앉았다. 밥을 타 와서 곳곳에 놓인 반찬 곁으로 가서 여럿이 먹었다. 농민군 지도자들도 예외가 없었다. 같이 줄을 서고 함께 밥을 먹었다. 밥하는 여자들이 밥을 동헌으로 날라주었다가 혼이 나기도 했다. 밥은 잡곡밥이었다. 쌀을 아껴야 한다는 지도부의 설득에 사람들은 동의했다. 대신 실컷 먹게 했다. 자기가 먹을 밥을 직접 가져오니 양껏 퍼올 수 있었다. 또한 식사 때가 되면 농민군이 아니더라도 집에 양식이 떨어진 사람들도 몰려와 항상 북적거렸다. 사람들은 농민군이거나 아니거나 상관하지 않았다. 오는 사람은 모두 밥을 주었다.

"야 이노마야 좀 작작 처먹어라."

더벅머리 총각이 밥을 먹는데 옆에 앉은 중늙은이가 퉁을 줬다. 총각의 밥그릇 위로 밥이 몇 배는 올라가 있었다.

"아따, 먹을 때는 개도 안 건드린다는데."

총각은 밥을 미어지게 퍼넣고 씹으면서 말했다.

"개는 물까 봐 안 건드리지. 근데 봐라. 시방 네가 먹는 게 다른 사람 두 배는 넘지 않냐."

"뭐가 두 배요. 조금 많구만."

총각의 말에 같이 밥을 먹던 사람들이 돌아보며 웃었다.

"하는 것도 다른 사람 두 배는 해 봐라. 낮잠이나 좀 자지 말고."

중늙은이가 다시 말을 했다. 총각은 밥을 먹고 나면 잠을 자다가 훈련하는 시간을 놓치기 일쑤였기 때문이었다.

"인제는 안 잘라요. 밥 먹자마자 훈련장에 제일 먼저 가 있을라요."

총각은 결기를 다졌다.

"오메, 철 들었고만."

중늙은이는 그만 웃고 말았다.

"많이 드이소."

지도부들이 밥을 다 먹고 돌아다니다 한 무리의 사람들에게 다가가 말했다. 예천 농민군들이었다. 농민군들 모두가 열심히 훈련했지만 그 중에서도 제일 열심히 한 사람들은 예천 농민군이었다. 예천에서 패한 경험이 있었기에 두 번 다시 패배할 수 없다는 결의가 있었다. 또한 힘을 길러 예천으로 쳐들어가 양반들과 향리들이 만든 집강소를 때려 부수어야 한다는 절박감도 있었다.

"이거 미안해서리."

머리에 흰 수건을 두른 사람이 말했다.

"무슨 말씀이오. 다 같은 농민군이오. 또한 우리에게 많은 도움이 되고 있소. 진정 고맙소이다."

지도자는 말했다. 예천군 농민군이 비록 민보군에게 패했다고 하지만 그 경험은 소중한 것이었다. 지도부로서는 전략을 짜는 데 많은 도움이 되었다. 또한 상주 농민군들은 직접 싸워본 경험이 없는데 비해 그들은 두 번씩이나 큰 싸움을 했기에 앞으로 싸울 때도 크게 힘이 될 터였다.

예천은 양반 향리 계층이 두터웠는데 그들은 사회 경제적 기득권을 잃어가자 7월에 자구책으로 민보군을 결성했다. 그리곤 예천 관아에 집 강소도 설치했다. 노비들과 소작인 그리고 돈과 소작으로 회유한 인근 농민들을 편입시켜 군세를 확장하고 관아의 무기로 무장했다. 이들이 만든 집강소는 다른 지방과 달리 양반 향리층의 기구였다. 다른 지방엔 농민군이 집강소를 만들었던 것과는 많이 달랐다. 집강소 조직 직책을 맡은 구성원도 양반 4명에 향리는 32명에 달했다. 한마디로 예천의 집 강소는 향리층이 군권을 장악한 민보군 조직이었다.

"손을 보아하니 댁은 농민이 아닌데 어떻게 참가 하셨슈?"

옆에서 밥을 먹던 원성팔이 예천 농민군에게 물었다. 탓하는 투는 아니었다. 다른 사람들과 달리 하얀 손이 유난히 눈에 띄었기 때문이었다.

"이분은 원래 천석꾼 양반이었다오. 예천 농민군에 돈과 재물을 많이 내놓았지요. 뜻이 광대한 분이오."

옆에 앉은 사람이 말을 받았다. 상주뿐만 아니라 어느 지역이나 뜻있는 양반이나 지주들도 많이 참가했다.

"그럼 우리 상주 농민군에도 몇백 석을 내놓으셨다는 분이오?"

강홍이가 눈이 휘둥그레져서 물었다.

"그렇소. 언젠가는 상주 농민군과 안동 의성 농민군들이 합세해서 예천 관아를 치리라 믿소."

천석꾼은 가만히 있었고 그 옆 사람이 말했다. 사람들은 고개를 끄덕거렸다.

"한천 모래밭에서 생매장당한 농민군의 한을 풀어드려야지요."

예천 한천 모래밭에서 11명이 생매장당한 사건은 인근 지역에 널리 퍼져 모르는 사람이 없었다. 예천 민보군이 농민군 11명을 생포했고 사람들을 모아 공개적인 심문을 하였다. 그러나 생포 당한 농민군들은 그동안 농민군 활동을 털어놓기는커녕 오히려 민보군들을 강력히 규탄하고 나섰다. 예천 군수를 비롯한 아전들과 지주들의 수탈을 규탄하고 새로운 세상을 만들어야 한다고 소리쳤다. 이에 구경나온 많은 사람이 고개를 끄덕였고 놀란 민보군은 11명을 한천 모래밭으로 끌고 가 생매장을 했다.

"그래서 예천 읍내로 가는 길목을 차단해 양식과 땔감을 못 가게 했군요."

"그럼요. 네 길을 꽉 막아 놓으니 저들이 어찌 되겠습니까. 군수도 며칠을 굶었지요."

이후 읍내 주민들까지 굶는 사태까지 이르자 여론은 급격히 나빠졌고 민보군은 빨리 싸움을 하는 게 좋다고 판단 대대적으로 농민군을 공격했다.

"근데 우리가 졌지 않소."

천석꾼이란 사람이 말했다. 그랬소. 싸움에 졌소. 예상외로 민보군은 강했소……. 그 옆 사람이 중얼거렸다. 안동 관아에서 지원군이 온다는 말도 흘렸다. 농민군에서는 손발이 맞지 않았고 제때 온다는 지원군도 오지 않았다. 수십 명이 죽었다. 작전의 실패였고 무기의 열세였다. 그러나 문제는 며칠 뒤의 일이었다. 일본군의 공격이었다. 나라 전체에서 동학농민군에 대한 일본군의 첫 공격이었다.

예천 농민군은 태봉에 있던 일본군 병참기지를 공격하려고 준비를 하고 있었다. 낙동강 옆에 있는 일본군 병참기지는 조선을 점령하는 것은 물론이고 청나라 공격하는 것을 목표로 삼고 있었다.

"일본군이 허연 대낮에 말이요. 술에 취해 우리 부녀자를 희롱해도 관가에서는 가만히 있었소. 주민이 발고하면 오히려 발고한 사람을 곤장 쳤지요. 씨발,"

예천군 농민들은 이를 갈았지만 어느 지방이나 마찬가지였다. 일본군이 어떤 죄를 저지르더라도 국내법으로 처벌할 근거가 없었다. 또한 일본군과 결탁해 쌀을 일본으로 빼돌리는 고을 수령이나 아전들이 대부분이었기에 발고해도 아무 소용이 없었다. 이미 그들은 뇌물을 많이 먹었기 때문에 오히려 발고하면 일본편을 들었다.

그러다 일본 대위가 농민군에게 붙잡혔다. 병정 2명과 함께 농민군을 정탐하다 들킨 것이었다. 농민군은 잡아다 심문했다. 일본 장교는 농민군이 일본군을 공격할까 봐 정보를 알기 위해서였다고 했다. 그러면서 자기들은 언제든 조선 농민군을 공격할 준비가 되어 있다고 했다.

"그때 그 기분 아시오?"

예천 농민군은 말했다. 조현수는 예천 농민군에게 눈도 떼지 않았.

"농민군이 쭉 둘러서서 일본 장교를 심문했는데 굉장했소. 그래도 우리는 예의를 갖추느라 곤장은 치지 않고 말로 했지요. 그리고 목숨은 살려주리라 했지요."

그러나 아니었소. 예천군 농민군은 고개를 떨어뜨렸다. 오판이었다.

"그들은 당당했소. 마치 자기 나라처럼 행동했소. 법으로 하자. 일본 공사관을 불러 달라. 별 지랄 다 하였소. 하지만 분명한 것은 그때 눈치 챘소. 그들이 이미 조선은 자기들의 속국이라 생각한다는 것을요. 어떻게 다른 나라에 와서 술 처먹고 부녀자를 희롱해 놓고서 그렇게 당당할 수 있겠소. 그리고 백성들이 일으킨 혁명에 저들이 무얼 궁금해서 정탐까지 했겠소. 나중에 알았지만 저들이 제일 두려운 것은 백성이었소. 농민군의 봉기였소. 우리 농민군이 내세운 것이 척왜척양이었지 않소. 하지만 실제로 우리가 행동한 것은 탐관오리들을 징치하고 신분의 귀천

없는 세상이었소. 내 너 없이 함께 잘사는 세상이었소. 위에서는 일본을 몰아내자고 했지만 사실 우리는 쌀이 필요했고 땅이 필요했소. 그러나 일본군이 보기에 임금과 관료들은 크게 문제가 없었던 것 같소. 저들은 지금 가진 것만 지키면 되니까, 저들에겐 가진 것만 안 뺏기면 되니까 문제없었소. 그들에겐 현재의 지위와 재물만 유지 시켜주면 나라를 통째로 먹을 수 있으니까요. 문제는 백성이었지요. 양반과 관료들이 아니라 백성이 제일 두려웠던 게요. 그래서 우리 농민군을 정탐하러 왔던 게요."

"그래서 죽였군요."

원성팔이 말했다.

"아니면 어차피 우리가 그들에게 죽을 판이었소. 왜 정탐했겠소?"

"죽일 놈들."

말석이 분개했다. 언제든 낙동에 있는 일본군 병참기지가 눈엣가시였다. 예천처럼 농민군을 언제 정탐하러 올지 몰랐다. 저들이 이미 조선을 삼키러 작정했다면 그건 시간문제였다. 정탐 후엔? 등골이 서늘했다.

"당장 목을 벴지요. 그리고 일본군은 그걸 핑계 삼아 우릴 공격했소. 일본군이 조선 백성을 공격한 것은 나라 전체로 봐서 처음이었소. 아무리 자국 장교가 죽었다 해도 그렇지. 제대로 된 나라라면 외교관을 통해 우리나라 정부에 항의하고 처벌을 요구해야 하는데 그것도 자기의 땅이 아닌 남의 나라에서 그 나라 백성을 공격한다는 게 말이 되오? 그걸 보고 백성을 보호해야 할 관군은 오히려 자기 나라 백성을 죽이라고 지원하거나 구경만 하고 있으니 말이오."

다른 예천 농민군이 말했다.

"근데 어떤가요? 저들이."

조현수가 물었다. 예천 농민군은 여자가 훈련하고 있다는 사실에 놀라면서 말했다.

"어른과 아이 싸움이었소."

예천 농민군은 고개를 저었다. 애초에 싸움이 될 수 없었다. 농민군은 창과 칼이 주 공격무기였다면 저들은 총이었다. 창과 총은 애초에 경쟁이 될 수 없었다.

"많은 사람이 죽고 나머지는 도망쳤소. 후일을 도모하자는 것이었소."

예천 농민군은 고개를 떨어뜨렸다.

"우리는 도망치다 보니 상주로 왔소. 안동으로도 많이 갔소. 하지만."

예천 농민군은 눈을 부릅떴다.

"하지만, 백성들 모두 들고 일어난다면 일본군을 물리칠 수 있을 것이오. 근데 문제는 일본군이 아니라 그에 빌붙어 기득권을 유지하려는 양반들이지요. 농민군이 나라를 뒤집어서 양반 상놈 없는 세상이 되기보다는 나라를 뺏기더라도 양반질만 계속하면 된다는 것이지요."

흥분한 예천 농민군이 말했다. 조현수도 음성을 높였다.

"그러니까, 나라가 없어져도 양반 자리만 보존하면 된다 이거지요?"

"그렇소. 저들에겐 나라보다 자신들의 양반 자리가 더 중요한 문제였소."

원성팔이 눈을 부라렸다.

"죽일 놈들. 맨날 나라를 위해 충성해야 한다고 지랄을 떨더니만."

예천 농민군은 한숨을 지었다.

"그들에겐 나라는 안중에 없었소. 오직 재물과 양반 자리에만 관심이 있을 뿐이오."

허허. 말석 일행은 허탈하게 웃었다.

"결국은 우리는 우리가 지켜야 한다는 사실이오."

조현수가 물었다.

"나라는요?"

"나라도 필요 없소."

이번엔 말석이가 물었다.
"임금님은요?"
"그도 필요 없소. 백성은 단지 임금 자리를 유지하기 위해 필요할 뿐이오."
강홍이가 중얼거렸다.
"양반놈들은 당연히 필요 없겠군요."
"그들은 오직 재물과 권세만 있으면 되오."
조현수가 입을 열었다.
"그럼."
조현수는 침을 꿀꺽 삼켰다.
"우리는 무엇이 필요하오?"
"우리뿐이오. 함께 할 이웃들만 있으면 되오."
말이 끝나자마자 말석이 물었다.
"그게 다요?"
"그리고 믿음이요. 우리의 세상이 온다는 믿음. 그것만 있으면 되오."
그것뿐이오. 예천 농민군은 주먹을 쥐었다. 그리고 먹던 밥을 계속 먹었다. 조현수는 허탈하게 고개를 들어 하늘을 보았다.

양반이란 무엇인가. 공맹의 도리는 무엇인가. 나라의 기강을 세워야 한다, 공맹의 도리를 다해야 한다는 것이 결국 자기들의 잇속을 차리기 위한 술책에 불과했구나.

조현수는 밥맛이 떨어져 숟가락을 놓았다. 말석은 그런 조현수를 보다 슬그머니 숟가락을 집어 조현수의 손에 쥐여주었다.

그때 취사반 쪽에서 소란이 일었다. 밥을 많이 먹던 더벅머리 총각이 한 여인을 끌어내고 있었다. 여인은 안 끌려가려고 안간힘을 썼다. 여인은 농민군이 읍성을 점령하려고 모였을 때 함께 싸우게 해달라고 졸랐던 여인 중의 한 명이었다. 그동안 취사반에 배치되어 밥을 해 오고 있었다. 더벅머리 총각은 그 여인의 아들이었다.

"그만 집에 가시오."

더벅머리 총각은 어머니의 팔을 끌었다. 말석 일행은 밥을 먹다 그쪽으로 고개를 돌렸다.

"야야. 제발 이 팔 놓거라. 내가 가면 어디로 간단 말이야."

어머니는 끌려가면서도 애원을 했다. 사람들은 빙 둘러서서 구경만 하였다. 모여든 사람들도 어찌해야 할지 모르겠다는 표정이었다.

"내가 꼭 말을 해야겠어요? 내가 그 지저분한 짓을 꼭 말로 해야 알아듣겠다는 말이오?"

총각은 어머니의 팔을 당기느라 얼굴이 벌겠다. 총각은 기필코 어머니를 끌고 가겠다는 듯 이를 악물었다.

"제발 여기 있게 해다오."

어머니는 애원하였다.

"여기는 어머니가 있을 곳이 못 되오."

총각은 어머니의 말에 아랑곳하지 않았다. 사람들은 말릴 생각은 안 하고 안타까이 바라보고만 있었다. 어머니는 끌려가면서도 주위 사람들에게 구원의 눈길을 보냈으나 아무도 앞에 나서지 않았다. 조현수가 일어서려는 걸 말석이 눈짓으로 가만히 있어 보라는 신호를 보냈다.

총각은 부끄러웠다. 어떻게 어머니가 여기에 있을 수 있단 말인가. 화냥년. 총각은 속으로 되뇌었다. 어머니는 화냥년이었다. 남자한테 환장한 여자였다. 어릴 때부터 저주해온 어머니. 총각은 과거의 기억이 되살아나 몸을 떨었다.

총각이 어릴 때 아버지가 죽고 나자 어머니와 둘이서 살았다. 크게 배곯는 일은 없었다. 소작이 얼마 있었고 어머니가 낮에는 물론 밤에도 일했기 때문이었다. 근데 어느 날부터인가 동네 친구들이 자기가 없을 때 쑥덕거린다는 것을 알았다. 총각이 친구들에게 가까이 다가가면 친구들이 무슨 얘기를 하다 멈추었다. 총각은 그런 게 서운했지만 아무 탈 없이 친구들과 잘 어울렸다. 그러던 어느 날 친구와 싸움을 했다. 냇가에서 물고기를 잡는데 총각 때문에 고기를 놓쳤다고 친구가 화를 냈기 때문이었다.

"가자."

친구들은 총각만 빼놓고 다른 곳으로 고기를 잡으러 갔다. 전에 없던 일이었다. 요즘 친구들의 동태가 심상치 않다고 느끼던 나날이었다.

"에이, 화냥년 아들 아니랄까 봐."

그때 싸운 친구가 흘끔 뒤를 돌아보며 말했다.

화냥년 아들?

총각은 무슨 말인가 하며 그들을 멍하니 바라보았다. 그날 저녁을 먹으면서 총각은 어머니에게 친구들이 자기에게 화냥년 아들이라 놀렸다고 말했다. 평소에 총각은 낮에 친구들과 있었던 시시콜콜한 일을 저녁 먹으면서 어머니에게 말하곤 하였다. 어머니는 그런 총각을 흐뭇한 얼굴로 바라보았다. 그러면 총각은 더 신이 나서 말했다. 그런데 평소에 총각이 얘기하면 흐뭇해하던 어머니는 들고 있던 숟가락을 떨어뜨렸다.

"니 시방 무슨 소릴 했냐?"

어머니는 놀란 표정으로 물었다. 총각은 낮에 친구와 싸운 일이며 친구들이 말한 내용을 죄다 얘기하였다. 어머니는 한동안 밥을 먹지 못하고 굳은 표정으로 허공을 바라보았다.

"어무이, 무슨 얘기냐니까?"

총각도 뭔가 안 좋은 일이라 짐작하며 다시 물었다.

"아무 말도 아니다. 밥 먹거라."

어머니는 밥상머리에서 물러나며 말했다. 그러다 며칠 후의 일이었다. 친구들과 놀다 배가 살살 아파 집으로 와 뒷간에 갔다. 총각은 친구 집에서 놀다가도 뒷간은 꼭 자기 집으로 가는 습관이 있었다. 볼일을 보고 마당으로 나오는데 방에서 사람 소리가 났다. 신발은 어머니 신발 하나뿐이었다. 이상하다 싶어 방 앞으로 다가갔다. 역시 방에서는 두런거리는 소리가 났다. 남자의 목소리와 어머니의 애원하는 소리였다. 총각은 귀를 쫑긋했다.

"제발 이러지 마시오. 그만 돌아가시오."

어머니는 애원하였다.

"허허 아무도 없는데 왜 이러시나?"

굵은 목소리의 남자가 어머니를 달래고 있었다.

"이제 제발 오지 마시오. 우리 아들이 눈치챈 거 같소."

"눈치채다니 무슨 소리요? 내 항상 아무도 없을 때만 왔거늘."

"제발 돌아가시오. 동네 아이들이 내한테 화냥년이라 했다지 않소. 이미 동네에 소문이 다 퍼졌는가 싶소."

"허허. 퍼져라면 퍼지라지."

남자의 목소리에 이어 옷이 부스럭거리는 소리가 났다. 남자가 뭔가 강제로 하는 듯하고 어머니가 막는 소리 같았다.

"이번이 마지막이오."

어머니의 헉헉 숨찬 소리. 총각은 자신도 모르게 주먹을 쥐었다. 개가 흘레붙는 것을 생각했다. 어머니가 다른 남자와 흘레붙다니. 개도 아니고. 총각은 부들부들 떨었다. 그 후로 총각은 밥을 잘 먹지 않았다. 어머니와 눈길을 피했다. 누구에게든 수시로 화를 냈다. 친구들하고도 잘 어울리지 않았다.

화냥년.

총각은 어머니를 떠올릴 때마다 속으로 뇌까렸다.

크면 이진사를 죽일 거야.

총각은 어머니와 흘레붙은 이진사를 증오했다. 이진사는 몇 년 전에 상처한 사람이었다. 총각은 이진사가 다니는 길목에 땅을 파고 그곳에

똥을 넣고 나뭇가지로 덮어 놓았다. 감나무를 이진사라 생각하고 막대기를 휘둘렀다.

그 후로 총각은 한밤중에도 어머니와 낮게 중얼거리는 남자의 목소리를 가끔 꿈인 듯 들었다.

화냥년.

그럴 때마다 총각은 어머니를 저주했다. 그러면서 빨리 커서 집을 나가리라 결심했다. 집을 나가면 다시는 어머니를 보지 않으리라, 생각했다.

"야야. 제발 이 팔 좀 놓거라."

어머니는 끌려가며 애원했다.

"제발 여길 떠나시오."

총각은 팔에 더욱더 힘을 주었다. 어머니는 총각을 보며 야속하다고 생각했다.

애야. 그건 사랑이었다. 그건 어쩔 수 없는 사랑이었다. 처음엔 소작 때문이었느니라. 네 아버지가 죽고 난 뒤 젖먹이인 너를 아녀자로서 혼자 어떻게 키우겠느냐. 매일 집안일 해 주러 가는 이진사 댁에서 소작을 준다고 했다. 소작을 준다는데 어찌 이진사를 거부하겠느냐. 처음엔 이진사가 집에 찾아와 강제로 범했지만, 시간이 지나자 나도 이진사를 기다렸느니라. 그게 무언지 몰라도 몸이 기다렸느니라.

이제 속죄하러 왔다. 새 세상을 만든다는데 밥해 주러 왔다. 새 세상을 만드는 남정네들 밥해 주러 왔다.

애야. 제발 나를 두고 가거라.

너를 보러 왔느니라. 네가 자꾸만 엇박자놓는 것을 알고 있었다. 너에게도 속죄하려고 왔다. 네가 싸우는 걸 지켜보고 네가 먹는 밥을 내 손으로 지어주고 싶었다. 네가 밤에 남의 집 머슴방에 머문 지가 몇 년째냐.

네가 집을 나가고 난 죽은 듯 지냈느니라. 어째서 이진사도 찾아오지 않았고 긴긴밤 뜬눈으로 지새웠다. 전생에 무슨 죄를 그리 지어 내 팔자가 이런가 생각했다. 일찍 돌아가신 네 아버지도 원망했다.

　애야. 날 용서하거라.

　날 용서하고 넌 새 세상에서 살거라. 입에 들어가는 밥에 모든 것을 걸어야 하는 이 세상을 바꾸어라. 네가 세상을 바꾸는 모습을 보고 싶다.

　어머니는 끌려가며 울음을 삼켰다. 눈물을 보여선 안 된다. 이제 아들에게 그런 모습을 보여선 안 된다. 어머니는 이를 악물고 눈에 힘을 주었다.

　"잠깐만요."

　기어코 조현수가 일어나 총각에게 달려갔다. 말석도 곧 뒤따라갔다. 총각은 화난 표정으로 조현수를 바라보았다.

　"누구시오?"

　총각은 가쁜 숨을 내쉬었다.

　"그 손 놓고 얘기하시오."

　총각은 걸음을 멈추었다. 어머니는 손을 잡힌 채 조현수를 바라보았다.

　"개인 가정사요. 간섭하지 마시오."

　총각은 머뭇거리다 어머니의 손을 놓았다. 조현수는 어머니와 총각을 번갈아 보았다.

　"사사로운 개인 일이 아닙니다."

　총각이 어이없다는 듯 조현수를 바라보았다. 말석은 혹시 조현수가 봉변을 당할까 조마조마했다.

　"어린 마음에 한이 맺혔겠지요. 그 마음 이해합니다."

　"그래서요?"

　총각은 삐딱하게 말했다.

　"부모의 허물을 캐지 않는 게 자식의 도리라 봅니다. 그게 효라는 겁니다."

"아이고 접장님, 야는 잘못이 없구만요. 내가 죄를 많이 지어서."

어머니는 동학교도여서 조현수를 아는 듯했다.

"지금 와서 누굴 탓하자는 게 아닙니다. 자식이 컸으니 이제 어머니의 마음도 이해하자는 것이지요."

조현수의 말에 어머니는 고개를 숙였고 총각은 고개를 비틀었다.

"우리가 집강소를 차리고 시행해야 할 것 중에 청상과부 개과를 허용한다는 구절을 기억하십니까?"

"……"

총각은 말이 없었다.

"비록 한때 어머니가 잘못했다고는 하나 알고 보면 다 먹고살기 위해서 그랬던 것을요. 그런 쪽으로 생각해보셨는지요? 또한 그 이진사 그 사람도 혼자된 사람 아닙니까?"

"그래도 어찌 그런 일을."

총각의 말에 조현수는 다정스럽게 말했다.

"당장 굶게 생겼는데도요? 본인 입이야 거미줄 칠 수 있지만, 자식 입은 거미줄 못 칩니다. 그게 어미의 마음입니다."

"그럼 다 저 때문이라는 말씀입니까?"

총각은 따지듯 말했다.

"말하자면 그렇다는 얘기입니다. 이제 지나간 일 덮고 가십시오. 그동안 접장님께서 집에도 안 들어가고 밖으로만 나돌았다는 걸 들었습니다. 접장님 어머니 맘은 얼마나 아팠겠습니까. 이제 덮고 가십시오. 새로운 세상이 왔습니다. 그러니 어머니를 이해하십시오."

조현수는 말을 마친 후 길게 숨을 내쉬었다. 조현수처럼 길게 숨을 내쉰 사람이 있었으니 바로 말석이었다. 처음엔 조마조마했는데 의외로 조리 있게 말하는 걸 보고 다행이다 싶었다. 전후 사정 따지지 않고 주먹부터 날리는 사내들을 많이 보아온 말석으로선 길고도 아찔한 순간이었다.

총각은 고개를 옆으로 틀었다. 한동안 침묵이 흘렀다.

"어머니는 지금 농민군입니다. 취사반원이라는 말입니다."

총각은 아무 말 없이 고개를 외로 틀고 있었고 어머니는 고개를 숙였다.

"비록 접장님의 어머니이긴 하지만 접장님 맘대로 농민군에 빠져라 마라 할 수는 없는 일입니다."

"이건 제 집의 문제입니다."

총각의 음성이 올라갔다.

"두 사람의 문제는 사사로우나 농민군 탈퇴 문제는 모자간의 문제가 아니라는 말입니다."

조현수의 말은 단호했다. 아, 말석은 조마조마했다.

"……."

"그래서……."

조현수는 잠시 말을 끊었다가 이었다.

"어머니를 지금 당장 이해하기 힘들면 우선 그냥 지내보십시오. 접장님은 칼 다루는 것을 배우고 어미는 밥을 하고. 시간이 지나면 어머니를 이해하게 될 것입니다."

조현수는 간절하게 총각을 바라보았다.

"그렇게 해 주십시오, 며칠만이라도. 각자 맡은 바 열심히 해 보십시오. 보고도 인사를 안 해도 되고. 단지 그렇게 할 일만 하면서 지내보십시오. 부탁합니다."

조현수는 고개를 숙여 예를 표했고 총각은 기어코 울음을 터트렸다. 어머니도 훌쩍거렸다.

"접장님 맘을 이해한다지 않았습니까."

조현수가 말하자 한참 울던 총각이 뒤돌아섰다. 그리곤 빠른 걸음으로 걸어갔다.
"고맙습니다. 접장님."
어머니가 고개를 숙였다.
"아닙니다. 아무 잘못이 없습니다. 세상이 잘못된 것입니다. 우리가 이런 잘못된 세상을 바꾸자고 하는 거 아닙니까."
"고맙습니다. 이 은혜를 어떻게 갚을지."
어머니는 울면서 말했다. 그러면서 거듭 조현수에게 고맙다고 말했다.
다 잘못된 세상 탓이오.
조현수는 속으로 되뇌었다.

늦은 밤. 다를 잠자러 숙소로 가고 말석과 조현수는 객사 뒤 큰 나무 밑에 나란히 앉았다. 별이 금방이라도 손에 잡힐 듯했다. 말석과 조현수는 아무 말 없이 별들을 바라보았다. 상대가 옆에 있어 별을 바라보는 것만으로도 행복했다. 이 행복이 오래오래 가기를 두 사람은 빌었다.
"어떻게 그렇게 말을 잘하십니까?"
말석이 마침내 낮에 있었던 총각과 그 어머니에 관한 얘기를 꺼냈다. 말석 일행들이 조현수가 총각을 설득시키는 것에 감동했다고 말석에게 몇 번이나 말했던 탓이었다.
"무슨 말씀을요."
조현수는 미소를 띠며 말했다.
"결혼도 안 하셨는데 어떻게 어머니 맘을 잘 아십니까. 오늘 많이 배웠습니다."
"알기는요. 저도 모릅니다."
"예?"
말석은 눈을 동그랗게 뜨고 조현수를 바라보았다.

"결혼도 하지 않은 제가 어떻게 어머니 맘을 알겠습니까. 하지만 전봉준 장군과 전라감사가 맺은 협약을 보고 많이 생각했지요. 과부의 재가를 허용한다. 이게 무슨 뜻이겠습니까?"

조현수의 기습적인 질문에 말석은 깜짝 놀라 머리를 굴렸다.

"그야, 뭐, 과부도 사람이니께, 그러니까, 혼자 살면 외롭고, 아니, 그것보다, 살기 힘드니까. 남자가 있어도 농사일은 힘든데, 여자 혼자 살면 더 힘들 거고, 또 외롭기도 하겠고."

말석은 자신이 생각해도 말이 안 된다고 생각했다.

"예, 맞습니다. 여자 혼자 사니 경제적으로 힘들고. 또 외롭기도 하겠고요."

"그건 그렇지만."

조현수는 말석을 빤히 바라보았다.

"왜요? 이해 안 되십니까? 여자는 외롭다고 얘기하면 안 됩니까? 남편이 죽으면 따라 죽어야 합니까?"

말석은 무슨 말을 해야 하나 쩔쩔매었다. 겨우 말을 했다.

"그야 그건 아니지만."

"예. 여자도 욕정이 있지요. 남자와 똑같습니다. 다만 사회가 여자는 욕정을 드러내면 안 되고 참아야 한다고 하지요. 그래서 최제우 대신사께서는 과부의 재혼을 허락한 겁니다. 지금까지 재혼녀의 자녀는 관직에 나갈 수 없었지요. 어느 어미가 자식이 관직에 나가는 것을 막으면서까지 재혼하겠습니까."

"하."

말석은 그동안 봉기를 하면서 원수 갚을 생각만 하고 세상을 바꾼다는 건 그냥 형식이었는데 이제야 봉기의 진정한 뜻을 알 것만 같았다.

"역시 많이 배운 분이라 다르군요."

말석의 말에 조현수는 손사래를 쳤다.

"아닙니다. 접장님은 아버지의 원수 갚는 걸 먼저 생각하셨기에 깊이 생각 못하셨고, 전 그런 원한 관계가 없기에, 다만 동학 교리에 따라 생각했을 뿐입니다."

말석은 뒷머리를 끄적거렸다. 앞으로 많이 배워야겠다는 생각이 들었다.

"앞으로 많이 가르쳐주십시오."

"예?"

말석의 놀란 표정을 보고 조현수는 미소를 지었다.

"접장님은 제 스승입니다. 전 다만 동학 교리를 보고 세상을 볼 뿐이지만 접장님은 몸소 체험하셨지 않습니까. 그래서 목숨을 내놓고 봉기를 일으켰고요. 저는 솔직히 아직 봉기를 일으키신 분들의 깊은 뜻을 잘 모릅니다. 머리로만 이해할 뿐이지요. 접장님께 많이 배우겠습니다."

말석은 고개를 숙인 채 하, 숨을 길게 내쉬었다. 모든 걸 다 바치고 싶었다.

"그런 말씀 마시고 절 좀 많이 가르쳐주십시오."

말석의 말에 조현수는 말석의 손을 꼭 잡았다. 갑자기 말석의 몸이 뜨거워졌다.

"우린 같은 길을 갑니다. 죽을 때까지요."

읍성 점령 다섯째 날.

소문은 빠르게 퍼졌다. 민보군과 일본군이 연합해 쳐들어온다는 소문부터 일본군 1만의 군사가 쳐들어온다는 소문까지 무성했다. 아무것도 확실한 것은 아니었지만 어제부터 돈 소문은 삽시간에 상주 전체로 번졌다. 읍성을 점령한 농민군들에게도 취사반에도 예외는 아니었다. 취사반에는 전날 저녁에 집에 간 후 아침에 읍성으로 돌아오지 않은 사람들이 많았다.

"아들이 갑자기 급체를 해서."

"갑자기 일이 생겨서."

각종 핑계를 대었지만 읍성에 나온 사람들은 속으로 짐작만 할 뿐 아무 말도 하지 않았다. 나오지 않은 사람들 때문에 아침 식사가 늦어졌다. 농민군 또한 많은 사람이 나오지 않았다. 농민군이 아니면서도 매일 읍성에 와서 눈칫밥을 먹던 사람들의 수도 현저히 줄었다.

"오메. 정말로 무슨 일이 일어나는가배."

여자들은 부지런히 밥을 하면서도 입을 재게 놀렸다.

"아직 민보군도 안 만들어졌는데 무슨 소리란가?"

누군가의 말에 다른 사람이 말을 받았다.

"민보군이 아니라 일본군이래."

"정말 일본군이 쳐들어온단가?"

"임금님이 일본 공사관에게 직접 요청했다는구먼."

"뭣이? 임금님이? 자기 나라 백성들 다 죽이라고 다른 나라 군사한테 요청했다는 거여?"

"요청은 아직 안 했고 어진 회의에서 그렇게 하자고 신하들이 임금님에게 말씀드렸다는구먼."

소문은 입도 귀도 없이 이 사람 저 사람에게로 옮겨 다녔다. 사람들은 불안한 기색이 역력했다. 소문만 났어도 설마 하며 버티겠는데 아침에 밥하러 오니 많은 사람이 안 나온 것을 보고는 모두 소문이 정말이구나, 했다. 그러다 보니 실수하는 일이 일어났다. 밥그릇을 쏟는다거나 옆 사람과 부딪쳐 국그릇을 엎었다.

"야, 이 사람아 좀 조심해."

한 여자가 언성을 높였다.

"당신이 먼저 나를 밀쳤잖아."

다른 여자가 지지 않고 똑같이 소리쳤다. 평소 같으면 허허 웃으며 자신이 먼저 잘못했다고 서로 사과했을 일이었다. 사소한 일에도 신경질을 부리는 일이 잦았다.

"나 집에 좀 댕겨올라네."

보은댁은 설거지가 끝나기도 전에 옆 사람에게 말했다.

"웬일이여?"

"아침에 아들이 밥을 안 먹고 토하기만 하던데 어떤지 가보고 올라네."

"그려. 갔다 오게."

사람들은 그렇게 말했지만 보은댁이 돌아오지 않으리라는 것을 알고 있었다. 보은댁은 보자기에 밥을 한 그릇 쌌다. 그냥 가면 의심을 받으니까 진짜로 아들이 아파서 가는 것처럼 위장해야 했고 다시는 못 올 거 밥이라도 한 그릇 더 챙기자는 생각이었다. 어제 집에 가서 아침에 안 나온 사람들도 대부분 밥을 싸서 갔다. 보은댁은 집으로 가다 농민군이 훈련하는 것을 보고는 집과 반대 방향인 북문으로 갔다. 집강에게 들키면 무슨 낯짝으로 인사를 하나 싶었다. 방귀를 뽕뽕 뀌대며 서둘러 북문을 빠져나갔다.

"나도 핑하니 댕겨 올라네."

안동댁이 말했다. 그는 남편이 아프다고 했다. 그건 사실이었다. 남편은 오랫동안 아파 농민군에도 참가하지 못하고 있었다. 그래서 매번 밥을 하고 난 뒤 밥을 싸서 집에 갔다 오고는 했다.

"집에 가면 안 오려고 그러지?"

누군가 새된 소리를 했다.

"이 사람아 안 오길 왜 안 와."

"아픈 사람이야 아침에 밥 해놓고 오면 되지, 갖다주기는 왜 갖다줘?"

빈정대는 말투였다.

"허허, 이 사람이 생사람을 잡아도 유분수지."

안동댁은 밥을 싼 보따리를 들다 멈칫했다. 사실 안동댁도 집에 가면 오지 말까 어쩔까 고민하던 중이었다. 자신이야 매번 밥을 싸서 집에 갔으니 의심이야 별 받지 않겠지만 집에 가면 다시 올 마음이 들지 자신도 장담 못했다. 아침에 남편도 그랬다.

"임자는 소문 못 들었는가?"

삐쩍 마른 얼굴로 방을 나서는 안동댁의 뒤통수에 대고 말했다.

"무슨 소문이요?"

안동댁은 짐짓 모르는 척 물었다.

"아, 일본군이 쳐들어온다는 말."

"아, 그거요? 다 헛소문이요. 설마하니 어느 나라 임금님이 자기 백성들을 다른 나라 군사가 다 죽이라고 하겠소."

안동댁은 대수롭지 않은 듯 말하고 읍성으로 밥하러 왔지만 남편의 말이 계속 맴돌았다. 혹시라도 소문대로 일본군이 쳐들어오면 어떡하나. 내가 죽으면 남편 병수발은 어떡하나. 그런 생각이 자꾸만 머릿속에서 엉켰다.

아들 총각과 한바탕 난리를 치른 어머니는 간간이 농민군 쪽으로 눈길을 돌렸다. 밥을 타러 온 아들의 기색을 살피기도 했다. 어찌 된 일인지, 소문이 확실한지, 붙들어 물어보고 싶지만 아들은 눈길도 주지 않았다. 밥 타러 오는 농민군들을 보니 눈에 띄게 수가 줄었다. 그래서 밥이 많이 남았다. 남은 밥을 큰 대소쿠리로 퍼 옮기면서 여자들은 아무 말도 하지 않았다. 김이 얼굴로 피워 올라 물기가 얼굴에 맺혔는데도 닦을 생각도 하지 않았다.

일본군이 쳐들어오면 어떡하지?

어머니는 갈피를 잡을 수가 없었다. 아들을 설득해 농민군을 빠져나가면 더없이 좋겠는데 아들이 자기의 말을 들을 리 만무했다. 설사 그럴 마음이 있다 해도 자기가 말하면 오히려 성 안에 남겠다고 할 터였다.

"이봐 국그릇과 접시를 같이 놓으면 어떡해."

누군가 뒤에서 소리를 질렀다.

"오메."

옆에 있던 여자는 화들짝 놀라 국그릇에 끼워져 있던 접시를 꺼냈다. 평소 같으면 깔깔 웃을 일이었다.

"어젯밤에 서방이랑 뭐 했기에 정신을 놓았다야. 깔깔깔."

"밤새 만리장성 쌓았겠지. 뭘 그런 걸 물어."

"그 집은 좋겠구만. 우리 집 양반은 저녁 먹고 나면 잠자기 바쁘니."

"무얼 그랴. 그저께 밤을 새웠는지 하루 내내 하품하더구만."

깔깔깔. 여자들은 힘든 줄도 모르고 밥을 했을 것이었다. 그러나 이제는 웃는 일보다는 신경질을 내는 일이 잦았다. 그러니 누구나 조심한다고 하면서도 더 실수했고 옆 사람에게 농을 걸지도 않았다.

저녁을 먹고 난 뒤 농민군이 있는 막사 쪽은 조용했다. 평소 같으면 누구의 익살스러운 행동이나 말로 한바탕 웃음꽃이 피었겠지만 누구 하나 나서는 사람이 없었다. 저녁을 먹고 난 뒤 끼리끼리 모여 담배를 피웠고 담배를 피우지 않는 이들은 멀뚱하게 앉아 있었다.

"정말 일본군이 쳐들어올까?"

김경준이 침묵을 못 견디겠다는 듯 담배 연기를 길게 내뿜었다.

"에이씨. 민보군이라면 한번 싸워볼 만한데."

강홍이 투덜거렸다.

"설마 지 나라 백성 죽이라고 왜놈들 끌어들일까."

남진갑이 담뱃대를 뻑뻑 빨았다.

"일본놈이 와도 싸워서 이겨야지요. 원래 악덕 지주뿐만 아니라 일본 놈들도 몰아내자고 일어난 게 아니오."

"그럼. 한바탕 싸워서 이겨야지."

조현수의 말에 김경준이 맞장구쳤다. 저녁이 되면서 소문은 이미 기정사실로 되었다. 민보군은 아직 결성되지 않았으니까 대신 일본군이 쳐들어오는데, 이미 준비가 다 끝났다는 소문이었다. 선산하고 상주를 동시에 공격한다고 했다. 농민군 지도부에서는 정탐해본 결과 아직 이상 징후를 발견 못했다고 했으나 농민군들은 믿지 않았다. 7월에 예천 농민군이 일본군과 싸워 대패했던 것이 농민군들을 더욱더 술렁이게 했다.

"누구 찾으러 왔소?"
한 여인이 농민군 막사 곁을 얼쩡거리는 것을 본 원성팔이 의심스러운 눈초리로 물었다. 막사에 처음 본 사람들이 나타나면 누구나 경계를 나타냈다. 전에 없던 일이었다. 일본군이 쳐들어오기 위해 정탐하러 올지도 모른다는 경계심이었다. 삼십 초반쯤 되어 보이는 여인은 연신 주위를 두리번거리며 말했다.
"저기, 애 아버지를 찾으러 왔구만요."
"애 아버지가 누구요?"
강홍이가 떨떠름하게 물었다.
"나기환이라고."
"나기환? 어느 동네요?"
김경준이 물었다.
"화령에서 왔구만요."
"저쪽으로 가보슈. 제기랄."
원성팔은 통명스럽게 말했다. 점심 무렵부터 부쩍 가족들이 찾아왔다. 여인이 다른 막사 쪽으로 가는데 누가 여인을 불렀다.
"어이. 임자가 여기 웬일이당가?"
한 농민군이 여인을 불렀다.
"애 아버지."
여인은 소리가 나는 쪽을 바라보곤 반가움에 소리를 질렀다.

"왜 이런다야."

오히려 농민군이 놀라서 말했다.

"장식이가 아파요. 어서 집에 가보시오."

"장식이가?"

장식이는 농민군의 장남이었다.

"열이 펄펄 나고 밥도 안 먹고."

"아, 그러면 의원한테 가야지, 나한테 오면 어떡햐."

"당신이 데리고 가봐요."

여인은 남편의 팔을 끌었다.

"왜 이런다야. 남들이 보는구먼."

남편은 팔을 뿌리쳤다. 남편은 아내를 유심히 바라보았다.

"참말이여?"

"그럼 내가 언제 거짓말하는 거 봤슈?"

"요새 안 아프던 사람들도 갑자기 아프니까 하는 말이지."

남편은 못 믿겠다는 눈길로 말했다.

"참말이랑게요. 어서 가요."

아내는 남편의 팔을 끌었다. 남편은 또다시 팔을 뿌리쳤다.

"왜 자꾸 팔을 잡고 이런다야, 남사시럽게서리. 아, 글고 임자나 어여 가서 아를 의원한테 데불고 가소."

"아가 아프다는데 당신은 걱정도 안 되요?"

"걱정되니까 하는 소리여. 어여 아를 의원한테 데불고 가. 난 오늘 밤에 훈련 참가해야 할 팅게."

남편은 막사 쪽으로 몸을 돌렸다. 아내는 남편을 막아섰다.

"못 가요. 어여 집으로 가시오."

여인은 완강하게 말했다.

"이 여편네가 왜 이런다여."

남편은 내가 의원이여? 하며 아내를 밀쳤다.

"당신도 소문 들었을 게 아니요. 일본군이 쳐들어온다지 않소."

아내는 애원했다.

"오호라, 이제 실토를 하는구만. 그려, 왜놈들이 온다는데 어서 오시오, 하고 길을 터줄까?"

남편은 눈알을 부라렸다.

"왜놈들이 쳐들어오면 다 죽는다요. 어서 집으로 가시오. 살아남아도 나중에 난에 참가한 사람들은 다 물고를 낸다지 않소."

아내는 애가 타는 듯 가슴을 쳤다.

"일없네. 임자나 집에 가서 준비나 잘하소, 혹 왜놈들이 쳐들어오면 친정에나 가 있소. 그놈들은 늙으나 젊으나 여자들이라면 환장한 놈들이니께."

"그런 말이 어디 있소. 제발 가시오. 당신 죽고 나면 우리 가족 어떻게 살라고 그러시오."

아내는 팔에 매달렸다. 남편은 팔을 뿌리쳤고 아내는 벌렁 넘어졌다.

"이 여편네가. 아, 내가 죽긴 왜 죽어. 이 좋은 세상 왔는데."

남편은 발걸음을 막사 쪽으로 옮겼다.

"못 가오."

아내는 남편의 다리를 붙잡았다.

"놓으라니까."

남편은 다리를 빼려 했고 아내는 필사적으로 다리를 잡고 놓아주지 않았다.

"허허."

"허 참."

주위에 있던 농민군 몇 사람이 혀를 찼다. 점심 무렵에도 어떤 여인이 나타나 남편이라는 농민군을 끌고 간 적이 있었다. 그 농민군도 집에 가족이 아프다는 말에 속아 집으로 간 것이었다.

"남사시럽게 왜 이런다야."

남편은 아내의 어깨를 두 손으로 확 밀쳤고 아내는 그 바람에 뒤로 벌렁 넘어졌다.

"아고고."

아내는 비명을 질렀다. 남편은 그대로 막사 쪽으로 걸어갔다.

"일어나소. 장식이 모친요."

한 농민군이 옆에서 부축했다. 아내는 고개를 들었다. 한 동네 사는 명호 아버지였다. 아내는 구원자를 만난 듯 손짓했다.

"명호 아버지요, 우리 애 아버지 좀 설득시켜 주이소."

"허허. 집에 가 계시소. 설마 뭔 일이야 있겠소."

명호 아버지는 어쩌지 못해 허허 웃기만 했다.

"소문 못 들었소? 왜놈이 곧 쳐들어온다지 않소."

"그렇지 않아요. 저들이 쳐들어와도 우리가 대번에 무찌를 텐데 무슨 걱정이요. 하하하."

명호 아버지는 호탕하게 웃었다.

"지발 우리 애 아버지 설득해서 집에 가라 하고 명호 아버지도 빨리 집에 가이소. 명호 엄마도 걱정이 이만저만이 아니오."

"집에 가거들랑 걱정 말고 두 다리 펴고 잘 자라 하소."

명호 아버지는 웃으며 막사로 갔다.

소란은 다른 곳에서도 일었다. 이번엔 막사 쪽이 아니라 동헌 쪽이었다. 큰 갓을 쓰고 도포를 입은 노인이 동헌 마당에 서 있었다. 한눈에 보아도 행세깨나 하는 양반이었다. 농민군이 읍성을 점령할 때부터 읍성 주위를 어슬렁거리던 노인이었다. 그 앞에는 농민군 지도자 중의 한 사람이 지도부들과 함께 서 있었다.

"어서 가지 못할까?"

노인의 목소리는 쩌렁쩌렁했다.

"아버님 그만 돌아가십시오."

지도자는 공손하게 말했다.

"난은 곧 진압된다. 진압되면 난에 참여한 사람의 가족이 몰살된다는 것을 모르느냐?"

"그렇지 않습니다. 이번엔 조정에서도 무슨 조처가 내려올 것입니다. 호남에서는 전 지역이 다 일어났고 영남에서도 많이 일어났습니다."

"관에 맞서는 것은 역적이다. 지금이라도 늦지 않다."

"전 못 가겠습니다. 탐관오리들에 의해 고통받는 백성들이 신음하는데 어찌 모른 척하겠습니까."

"허허, 고얀 놈. 지금 문중에서는 네 놈의 이름 석 자를 지우겠다고 한다. 지금이라도 늦지 않다. 석고대죄하면 된다."

노인은 한 치도 물러서지 않았다. 지도자는 고개를 저었다.

"전 이미 문중에서 나오기로 했습니다. 읍성 점령 첫날에 문중에서 찾아왔었습니다. 농민군으로부터 문중을 지켜달라고요. 하지만 전 거절했습니다. 잘못이 있으면 벌을 받아야 한다고요. 그게 문중의 체면을 지키는 마지막 길이라고요. 전 문중에서 스스로 이름을 뺄 것입니다."

"허허, 이놈이. 동학에 단단히 물들었구나."

노인은 부들부들 떨었다. 집강은 방에서 나오지 않았고 옆에 있던 지도자들도 방으로 들어갔다. 노인은 지도부들의 뒷모습을 흘깃 보더니 다시 입을 열었다.

"동학이 양반 상놈 없이 지낸다더니 꼴좋구나. 양반과 상놈은 근본이 다르거늘 어찌 서로 존댓말을 하고 한 방을 쓴단 말이냐."

"사람은 하늘입니다. 양반도 하늘이고 상놈도 하늘입니다. 이제껏 그래 왔던 것은 양반들이 기득권을 지키기 위해 만들어 낸 억지 논리일 뿐입니다."

"허허."

노인은 말을 잇지 못했다. 농민군은 노인과 지도자의 행동을 유심히 지켜보았다. 집에 갈 것인가, 남을 것인가. 지도자 외에도 아버지나 문중 사람에 의해 강제로 끌려간 양반 출신이 몇 명 있었기 때문이었다. 일반 농민군 중에도 아버지가 찾아오고 아내가 찾아오고, 할머니가 찾아오고 할아버지가 찾아왔다. 그중에는 못 이겨 끌려간 사람들도 있었고 강단지게 남은 사람도 있었다. 가족들이 찾아와 한바탕 난리를 칠 때마다 농민군들은 불안했다. 정말로 싸움이 벌어지는구나. 죽을지도 모르는구나. 처음 읍성을 점령할 때의 사기는 급격히 떨어졌.

그때 성문으로 들어서는 사람이 있었다. 점심 무렵에 아버지가 돌아가셨다는 전갈을 받고 황급히 집으로 돌아간 사람이었다. 집강소에서는 돼지를 한 마리 보내주고 내일쯤 농민군들도 문상할 계획을 세우고 있었다.

"자네 왜 돌아오는가?"

사람들은 의아해서 물었다.

"에이 참, 남사시러워서."

"왜 그러는가?"

"대체 무슨 일인가?"

사람들은 둘러싸서 물었고 남자는 손을 홰홰 저었다.

"거짓말이었소. 내 원 참."

"뭐라고, 거짓말?"

사람들은 어이없어했다.

"하도 집에 안 가니까 그런 거짓말을 했소. 그래서 집에 있다가 뒷간에 가는 척하고 담을 넘어왔소."

"하하. 잘했네, 잘했어."

"어서 가지 못할까?"

노인의 목소리는 쩌렁쩌렁했다.

"아버님 그만 돌아가십시오."

지도자는 공손하게 말했다.

"난은 곧 진압된다. 진압되면 난에 참여한 사람의 가족이 몰살된다는 것을 모르느냐?"

"그렇지 않습니다. 이번엔 조정에서도 무슨 조처가 내려올 것입니다. 호남에서는 전 지역이 다 일어났고 영남에서도 많이 일어났습니다."

"관에 맞서는 것은 역적이다. 지금이라도 늦지 않다."

"전 못 가겠습니다. 탐관오리들에 의해 고통받는 백성들이 신음하는데 어찌 모른 척하겠습니까."

"허허, 고얀 놈. 지금 문중에서는 네 놈의 이름 석 자를 지우겠다고 한다. 지금이라도 늦지 않다. 석고대죄하면 된다."

노인은 한 치도 물러서지 않았다. 지도자는 고개를 저었다.

"전 이미 문중에서 나오기로 했습니다. 읍성 점령 첫날에 문중에서 찾아왔었습니다. 농민군으로부터 문중을 지켜달라고요. 하지만 전 거절했습니다. 잘못이 있으면 벌을 받아야 한다고요. 그게 문중의 체면을 지키는 마지막 길이라고요. 전 문중에서 스스로 이름을 뺄 것입니다."

"허허, 이놈이. 동학에 단단히 물들었구나."

노인은 부들부들 떨었다. 집강은 방에서 나오지 않았고 옆에 있던 지도자들도 방으로 들어갔다. 노인은 지도부들의 뒷모습을 흘깃 보더니 다시 입을 열었다.

"동학이 양반 상놈 없이 지낸다더니 꼴좋구나. 양반과 상놈은 근본이 다르거늘 어찌 서로 존댓말을 하고 한 방을 쓴단 말이냐."

"사람은 하늘입니다. 양반도 하늘이고 상놈도 하늘입니다. 이제껏 그래 왔던 것은 양반들이 기득권을 지키기 위해 만들어 낸 억지 논리일 뿐입니다."

"허허."

노인은 말을 잇지 못했다. 농민군은 노인과 지도자의 행동을 유심히 지켜보았다. 집에 갈 것인가, 남을 것인가. 지도자 외에도 아버지나 문중 사람에 의해 강제로 끌려간 양반 출신이 몇 명 있었기 때문이었다. 일반 농민군 중에도 아버지가 찾아오고 아내가 찾아오고, 할머니가 찾아오고 할아버지가 찾아왔다. 그중에는 못 이겨 끌려간 사람들도 있었고 강단지게 남은 사람도 있었다. 가족들이 찾아와 한바탕 난리를 칠 때마다 농민군들은 불안했다. 정말로 싸움이 벌어지는구나. 죽을지도 모르는구나. 처음 읍성을 점령할 때의 사기는 급격히 떨어졌다.

그때 성문으로 들어서는 사람이 있었다. 점심 무렵에 아버지가 돌아가셨다는 전갈을 받고 황급히 집으로 돌아간 사람이었다. 집강소에서는 돼지를 한 마리 보내주고 내일쯤 농민군들도 문상할 계획을 세우고 있었다.

"자네 왜 돌아오는가?"

사람들은 의아해서 물었다.

"에이 참, 남사시러워서."

"왜 그러는가?"

"대체 무슨 일인가?"

사람들은 둘러싸서 물었고 남자는 손을 홰홰 저었다.

"거짓말이었소. 내 원 참."

"뭐라고, 거짓말?"

사람들은 어이없어했다.

"하도 집에 안 가니까 그런 거짓말을 했소. 그래서 집에 있다가 뒷간에 가는 척하고 담을 넘어왔소."

"하하. 잘했네, 잘했어."

사람들은 죽은 사람이 살아 돌아온 것처럼 좋아했다. 가족들에 의해 집으로 돌아가는 사람만 봤지 제 발로 되돌아오는 사람은 처음 봤기 때문이었다. 슬슬 눈치를 보다 스스로 도망친 사람도 다수 있었다.

"장하이."

집강도 치하했다. 농민군의 사기가 떨어지고 있는 때에 이보다 더 좋은 일은 없었다.

"일본군이 쳐들어온다 해도 우리가 이길 걸세. 걱정 말게."

집강은 남자의 어깨를 두드렸다.

어수선한 분위기 때문에 저녁 훈련이 늦어지고 있었다. 성문에 보초 서는 사람이 늘어 들어오고 나가는 사람의 검문이 강화되었다. 조금만 수상한 사람이 얼쩡거려도 잡아다 동헌 마당에 무릎을 꿇렸고 신분이 확실해야만 보내주었다. 일본군 정탐꾼이 숨어들었다는 소문이 돌았기 때문이었다.

"성문을 닫도록 하시오. 오늘부터 어두워지면 곧장 성문을 닫아걸도록 하시오. 그리고 집강 어른의 허락 없이는 그 누구도 들여보내지 마시오."

지도부의 한 사람이 나와서 보초 서는 사람들에게 말했다. 이른 저녁이어서 보초군은 어리둥절했다. 그 말에 사람들은 또다시 술렁거렸다. 뭔가 있구나. 저녁 훈련 시간이 한창 지날 때까지 지도부의 회의는 길어졌다. 농민군들은 회의가 언제 끝나나 궁금증으로 끼리끼리 모여 담배를 피우며 기다렸다. 여자들도 설거지를 끝내고 집으로 돌아가지 않고 기다렸다. 무슨 소식이라도 듣고 가려 했다. 밥하는 여자 중에는 옷 속에 쌀을 넣어 가는 사람들도 있었다. 어차피 내일 안 올 테니 쌀이나 가져가자는 심산이었다.

그때였다. 누군가 동문 쪽에서 헐레벌떡 뛰어왔다. 농민군이었는데 급히 동헌 쪽으로 갔다. 사람들은 뒤를 따랐다.

"집강 어른!"

농민군은 동헌 마당에서 집강을 불렀다. 방문이 열렸고 집강을 비롯한 지도부들이 마루로 나왔다. 말석 일행도 가까이 갔다.

"무슨 일이요?"

지도부의 한 사람이 물었다. 모두 표정이 밝지 않았다.

"방이 붙었소. 여기저기 붙어 있는 걸 가져왔소."

농민군은 찢어온 방을 지도부에게 가져갔다. 서기가 방을 받아 집강에게 주었다.

"무슨 방이여?"

"누가 한 짓이여?"

원성팔이 참지 못하고 말했다. 집강은 방을 한번 훑어보고는 서기에게 주었다. 집강의 얼굴에 어두운 그늘이 졌다.

"무슨 방이오?"

강홍이가 참지 못하고 물었다. 집강이 서기에게 눈짓을 보냈다. 서기가 사람들 앞으로 나섰다.

"읽어 드리리다."

웅성거리던 사람들은 일순 조용해졌다.

"적도들은 듣거라."

"흠흠."

서기는 헛기침을 몇 번 하였다.

"지금 순진한 백성들을 꼬여 혹세무민하고 있으니 이는 마땅히 엄한 죄로 다스려야 할 것이다. 그러나 지금 곧장 해산하면 전죄를 묻지 않고 요구를 들어주겠으니 적도들은 집으로 돌아가 생업에 종사하라. 만약 해산하지 않고 순진한 백성들을 꼬드겨 계속 흉측하고 음흉한 계략을 꾸민다면 실로 죽음으로서 죄를 갚아야 할 것이다."

사람들은 다 듣고 나서도 한동안 말이 없었다. 이건 선전포고였다. 백기 투항하지 않으면 쳐들어오겠다는 말이었다. 혹시나 경상 감사나 조정에서 농민군의 요구 조건을 들어준다는 소식이라도 올까 기다리던 농민군들은 어이없어했다.

"누가 보낸 겁니까?"

조현수가 나서서 물었다. 모두 시선이 서기에게 쏠렸다.

"보낸 이는 없소."

서기는 사람들을 둘러보며 말했다.

"싸웁시다!"

원성팔이 소리쳤다.

"그렇소! 싸웁시다."

"싸웁시다!"

여기저기서 사람들이 손을 높이 들며 소리쳤다.

"저들에게 속지 말고 싸웁시다!"

이번엔 조현수가 소리쳤다.

"맞소. 우리가 해산하면 죄를 묻지 않겠다는데 그건 거짓말이오. 우리 모두 죽기를 각오하고 싸웁시다!"

농민들은 또다시 손을 높이 들고 외쳤다.

"옳소!"

사람들의 표정에는 결기가 느껴졌다. 집강이 사람들을 둘러보다가 앞으로 나섰다.

"그렇소. 이건 저들의 계략입니다. 우리 농민군과 백성들 사이를 떼놓으려고 그런 겁니다. 겁먹지 맙시다. 우리 군사는 수천 명입니다. 또한 옆고을인 안동과 의성에서도 지원군이 올 것입니다."

집강은 잠시 말을 끊었다가 말을 이었다.

"우리는 탐관오리와 악독한 양반 지주들을 징치하고 나라를 침략하려는 왜놈들을 몰아내기 위해 일어섰소이다. 이러한 우리의 뜻을 잘 알건만 우리를 적도로 단정짓는 것은 우리의 요구 조건을 들어주지 않겠다는 속셈입니다. 우리 모두 똘똘 뭉쳐 우리의 세상을 만들어 갑시다."

집강은 얼굴이 벌겋게 상기 되었다.

"옳소!"

"싸워서 우리의 세상을 만듭시다."

"양반 없는 세상을 만듭시다."

사람들은 주먹을 쥐고 흔들면서 소리쳤다.

"우리는 저들에게 한 번 속은 적이 있습니다."

집강은 다시 말을 이었다.

"삼십여 년 전인 임술년 때도 농민군들이 읍성을 점령했었습니다. 그러자 저들은 오늘처럼 똑같이 말했습니다. 해산하면 요구 조건을 들어주고 죄를 묻지 않겠다고요. 하지만 그건 말짱 거짓말이었습니다. 그때 농민군 지도부들은 저들의 요구대로 순순히 물러났습니다. 그러자 저들은 요구를 들어주기는커녕 앞에 나선 사람이나 뒤에 쫓아온 사람이나 모조리 참형에 처했습니다. 죽지 않은 사람은 불구자가 되었습니다. 고을에서 쫓겨났습니다."

"맞소."

"저들은 급하면 엎드려 꼬리를 흔들고 물러났다가 틈만 보이면 물어뜯는 아주 사나운 개요."

원성팔과 강홍이가 큰소리로 외쳤다.

"그렇소."

사람들 속에서 악에 찬 말들이 쏟아져 나왔다. 1862년 임술년 봉기에 참여했다가 호되게 당한 농민군 후손들이었다. 그때도 해산하면 살려주겠다고 했다. 그러나 그 말을 믿고 해산한 농민군들은 개죽음을 당했다. 요구도 들어주지 않았다. 닥치는 대로 관아로 잡아들여 물고를 냈다. 장독에 걸려 죽은 사람이 허다했다.

"그렇소. 개가 짖는 것은 공격하겠다는 것이 아니라 무서워서 그렇습니다. 우리가 똘똘 뭉치면 그 누구도 우리를 어쩌지 못할 것입니다. 새 세상을 만드는데, 우리 모두 앞장섭시다."

"좋소!"

"싸웁시다!"

"저들에게 현혹되지 맙시다."

말석 일행이 소리치자 주위에 있던 사람들이 환호했다. 하지만 그런 와중에서도 뒤에서 도망치는 농민군이 속출했다.

취사반의 여인들은 무슨 좋은 소식이라도 있나 싶어 들렀다가 집으로 돌아가기 바빴다.

"그래도 해산하는 게 좋지 않을까."

누군가 중얼거렸다.

"그러게. 일본군이 쳐들어오면 우리 모두 다 죽을 텐데."

"해산하면 죄를 묻지 않고 요구도 들어준다지 않아."

몇몇 농민군들은 수군거렸다. 하지만 해산하지 말고 싸우자는 많은 사람의 주장에 묻혀버렸다. 농민군들은 싸울 각오가 되어 있었다. 싸워서 세상을 바꾸고 싶었다. 농민이 주인 되는 세상을 갖고 싶었다. 비록 며칠이나마 양반 상놈 없는 세상에서 살았으니 그 꿀맛을 알 수 있었.

"자. 그럼 각자 막사로 돌아가 쉬도록 하시오. 하지만 저들이 언제 쳐들어올지 모르니 경계는 철저히 서야겠습니다. 그리고 아직 회의가 끝나지 않았습니다. 조금 있다 끝나면 농민군 전체 회의를 열겠습니다. 모두 막사로 돌아가십시오."

집강은 댓돌에서 내려왔다. 하지만 사람들은 아무도 움직이지 않았다. 지도부들은 회의한다며 다시 방으로 들어갔다. 사람들은 서로 얼굴을 마주 보며 말없이 서 있었다.

이제 믿을 건 우리밖에 없다. 싸워서 이겨야 한다. 그러지 않으면 저들은 우리의 요구를 들어주기는커녕 더 악독하게 굴 것이다. 농민군들에게 징치 당한 양반 지주들이 더 설칠 것이다. 아전들 또한 더 포악할 것이다. 저들이 언제 백성들을 사람으로 보았는가. 또다시 죽으로 연명해야 하고 짐승처럼 일해야 한다.

말석 일행은 무수히 떠오르는 말들을 되씹었다. 말석은 조현수를 바라보았다. 하지만 의외로 조현수의 얼굴에는 두려운 기색이 전혀 없었다. 다행이라는 생각이 들었다. 양반 출신들이 먼저 포기했고 도망갔기에 혹 조현수도 그렇지 않을까 생각하고 있던 참이었다. 말석은 가까이 가서 손이라도 잡아주고 싶지만 남들의 이목이 있어 참아야 했다.

마침내 동헌 앞마당에서 회의가 열렸다. 많은 농민군이 모였지만 모두 침통한 표정이었다.

"어떻게 하면 좋겠소. 각자 의견을 내보시오."

집강이 말했다. 지도자들은 굳은 표정으로 고개를 들어 허공을 바라보거나 눈을 감았다.

"빨리 결정을 내려야 할 것 같소. 농민군의 사기가 많이 떨어진 것도 문제지만 동요가 일어날까 그게 큰일이요."

집강이 재촉했다.

"뭐 볼 거 있겠소. 내일 당장 일본군 병참기지 쳐들어갑시다."

원성팔이 말했다.

"그건 신중해야 할 것이요."

지도부의 일원이 말했다.

"신중할 게 뭐 있소. 저들이 선전포고한 이상 싸워야지요. 그렇다고 백기 투항할 작정이요?"

강홍이가 눈을 부라렸다. 눈알이 떨어질 것처럼 튀어나왔다.

"일본군의 군사력이 얼마나 막강한지 잘 알지 않소. 예천만 하더라도 한 번 제대로 싸워보지도 못하고 졌다지 않소."

"그러니까 계획을 잘 짜서 기습공격하자는 거요. 이기면 얼마나 좋소. 그 많은 총을 빼앗아 올 수 있으니 말이요."

원성팔이 음성을 높였다.

"허허."

다른 지도부 일원이 고개를 저었다. 조현수는 답답한 듯 크게 숨을 내쉬었다.

"싸웁시다. 그 수밖에 없소. 이대로 물러난다는 것은 있을 수 없소. 임술년 때와 똑같이 다 죽임을 당할 거요."

김경준이 말했다.

"그럽시다. 우선 보은과 영동, 안동과 의성에 구원 요청을 하고 먼저 우리가 일본군을 칩시다."

조현수가 나섰다.

"그렇지요. 기습을 해야 하오."

말석을 비롯해 몇몇 사람이 찬성하고 나섰다.

"……"

잠시 침묵이 흘렀다.

"그러다 만약 실패하면 어쩔 것이요."

지도부의 일원이 어렵게 말을 꺼냈다. 하얀 얼굴과 손이 양반 출신인 듯했다.

"그 무슨 소리요. 싸우지도 않고 지는 것을 생각하다니요."

원성팔이 버럭 화를 냈다.

"화낼 일이 아니요. 항상 뒤를 생각하고 해야지요."

집강이 나섰다.

"그렇소. 더 신중해야 할 것이요. 우리가 사람 수만 많았지 모든 게 부족하지 않소. 우리에게 무기가 부족하오."

지도부의 일원이 나섰다.

"그러니까 기습공격하자는 거 아닙니까!"

조현수가 말하자 다른 지도부 일원이 말을 받았다.

"우리가 기습공격에 대비하듯 그들도 이미 준비 다 했을 것이오. 정탐꾼도 농민군 중에 있을 거요."

"그래서 대체 어쩌자는 거요?"

원성팔은 답답하다는 듯 말했다.

"……"

"……"

또다시 무거운 침묵이 흘렀다. 누구 한 사람 기침조차 하지 않았다.

"우선 등소를 올립시다."

그 말에 누구는 고개를 끄덕였고 누구는 고개를 치켜들었다.

"등소요?"

조현수가 어이없다는 듯 말했다.

"그렇소. 일본군을 공격한다는 것은 신중해야 하오. 그러니 우선 대구 감영에 우리의 요구 조건을 내고 그걸 내치면 그때 가서 무슨 일을 벌이더라도 우선 등소부터 합시다."

"맞는 말이요."

누군가 동의를 했다.

"그게 말이 되는 소리요. 우리가 한두 번 등소를 올렸소. 그때마다 오히려 장두선 사람만 곤장 맞지 않았소. 택도 없는 소리요."

원성팔이 강력하게 반대하였다.

"그래도 최후로 명분을 쌓자는 것이지요. 만약 저들이 들어준다면 싸우지도 않고 얼마나 좋소. 일단 싸움이 일어나면 우리 농민군이 많이 죽을 것은 뻔한 이치요."

지도부의 말에 김경준이 나섰다.

"저번 임술년 때처럼 요구를 들어준다 해놓고 나중에 뒤통수를 치면 그땐 어떡할 거요."

"설마 또 그러겠소. 이번엔 여러 고을에서 일어났는데."

"에이, 양반들이란."

원성팔이 말했다.

"그 무슨 소리요."

지도부의 다른 사람이 인상을 썼다. 농민군 전체 회의는 결정을 내리지 못하고 있었다. 양반이나 지주 계층에선 협상하자는 쪽이었고 농민 출신들은 싸우자는 태도였다. 출신과 재산 유무에 따라 입장이 갈렸다.

"그럼 이렇게 합시다."

한참 시간이 흐른 후 집강이 말을 꺼냈다.

"우선 대구 감영에 등소를 하고……."

"흠흠."

원성팔이 불만스럽다는 듯 헛기침했다.

"인근 고을에 지원군을 요청합시다. 그리고 기습공격할 준비 하였다가 등소가 거절되면 지원군이 도착하자마자 곧장 쳐들어갑시다."

집강은 주위를 둘러보았다. 누구는 고개를 끄덕였고 누구는 고개를 저었다.

"거절할 게 뻔한데 왜 등소를 하자는 것이오?"

강홍이가 뜻을 굽히지 않았다.

"싸우지 않는 게 최선이오. 싸움이 나면 이기거나 지거나 많은 사람이 죽을 것이오. 그러니 우선 우리의 요구 조건을 내걸고 안 되면 그때 싸우자는 것이오."

집강은 힘을 주어 말했다.

"싸우지 않고도 그동안 많이 죽었소."

원성팔이 음성을 높였다. 하지만 지도부 일원은 찬성했다.

"그럽시다."
"그렇게 합시다."
지도부 사람들이 동의하자 화를 버럭 냈다.
"에이. 손에 흙 안 묻히고 사는 사람들하고는."
결국 말석 일행은 화가 나서 자리를 떠났다.

말석과 조현수는 밤에 다른 사람들 몰래 만났다. 만나자고 약속한 것도 아닌데, 밖에 산책하다 보면 자연스레 만났다. 한동안 같이 걷던 말석이 물었다.
"무섭지 않습니까?"
조현수가 빙긋이 웃었다.
"왜요? 무서우십니까?"
"아, 그게 아니라."
말석이 당황했고 조현수는 깔깔 웃었다. 이 시국에 웃음이 나오다니. 말석은 어이없어하며 조현수를 바라보았다.
"전 새로운 세상에 대해 확실히 믿습니다. 그래서 가슴이 벅차고요."
"정말 우리 세상이 올까요? 전 사실 원수 갚을 생각을 먼저 했지, 새 세상에 대해선 깊이 생각 못했습니다. 다만 사람 위에 사람 없고 사람 아래 사람 없는 세상이 와야 한다는 정도만요."
"그게 새 세상 아닙니까."
조현수는 말석을 향해 빙긋이 웃고는 말을 이었다.
"전 소작인들이나 하인들이 이처럼 비참하게 살 줄은 정말 몰랐습니다. 그래서 지금까지 산 삶이 많이 부끄러웠습니다. 그나마 이제라도 그걸 알고 함께 할 수 있다니, 얼마나 다행입니까. 아니면 지금쯤 소작인들의 피땀으로 지은 곡식에다 집 옷 등 호의 호식하며 살겠지요. 그러다 결혼하여 또다시 소작인들을 수탈하며 살겠지요. 그런 생각만 해도 끔

찍합니다."

 말석은 묵묵히 듣기만 했다. 사실 말석은 조현수가 하루 이틀만 하고 집으로 갈 줄 알았다. 생활이며 먹는 것 자는 것 입는 것 다 다르니 얼마나 불편할 것인가. 그러니 못 견디고 갈 줄 알았다. 근데 오히려 보람과 행복을 느끼다니. 말석은 조현수와 있으면서 또 다른 감정을 느끼며 평온한 마음으로 하늘의 별을 보았다. 손에 잡힐 듯한 별들은 새벽에 내린 무서리 같았다.

"새 세상이 오면 무얼 제일 먼저 하고 싶습니까?"

 조현수가 물었다. 말석은 머뭇거렸다. 지금까지 살면서 계획을 하고 꿈을 가진 적이 없었기 때문이었다.

"농사짓고 싶습니다."

"예? 농사요?"

 조현수는 어이없다는 듯 말석을 바라보았다. 사실 말석은 자신도 모르게 한 말이었다. 그냥 툭 튀어나온 말이었는데 맞다는 생각이 들었다.

"예. 농사요. 내 땅에서요. 남의 땅이 아닌."

 조현수는 잠시 뜸을 들였다가 말했다.

"그렇군요. 평생 우리 집 땅에서만 지었으니."

 조현수의 미안한 표정에 말석은 황망히 고개를 저었다.

"꼭 접장님 땅이 아니라도 평생 남의 땅에서 농사를 짓고 전 항상 빈털터리였지요. 하긴 나뿐만 아니라 농투성이들 모두 그렇지만."

 조현수는 고개를 끄덕였다.

"그러게요. 농사짓는 사람이 땅을 가져야 하고 또, 일한 만큼 가져가야 하는데, 양반들은 일은 하나도 안 하고 소출의 대부분 가져가니."

"내 땅에 농사지어 모두 내 것이다, 하면 얼마나 좋을까, 하고 생각하면 가슴이 벅찹니다."

 말석은 이상하게 조현수에게 평안한 마음이 들어 말이 많아졌다.

"이제 새 세상이 오면 그렇게 안 되겠습니까. 일한 사람이 땅을 가지고 일한 만큼 쌀을 가져가고."

말석이 고개를 끄덕이다 물었다.

"접장님은 새 세상이 오면 무얼 하고 싶습니까?"

"전, 공부를 가르치고 싶습니다."

"공부요?"

말석은 의외의 말에 조현수를 돌아보았다.

"예. 여기 와서 보니 대부분 글을 모르는 사람들이라 무얼 해도 어려움이 많더군요. 한글 한자도 그렇고 셈하는 것도 그렇고."

"그거 좋겠네요. 저도 배우겠습니다."

말석의 말에 조현수는 깔깔깔 웃었다.

"접장님은 글을 아시지 않습니까?"

"전 아버지께서 동학에 나가실 때 면천하기 위해 노력하시면서 나으, 아니 조진사 몰래 아는 동학교도에게 부탁해 나에게 글을 가르치게 했지요. 천자문과 한글을 겨우 뗐지만, 양반들이 읽는 책을 보고 싶습니다."

"왜요? 양반이 되고 싶으세요?"

"하하하. 그건 아니고요. 도대체 어떤 책이길레 말은 좋은 말 다 하면서 실상은 너무 다른지. 도대체 공자가 어떤 사람이고 맹자가 어떤 사람인지 알고 싶어서 그럽니다."

"하하하."

조현수도 말석을 따라 웃었다.

"아무리 좋아도 그걸 어떻게 사용하느냐에 따라 다르니까요. 사실, 여기 와서 느낀 건데, 공맹의 사상이라는 것도 양반을 위한 사상이라는 생각도 들고요."

"우리 같은 농투성이에겐 필요 없다는 말이군요."

"농사짓는 분들에겐 그에 맞는 책이 있겠지요."

말석은 입을 다물었다. 말을 해도 이해가 잘되지 않았다. 글을 좀 더 배우면 이해하리라 믿었다. 또다시 두 사람은 말없이 하늘의 별을 보았다. 종일 훈련했는데도 피곤한 줄 몰랐다. 시간이 얼마나 흘렀을까. 조현수가 조심스레 말을 꺼냈다.

"저, 접장님."

"예. 말씀하십시오."

말석도 돌아보며 말했다.

"전 접장님과 함께 길을 가고 싶습니다. 평생이요."

"평생은 몰라도 지금은 함께 가고 있지 않습니까?"

말석은 무슨 말이냐는 듯 말했다.

"저, 그게 아니라……."

조현수는 뜸을 들였고 말석은 마른침을 삼켰다.

"그러니까. 함께 꿈을 이루고 뜻을 펼치고 싶다는 말씀입니다."

"그건 지금도……."

말석의 이해 못하겠다는 말에 조현수는 말을 끊었다.

"접장님과 혼례를 올리고 싶습니다."

"예?"

말석은 심장이 멎는 것 같았다.

"그래서 함께 같은 길을 가고 싶다는 말입니다."

조현수는 말석을 똑바로 보며 말했다.

"아니, 제가 감히 아씨, 아니, 접장님하고."

"아직도 저를 아씨로 보십니까? 접장님은 면천됐는데도 아직 노비로 남아 있는 겁니까?"

"아, 아니. 그건 아니지만 그래도 감히."

조현수가 정색했다.

197

"감히라니요. 접장님과 제가 혼례 하면 안 되는 이유라도 있습니까? 우리가 가고자 하는 길이 같지 않습니까? 그걸로 족하지 않습니까?"
"그, 그래도."
말석은 말을 더듬었다.
"혹 마음속에 둔 사람이 있습니까?"
"아, 아닙니다."
말석은 급히 손을 저었다.
"그럼 제가 맘에 안 듭니까? 과거 일도 있고요."
말석은 고개를 숙였다.
"맞군요. 저희 아버님이 접장님께 못할 짓을 했으니. 제가 공연한 꿈을 꾸었나 봅니다."
말석은 고개를 들어 조현수를 바라보았다.
"물론, 아니라고는 말 못하겠지만 꼭 그것 때문이 아니고. 어쨌든 어떻게 감히 제가 접장님과 혼례를 한답니까."
"또 감히라니요. 전 양반의 탈을 벗었고, 접장님은 면천됐지 않습니까? 못할 게 뭐가 있습니까? 더 중요한 것은 우리의 꿈이 같고 추구하는 것이 같다는 게 중요하지 않습니까?"
말석은 시선을 어디 둘지 몰라 허둥대었다.
"그, 그래도, 감히."
"또 그러시네요. 감히라니요. 이젠 우리의 과거는 봉기로 인해 없어졌습니다. 부활한 것입니다. 다시 태어난 것입니다. 새 삶을 살아가는 것입니다. 과거의 말석과 조현수는 죽었습니다."
조현수는 빙긋이 웃으며 말석의 손을 잡았다.
"우리의 혼례는 양반 상것 없는 평등 사회를 몸소 보여주는 것입니다. 새 세상이 왔는데 몸소 실천해야지요. 사람은 누구나, 남녀노소 신분 차별 없는 세상을 꿈꾸는 거 아닙니까. 근데 과거에 얽매인다는 것은 어리석은 일이지요."

"하, 근데……"

말석은 가쁜 숨을 몰아쉬었고 조현수는 손에 힘을 주었다.

읍성 점령 여섯째 날.

어젯밤 몰래 막사를 빠져나간 이들이 많았다. 일반 농민군들이야 말할 것도 없고 큰 갓을 쓰고 아버지라 찾아온 노인의 아들도 아침에 보이지 않았다. 주로 성을 빠져나간 사람들은 양반 출신이거나 하다못해 땅 마지기라도 가진 자작농 출신들이 많았다. 농민군 지도부는 어젯밤 정탐꾼의 급한 보고를 받았다. 낙동면에 있는 일본군 병참기지가 군인을 충원한다는 정보였다. 수백 명이 대구에서 온다는 것이었다. 일부는 선산으로 가고 일부는 상주로 온다고 했다. 모레쯤 읍성을 공격할지 모른다고 했다. 지도부는 비밀에 부쳤다. 농민군이 동요할까 싶어서였다. 그리고 서둘러 등소를 작성하여 서기가 장두를 맡아 대구 감영으로 갔다. 그리고 인근 고을인 보은 안동 의성에 지원군을 요청했다. 일본군이 언제 쳐들어올지 모르는 일이었다. 그러나 비밀은 없는 법이었다. 소문은 급속히 퍼져나갔다.

아침이 되자 여기저기서 보고가 들어왔다. 어느 부대에서 몇 명이 빠져나갔다는 보고였다.

"빠져나간 사람들은 싸움이 일어나면 제일 먼저 도망칠 사람들이요. 그러니 성 안에 남아 있는 사람들은 정규군이라 할 만하오."

칼부대 대장이 말했지만, 위로가 되지 못했다. 그때였다.

"뭐이라고?"

일부 농민군이 무기를 탈취해 성을 빠져나갔다는 보고를 받은 지도부는 얼굴이 하얗게 질렸다.

"그들은 대체 어떤 놈들이야?"

신원을 파악하라고 했다. 그들은 협상하자는 쪽에 불만을 품은 이들이었는데 며칠 전부터 살반계원들과 접촉이 있었다고 했다. 주로 노비 출신이거나 32년 전 임술년 때 농민군으로 활동하다 죽임을 당한 사람들의 후손들이 많다고 했다.

"그럼 저들이 대체 무기까지 가져간 것은 무슨 연유요?"

"뭔가 일을 꾸밀 것 같은데 걱정이요. 독단적으로 행동하는 건 위험한데요."

지도부는 어찌할 바를 몰라 코를 땅에 박거나 천장만 쳐다보았다.

취사반에 나오는 여자들도 많이 나오지 않아 밥 짓는 시간이 늦어지고 있었다. 남자들도 가서 밥을 지었다. 아침이 되면 밥이 다 되기도 전에 성 밖에서 밥을 얻어먹으러 온 사람들이 길게 줄을 섰으나 오늘은 몇 사람 되지 않았다. 주로 걸인들 뿐이었다.

"일본군들이 오늘내일 쳐들어온다고?"

"그렇다네."

걸인들은 쑥덕거렸다.

"그럼 오늘은 성 밖으로 나가지 말고 안에 남자. 우리도 성을 지켜야지."

"총도 있다는데."

어느 걸인이 여차하면 도망칠 기세로 말했다.

"야, 이 밥충아, 인간이면 인간의 도리를 해라. 우리가 여기서 인간 대접받은 게 태어나서 처음 아니야?"

"그건 그렇지만."

"우리도 오늘 농민군에 들어가자. 우리에게 인간 대접해준 대가는 치러야 하지 않겠냐."

"그럼. 당연하지. 당장 들어가자."

"지금 집강 어른 찾아뵙자."

그들은 밥그릇을 땅에 두고 동헌으로 달려갔다. 회의하고 있던 지도부는 마루로 나왔다.

"허허."

집강의 얼굴이 환하게 피었다.

"저희들은 비록 걸인이나 받아만 주신다면 목숨 걸고 싸우겠습니다."

걸인들은 무릎을 꿇었다.

"아니, 일어나시오."

집강은 신발도 신지 않고 마당으로 내려와 그들의 손을 잡고 일으켰다.

"고맙구려. 천군만마를 얻은 기분이요."

"저희들을 받아주신다니 고맙습니다. 죽기로서 은혜를 갚겠습니다."

"고맙소. 고맙구려."

집강은 일일이 걸인들의 손을 잡았다. 지켜보던 말석 일행도 흐뭇하게 웃었다. 원성팔이 말했다.

"양반들보다 낫구만."

"진정한 애국자는 여기 있구만."

말석이 말했다.

"오늘부터 훈련에 참여하도록 하시오. 새 세상을 만들어봅시다."

집강의 말에 걸인들은 고개를 끄덕거렸다.

걸인들도 막사로 안내되었고 창부대로 배치되었다. 농민군들과 똑같이 훈련받고 함께 밥을 먹는다고 했다. 창부대는 사기가 올라갔다. 아침에 수십 명이 성을 빠져나가 의기소침해 있었는데 적은 수라도 들어오는 사람이 있으니 마음이 든든했다.

"우리의 세상은 우리가 만들어야 합니다."

조현수가 결의에 차 말했다.

"그럼. 누가 만들어주지 않지요."

원성팔이 말을 받았다.

"끝까지 싸우세."

남진갑이 결의를 다졌다.

농민군들은 오전 오후에 걸쳐 열심히 훈련했다. 칼부대 대장의 말처럼 의지가 강한 사람들만 남으니 훈련이 더 잘 되었다.

"무기만 더 있더라도 걱정 없을 텐데."

말석은 한탄하였다. 총을 가진 일본군에게 맞서기가 두려웠다. 지도부에서는 아침부터 젊은이들을 중심으로 백여 명을 낙동 쪽인 동문으로 들어오는 길목에 매복을 시켜놓았다. 일본군이 쳐들어오면 기습공격할 작정이었다. 그리고 모두에게 피리를 공급했다. 싸울 때 피리를 불며 싸우면 농민군이 현인원보다 더 많이 느껴진다는 것이었다. 농민군들은 실전에 대비해 직접 치고받고 찌르고 하였다.

금방 하루가 갔다. 농민군들은 훈련받느라 어떻게 하루가 갔는지 모를 지경이었다.

"오메. 벌써 저녁이다야?"

김경준이 힘들다는 듯 말했다.

"자네 불알 저기 저 마당에 떨어져 있던데?"

남진갑이 말했다. 사람들은 힘들어 잘 웃지도 못하고 녹초가 되어 마당에 퍼질러 앉았다. 강홍이는 담뱃대를 꺼내 물었다.

"야, 참. 그 담배 맛 죽인다."

강홍이가 담배 연기를 깊게 빨았다가 내뿜었다. 훈련받느라 담배도 제대로 못 피운 탓이었다. 너도나도 담뱃대를 꺼내 물었다. 꿀맛 같은 담배를 피웠다.

저녁을 먹고 나자 휴식 시간이 되었다. 평소 같으면 막사에 들어가 잠을 자는 이들도 있었는데 아무도 막사 안으로 들어가지 않았다. 둘러앉아 담배를 피웠다. 막상 저녁이 되니까 두려움이 몰려왔다. 낮에는 훈련받느라 정신이 없어 몰랐는데 배가 부르고 피곤이 몰려오자 두려움이 모락모락 솟아올랐다. 농민군들은 한동안 말이 없었다. 누구 하나 말을 꺼내지 않았다.

"아, 정말 쳐들어온당가?"

한 농민군이 침묵이 부담스러운 듯 누구에게랄 것도 없이 말을 툭 던졌다.

"쳐들어오겠지. 일본군들이 군사를 늘이는 것 보면."

누군가 말을 되받았다. 모레쯤? 소문은 그렇게 나 있었다. 지도부에서도 그럴지도 모른다고 공식적으로 말했다. 이제 진짜로 싸움이 벌어지는구나. 사람들은 불안한 표정들이었다. 한 번도 싸워보지 않은 사람들이라 두려움이 더 컸다.

"누가 여기 이름 좀 새겨주소."

농민군이 자신의 가슴을 가리키며 말했다.

"내 아직 글씨를 깨치지 못해서 말이요."

조현수가 가까이 갔다. 그는 가슴을 내밀었다.

"이름을요?"

"죽더라도 사람들이 내가 누군지는 알아야지 않겠슈."

그는 숯을 내밀었다. 조현수는 망설이다 숯을 받았다.

"김만수요. 천년만년 살으라고 우리 아버지가 지워준 이름이요."

그는 더 말을 하려다 입을 다물었다.

"안 죽을 거요. 우리가 이길 겁니다."

조현수는 그의 옷에 크게 김, 만, 수, 라고 적었다. 그는 자기 이름을 한 번 보더니 헤헤, 웃었다.

"나도 좀 적어주시오."

그 옆의 사람이 나섰다.

"나석대요."

그는 등을 내밀었다. 조현수는 아무 말 없이 이름을 적어주었다. 말석은 그런 조현수의 모습을 멀리서 흐뭇하게 바라보았다. 자기도 나서서 이름을 적어주고 싶지만, 조현수가 하라고 참았다.

"나 박광춘이요."

"나는 이신득이요."

사람들은 조현수 옆으로 몰려들었다.

"……."

조현수는 먹먹한 가슴으로 이름을 적어주었다. 얼마 지나지 않아 이름을 적어주는 사람은 어느새 여러 사람으로 늘어났다. 여기저기서 글을 아는 사람에게 서로 이름을 적어달라는 소동이 일어났다.

"그러고 보니 글도 모르는 사람들만 성에 남았구려."

"글을 아는 자들은 벌써 도망갔고."

원성팔이 허탈하게 웃었다.

"나, 박모개요."

"나는 배순득이요."

서로 마주 보며 자기 이름을 말하곤 상대방의 이름을 들었다.

"난 공성의 여원출이요."

"난 화령의 이이수요."

살던 지명까지 말하는 이도 있었다. 죽더라도 누군가 자기를 기억해주기를 바라는 마음에서였다. 자기의 이름을 소중히 말하고 다른 사람의 이름을 귀히 들었다. 언제 이렇게 이름을 말한 적이 있었던가. 김서방, 이서방으로 통했는데. 관에 끌려가 곤장 맞을 때만 이름이 불렸다. 각종 세금을 낼 때도 이름이 불렸다. 그러니까 본인이 필요해서 부른 게 아니라 착취당할 때만 불린 것이었다.

"마늘은 다 심었소?"

"상강 지난 지가 언젠데요."

"좀 있으면 배추 뽑아다 김장해야 할 건데요."

"아직 콩 타작도 못했소."
"모동은 여기보다 더 추워서 일찍 끝냈을 텐데 아직도 못했소?"
"내 일할 새가 어디 있었소. 지주 놈 일해 주다가 죽창을 들었소."
 농민군들은 담배를 꺼내 서로의 담뱃대에 넣어주었다.
"우리가 이길 거요."
"그렇지요? 우리가 이기고말고요."
 상대방이 넣어준 담배를 피웠다.
"우리 아버지가 생각나오. 평생을 쌀밥 한 번 못 드시고 돌아가셨소. 그렇게 죽도록 일만 했건만."
 한 남자는 담배 연기를 길게 내뿜으며 말했다.
"나도 마찬가지요. 어머니가 열흘 동안 아팠는데 약 한 번 못 썼소. 의원들도 가난한 사람들에게는 필요 없소."
 한 사람이 담배 연기로 말을 받았다.
"그래도 난 여한이 없소. 우리 세상에서 한 번 살아봤지 않소."
"그렇소. 쌀밥도 실컷 먹어봤고 쇠고기도 먹어봤소."
"그렇소. 이런 세상이 아니면 어떻게 우리가 인간 대접받아보았겠소."
 담배 연기가 마치 불난 것처럼 사람들의 머리 위로 피워올랐다.
"싸워서 이깁시다."
"그래야지요. 우리 세상은 우리 힘으로 만들어야 합니다. 그 누구도 만들어주지 않지요."
"이렇게 많은 사람이 있는데 설마 지겠소."
"맞소. 우리가 이겨요."
"그럼요. 우리가 이기고 말고요."
 허허허. 사람들은 웃었다. 그렇지요? 하하하. 이긴다오. 하하하. 갑작스러운 웃음소리에 사람들이 돌아보았다.
"농민군 만세."

누군가 소리쳤다.

"만세!"

"농민군 만세!"

몇몇 사람들이 따라 했다.

"만세!"

"만만세."

여기저기서 사람들이 일어서자 다른 사람들도 따라 일어서서 손을 머리 위로 흔들었다. 손들이 마치 거대한 파도처럼 넘실거렸다.

"농민군 만세!"

"우리가 이긴다!"

"일본군 때려죽이자!"

사람들은 손을 흔들며 고함을 질렀다.

예천에서 온 사람들은 두려움보다는 분노에 차 있었다.

"원통하오."

"조만간에 상주 농민군과 예천으로 쳐들어가려고 했더니만."

예천 농민군들은 주먹을 쥐고 부르르 떨었다.

"가족들은 어떻게 되었소?"

"모르겠소. 고향에는 없는 거 같소. 봉기에 참여한 가족들은 재물을 모두 빼앗겼소. 죽인다는데 집에 남았겠소."

"그렇소. 나도 여기저기 알아보는 중인데 어디로 갔는지 알 수가 없소."

"허허."

주위 사람들은 안타까워했다. 그러면서 두려움에 몸을 떨었다. 우리도 지면 저렇게 된다. 가족들이 뿔뿔이 흩어진다. 다 죽는다. 소작도 떨어지고 재물도 다 뺏긴다. 사람들은 불안했다.

사람들이 얘기를 나누는 중에 동임 한 사람이 손나발을 불며 돌아다녔다.

"모두 동헌 앞으로 모이시오."

"무슨 일이래?"

농민군들은 놀란 표정으로 바라보았다. 이제는 조금만 누가 뭐라 해도 놀라자빠질 지경이었다.

"대체 무슨 일이여?"

사람들은 하던 일을 멈추고 일어서며 궁금증을 이기지 못해 주위를 두리번거렸다.

"무슨 일인가?"

농민군들은 동헌 마당으로 모여들면서 수군거렸다.

"모이시오. 동헌 마당으로."

동임은 여전히 손나발은 불고 다녔다.

"설마 일본놈들이 쳐들어온 것은 아니겠지?"

김경준이 말을 내뱉었다.

"에이, 이 사람아. 그런 일이라면 북을 치지 손나발을 불고 다니겠어?"

강홍이가 퉁을 주었다.

"그려. 설마하니."

사람들은 안도의 한숨을 내쉬면서도 주위를 두리번거렸다.

"무슨 일이요?"

"대체 무슨 일이길래 농민군들 다 모이라 했을까?"

읍성을 점령하고서도 농민군 전체가 다 모이는 경우는 드물었다. 대부분 동임들이나 대장 혹은 중간 대장들이 모였지, 중요한 안건이 있어 전체 농민군들이 다 모인 것은 몇 번 되지 않았다. 그렇기에 사람들은 긴장하였다. 매번 모였듯이 부대별로 사람들이 줄을 섰다. 줄을 서서도 옆줄을 기웃거리면서 무슨 정보가 없나 하고 귀를 기울였다. 그때 동헌에서 집강을 비롯한 사람들이 나왔다.

"여러분."

집강은 주위를 둘러보았다. 표정이 어둡지는 않았다. 그렇지만 밝다고도 할 수 없었다. 농민군들은 집강의 표정 하나하나 놓치지 않았다.

"여러분. 우리 농민군에게 희소식 하나 전해드릴까 합니다. 곧 혼례식이 거행됩니다."

집강은 또다시 말을 끊었다.

"혼례식?"

"뭐라꼬? 혼례?"

농민군들은 어이없다는 듯 옆 사람을 바라보았다. 설마 잘못 들었겠지, 하는 표정들이었다.

"예 혼례입니다. 우리 농민군 중에 총각 처녀가 있어 혼례를 시킬까 합니다."

집강의 말이 떨어지자마자 농민군은 술렁거렸다.

"대체 무슨 소리여?"

원성팔이 말했고,

"누가 누구하고 혼례 한단 말이여?"

강홍이가 어이없어하며 옆 사람들과 중얼거렸다.

"이말석 접장과 조현수 접장이 혼례식을 올리기로 했습니다. 그리 아시고 잠시 후에 거행할 테니 합심하여 준비해 주십시오."

"뭐여?"

원성팔이 잘못 들었겠지, 하는 표정을 지었다.

"설마? 근데 이놈이 아까부터 안 보이네?"

강홍이가 반신반의하며 주위를 둘러보았다.

"거 잘된 일이네, 잘된 일이야."

남진갑이 웃으며 말했다.

"허, 우리를 감쪽같이 속이다니."

강홍이의 말에,

"언제 두 사람이 사랑을 나누었다냐?"

원성팔의 말에,

"남녀가 사랑하면 장소와 시간이 문제일까."

남진갑이 껄껄껄, 웃었다. 하지만 말석과 조현수를 모르는 사람들은 어리둥절해 서로 마주 보았다. 이 판국에 무슨 혼례식이여. 대체 지도부는 무슨 생각을 가지고 있당가? 신랑 신부는 대체 생각이 있는 사람이란가? 여러 말들이 쏟아졌다.

한쪽에선 분위가 달랐다.

"잘됐네. 잘됐어."

누군가 손뼉을 쳤다.

"그럼. 이보다 더 경사스러운 일이 어디 있는가."

사람들은 기뻐했다.

"그려, 잘 되었네."

순식간에 신랑과 신부에 대한 소문이 퍼졌다. 하지만 양반과 노비의 혼례는 그들의 호기심을 부추겼다.

"신부 집안은 양반이라며?"

"신랑은 그 집 노비였다며?"

농민군들 사이에선 양반과 노비가 혼례 한다고 수군거렸다.

"에이 이 사람아. 우리가 양반 상놈 없는 세상 만들자고 일어났는데 남의 집 족보 따지는가?"

누군가 퉁을 줬다. 그러나 아무리 세상이 달라졌다 해도 집안 짱짱한 양반과 노비가 혼례 한다는 것이 이해가 안 된다는 투였다.

"참, 세상 많이 달라졌네."

"그러게. 이런 일도 다 있구만."

농민군들은 눈앞에서 일어나는 일도 믿기지 않는 표정이었다.

"자자, 비키세요."

몇몇 사람들이 멍석을 깐다, 천막을 친다, 야단이었다. 어디에선가 소를 몇 마리 잡았다고도 했다. 사람들은 자리를 마련하는 것을 바라보기만 했다. 미처 생각지 못한 일이었다. 언제 일본군이 쳐들어올지 모르는 마당에 혼례라니. 사람들은 눈앞에 벌어지는 광경이 믿기지 않는다는 표정이었다.

천막이 쳐지고 중앙에 상이 놓였다. 언제 준비했는지 떡이 놓였고 촛불이 켜졌다. 여전히 사람들이 얼떨떨하게 서 있는데 풍악이 울렸다.

깨갱, 깽깽 갱.

둥둥둥.

느닷없이 쇳소리와 장구 소리가 났다. 마당에 있던 사람들은 마당 가로 물러났.

풍물을 든 사람들이 마당으로 나오자 자연히 마당 한가운데 쳐진 천막 주위가 비워졌다. 그들은 천막 주위에서 풍물을 두드렸다.

깨갱, 깽깽깽.

덩덕, 덩더꿍. 덩덕, 덩더꿍.

둥,둥,둥.

농민군들은 둘러서서 풍물패들이 노는 모습을 바라보았다. 한참 동안 풍물을 두들기던 사람들이 풍물 치는 것을 마치고 밖으로 나가자 집강을 비롯한 지도부들이 천막으로 모여들었다. 농민군들도 머뭇거리며 천막 쳐진 쪽으로 모였다.

"이미 아시다시피 오늘 혼례식을 거행하겠습니다. 이때에 무슨 혼례냐 하겠지만 두 총각 처녀가 뜻을 모았으니 우리가 함께 축하해주는 것이 도리라 생각됩니다."

집강은 사람들을 둘러보며 말했다.

"좋소!"

"경사스럽소!"

사람들 속에서 누군가 소리쳤다.

"그렇소, 경사스럽소. 우리 모두 축하해줍시다. 다만, 이 경사스러운 날 제대로 준비 못해 유감스러울 뿐이오."

집강의 말이 떨어지자마자 여기저기서 좋소, 옳소, 하는 소리가 터져 나왔다. 처음엔 못마땅한 표정을 짓던 사람들도 표정이 밝아졌.

"마땅히 모든 예를 잘 갖추어야겠으나 급하게 서둘러 하는 바람에 빠진 게 많습니다. 이해해 주시고, 혼례식도 간단하게 하기로 했습니다. 양해해주십시오."

집강은 고개를 숙였다.

"신부 아비 같다야."

"신랑 아비 같구만."

사람들이 수군거렸고 집강은 못 들은 척 뒤로 물러났다. 그때였다.

"신랑 나가십니다."

동쪽에서 소리가 울려퍼졌다. 사모관대를 쓴 말석이 말을 타고 교배청으로 다가왔다.

"와."

사람들은 탄성을 질렀다.

"저게 진짜 말석이 맞어?"

강홍이가 손뼉을 쳤다. 신랑은 말에서 내려 집강에게 가 깊숙이 고개를 숙였다. 그러자 누군가 기러기를 내밀었다. 신랑은 기러기를 받아 상에 놓고 절을 두 번 했다. 그리곤 교배청 동쪽으로 가 섰다.

"뭐여."

어떤 이가 불만을 터뜨렸다. 너무 간단하게 식을 거행하는 거 같아 서운한 모양이었다.

"뭐가 어때서. 이렇게라도 식을 해야지."

"그래도 일생에 한 번인데. 저승에 계신 부모들 보면 얼마나 서운할까.'
"그래도 얼마나 경사스러운가. 이렇게 많은 이웃이 함께 축하해주니 말이야."
"그건 그렇네."

사람들은 약식으로 하는 혼례식이 아쉬웠지만, 또한 기뻐서 어쩔 줄 몰랐다. 시종이 기러기를 안고 왔다. 기러기를 교배청에 바치자 시종이 받아 상 위에 놓았다. 그러자 집강은 동헌방으로 들어가 신부를 데리고 나왔다.

"와!"
"신부 좀 봐. 달덩이 같잖아."
"그러게. 예쁜 줄은 알았지만 저렇게 예쁜 줄은 몰랐네 그랴. 신랑 땡 잡았구먼."

사람들 속에서 웃음이 터져나왔다. 신부는 사람들에게 인기가 좋았다. 무엇보다 양반 출신인데도 모든 사람에게 친절했다. 또한 뒤로 안 빠지고 어려운 일이라도 알아서 척척 했다. 누가 데려갈란가 복 받은 사람일세, 이런 말이 여자들 사이에 돌아다녔다.

신랑은 동쪽에 신부는 서쪽에 섰다. 시종이 대야와 수건을 올리자 신랑은 남쪽으로 신부는 북쪽으로 보고 씻는 시늉을 했다.

"앗따, 신랑 신부 잘한다. 몇 번 해 봤는가."
"예끼 이 사람아."

사람들은 싱글벙글했다.

"신랑 신부는 함께 절 두 번 하시오."

신랑 신부는 마주 보고 절을 두 번 했다.

"신랑 신부는 한 번 더 마주 보고 두 번 절 하시오."

신랑 신부는 절을 또다시 두 번 했다.

"어렵소? 왜 같이 한다야? 신부가 두 번 하면 신랑은 절 받은 후 한 번

하는 법인데."

누군가 아는 척했다.

"여긴 농민군 혼례식이여. 남녀는 평등하다고 얼마나 그랬는가."

누군가 퉁을 줬다. 아는 척했던 사람은 무안해서 얼굴이 빨개졌다. 사람들은 그를 돌아보고는 크게 웃었다.

시종이 술잔을 신랑 신부 앞에 놓고 술을 따랐다.

"술을 교환하시오."

시종은 술잔을 바꾸어 올렸다.

"술을 마시오."

신랑 신부는 잔을 들었다. 신랑은 술을 다 마셨고 신부는 마시는 시늉만 했다.

"어허, 신랑이 술 다 마셨네."

"그러게. 술맛이 얼마나 좋을까."

사람들은 신랑의 행동을 보고 웃었다. 대부분 술을 마시지 않고 마시는 시늉만 하는데 다 마셨던 것이었다.

"예를 마치겠습니다."

말이 끝나자 시종이 다가가 상을 치우기 시작했다.

"신랑 신부 한마디 해라."

강홍이가 부러운 듯 말했다.

"그래. 오늘 땡잡은 신랑 그냥 끝나면 서운하지."

원성팔이 입맛을 다셨다. 사람들은 간단하게 예식올린 것이 서운하여 자리를 그대로 지키고 있었다. 신랑은 부끄러워서 아무 말도 하지 않고 그대로 서 있자 사람들이 재촉했다.

"신랑 뭐 하냐, 빨리 한 마디 해여."

강홍이가 말했고,

"안 그러면 안 보내준다니께."

김경준이 협박을 하자 주위에서 웃음이 터져나왔다. 신랑은 얼굴이 뻘게져서 머뭇거리다 앞으로 나왔다. 그리고 사람들을 향해 넙죽 엎드려 절을 했다.

"고맙습니다."

신랑의 눈에 눈물이 맺혔다.

"저런 신랑이 우네."

"왜 안 그러겠는가. 부모님 생각날 걸세."

"그러게."

여자 중에는 손등으로 눈물을 찍는 사람도 있었다.

"진정으로 우리 농민군에게 감사드립니다. 더 열심히 훈련해서 일본군이 쳐들어오더라도 당장에 물리치도록 하겠습니다."

"말인즉 옳은 소리네."

"뭐여. 신부하고 만리장성 쌓을 생각을 해야지."

"아들 딸 구분 말고 딱 네 명만 낳게."

사람들은 덕담했다.

"예."

신랑의 눈에는 눈물이 고였지만 입은 벌어져서 싱글벙글했다.

"신부는 뭐혀? 한마디 안 해?"

또다시 누군가 독촉을 했다. 신부는 고개를 숙인 채 그대로 있었다.

"어여 한 마디 해여. 그래야 우리도 한잔할 거 아니여?"

사람들은 재촉했고 신부가 머뭇거리다 앞으로 나왔다.

"고맙습니다. 감사합니다. 앞으로 여러분들이 가는 길에 적극적으로 동참하여 새 세상이 열리는데 작으나마 힘을 보태겠습니다."

신부는 신랑과 달리 똑바로 서서 사람들을 둘러보며 말했다.

"어마, 신부는 부끄럽지도 않은가."

사람들은 놀란 표정을 지었다.

"신랑 신부는 어디서 잔데?"

"어디서 첫날밤 새우지?"

사람들은 궁금해하며 서로 돌아보았다.

"그건요. 내아에서 잔답니다. 목사가 자던데 말이죠."

"내아에서?"

"그럼요. 집강 어른이 말씀하셨답니다."

내아는 읍성 점령 내내 비어 있었다.

"그럼. 거기서 자야지. 우리 신랑 신부가 목사보다 더 귀한 몸이니께."

"잘했네, 그랴."

"잘 정했네."

사람들은 고개를 끄덕이며 좋아했다. 애초엔 성 밖에 방을 구했다고 했다. 오늘 밤에라도 일본군이 쳐들어올까 그랬다는 것이었다. 그러나 신랑 신부가 완강히 거부하여 내아에다 방을 꾸몄다. 죽더라도 같이 죽어야 한다고 했다.

혼례식 상이 물러나자 곳곳에 멍석이 깔리고 술과 고기 떡이 나왔다.

"언제 준비했다야?"

사람들은 모여앉아서 술을 마시며 말했다.

"그러게. 이 좋은 날에 한잔해야지."

평소에 술을 안 마시던 사람들도 한 잔씩 했다. 어느 정도 분위기가 무르익자 다시 풍물패가 나섰다.

깨갱, 깽깽깽.

덩더, 덩더꿍.

둥둥, 둥둥둥.

풍물패들은 사람들 사이를 비집고 다니면서 휘모리장단을 쳤다. 한두 사람이 일어섰다. 그러자 옆에 있던 사람들도 일어섰다, 어깨춤을 덩실덩실 추었다.

"좋다!"

누군가 소리를 쳤다.

깨갱, 깽깽깽

덩더, 덩더꿍.

둥둥, 둥둥둥.

"얼씨구 좋다!"

사람들은 공포의 그림자를 벗고 옆 사람의 어깨를 잡고 덩실덩실 춤을 추었다. 모두 불콰했다. 마당 중앙에 있던 모닥불이 하늘로 높이 피워 올랐다.

"일본군만 없으면 얼마나 좋은 세상이냐."

"양반이 없으면 얼마나 좋은 세상이냐."

"지주가 없으면 얼마나 좋은 세상이냐."

사람들은 목청껏 소리치며 노래를 불렀다. 어느새 신랑 신부도 마당으로 나와 함께 어울렸다. 사람들 사이를 돌아다니며 술을 따라주기도 했다.

"뭐 할라고 나왔냐? 만리장성이나 쌓지."

강홍이가 신랑을 툭, 쳤다.

"헤헤."

말석은 웃기만 했다.

"짜식 입 다물 줄 모르네. 자 한잔 혀."

원성팔이 술잔에 술을 가득 따라 신랑과 신부에게 주었다.

"어메, 혼례식 날 신부가 춤추는 거 봐."

사람들은 서로 신랑 신부 손 잡고 춤을 추겠다고 나섰다.

어느새 밤이 깊어갔다. 하지만 아무도 막사로 자러 가지 않았다. 이제 그만 막사로 들어가라는 집강의 영이 떨어졌다고 해도 사람들은 움직일 줄 몰랐다. 사람들은 아쉬운 듯 모닥불로 모여들었다. 원성팔 일행은 신랑을 매달아야 한다며 내아로 갔다.

"저, 눈치 없는 작자들."

누군가 퉁을 줬지만 원성팔 일행은 개의치 않았고 실한 몽둥이를 들고 갔다.

남은 사람들은 이제 양껏 먹은지라 음식은 먹지 않고 모닥불을 중심으로 둘러앉았다. 불빛에 사람들의 얼굴이 뻘겋게 달아올랐다.

"……."

"……."

"……."

침묵이 이어졌다. 그렇게 떠들썩하게 놀다 갑자기 조용해지니 다시 공포가 들이닥쳤다. 이제야 현실로 돌아온 기분이었다.

"예, 순말아. 너는 집으로 가거라."

불을 유심히 보고 있던 중늙은이가 젊은이를 보고 말했다.

"예?"

젊은이는 무슨 말이라는 표정으로 중늙은이를 바라보았다.

"자네도 가고, 저기 저 젊은이도 가고."

중늙은이는 젊은 사람들을 지목했다.

"갑자기 왜 그러십니까?"

젊은이들이 대꾸했다.

"자네들은."

중늙은이는 잠시 말을 끊었다가 이었다.

"후일을 도모하게."

중늙은이는 흠흠, 헛기침했다.

"……."

"……."

잠시 말이 없었다. 그때 한 젊은이가 나섰다.

"우리가 왜 집에 간대요? 싸우겠습니다. 우리가 어떻게 읍성을 점령했는데 순순히 일본군한테 넘겨준답니까?"

"그러겠습니다. 싸우겠습니다."

젊은이들이 나섰다.

"아니여, 이 사람 말도 일리가 있는 법이여."

다른 중늙은이가 나섰다.

"젊은 사람들이 죽으면 장차 이 나라는 어찌 될꼬. 그러니 살아남아야 하네."

"맞아. 성을 나가서 다시 기회를 넘보게. 이 성은 우리가 책임질 테니 걱정하지 말게나."

중늙은이들이 나섰다.

"아닙니다. 우리가 죽긴 왜 죽습니까."

"그렇습니다. 우리가 이깁니다."

젊은이들은 완강하게 거부했다.

"……"

"……"

또다시 무거운 침묵이 흘렀다. 사람들의 표정이 어두워졌다. 모두 불길만 뚫어져라 바라보았다.

"허허, 젊은 사람들이 말을 도통 안 듣네 그랴."

중늙은이들은 혼잣말을 하며 고개를 끄덕거렸다. 그 말에 아무도 대꾸를 하지 않았다. 밤은 깊어갔다.

읍성 점령 일곱째 날.

둥, 둥, 둥.
둥, 둥, 둥.

북소리가 울렸다.

"일본군이 쳐들어온다!"

미처 해가 뜨기 전이었다. 사람들은 막사에서 뛰쳐나왔다.

"어디여?"

"일본군이 어디 있는가?"

농민군들은 칼과 창을 들고 동헌 마당으로 몰려들었다.

"지금 일본군 수백 명이 오고 있답니다."

"어디쯤 왔답니까?"

"거의 다 왔다는 정보입니다."

동헌 마당에 모인 사람들은 두려운 얼굴로 서로를 바라보았다.

그때 집강이 마루에 나타났다. 칼을 들고 있었다.

"여러분."

집강은 농민군들을 둘러보았다.

"오늘 새벽에 일본군이 병참기지를 출발했다는 정보입니다. 곧 일본군이 들이닥칠 것입니다."

집강은 말을 끊었고 농민군들은 집강의 입만 뚫어져라 바라보았다. 숨 쉬는 소리도 들리지 않았다.

"모두 마음 단단히 먹고 각 부대가 맡은 지역을 잘 지켜주시기 바랍니다. 아직 시간이 있으니 우선 아침부터 먹고 각 부대 대장의 명에 따라 움직여주시기 바랍니다."

집강은 다시 말을 끊고 농민군들을 바라보았다.

"여러분. 우리가 이깁니다. 우리 군사 수가 몇 배는 많습니다. 우리가 꼭 이겨서 모두가 세우고자 했던 양반 상놈 없는 평등 세상을 만듭시다. 농사짓는 사람이 땅을 가지고 사는 세상을 만듭시다."

"옳소!"

"일본놈들을 몰아냅시다!"

"옳소!"
 여기저기서 고함이 쏟아져나왔다.
"더 이상 각종 무명 잡세를 내지 않는 세상을 만듭시다. 이 세상은 우리가 주인입니다. 탐관오리들을 몰아내고 우리나라를 집어삼키려는 왜놈들을 무찌릅시다."
"옳소. 무찌릅시다!"
"싸워서 이깁시다!"
"싸웁시다."
 농민군들은 무기를 높이 들고 고함을 질렀다. 고함 속에 두려움은 어느 정도 사라지는 것 같았다. 사람들은 이를 악물었다.
"자 모두 식사하고 대장의 명에 따라 각 위치로 가시오."
 집강은 말을 마치고 한동안 농민군들을 바라보고는 마루를 내려왔다. 사람들은 줄을 지어 밥 짓는 곳으로 빨리 걸어갔다. 행동이 빨랐다. 밥을 탄 사람들은 반찬이 있는 곳으로 모여들었다.
"우리 부대는 어디를 지킨데?"
"아직 못 들었네. 어서 먹고 부대별로 모이세."
 농민군들은 밥을 입에 넣자마자 씹지도 않고 삼켰다. 마음이 바빠 밥이 입으로 들어가는지 코로 들어가는지 모를 지경이었다. 그때였다.
"자네가 웬일이여?"
 강홍이가 밥을 먹다 한 사람을 지목했다. 어제 혼례를 한 말석이었다.
"내가 왜?"
 말석이 말했다.
"밤새 무얼 했기에 얼굴이 반쪽인가?"
 원성팔이 농을 걸었다. 하지만 사람들은 아무 말 없이 밥만 먹었다.
"무얼 하기는요, 잠잤지요."
 말석은 무뚝뚝하게 말했다.

"잠만 잤어?"
"그럼 뭐 해요?"
남진갑이가 씩 웃었다.
"이 사람아, 보아하니 얼굴이 반쪽인 거 보니께 밤새 만리장성을 쌓았구만, 뭘."
"에이 아저씨도."
여전히 사람들은 밥만 먹었고 말석은 뒷머리를 긁적거렸다.
"자네 밥 먹고 어여 성을 나가게."
"예?"
말석은 무슨 말이냐는 듯 그 사람을 바라보았다.
"성을 나가란 말일세. 여기는 우리가 싸울 테니 후일을 도모하게."
"저도 싸울랍니다."
말석은 완강하게 말했다.
"하룻밤을 자도 자네 색시가 애를 가질 수 있네. 근데 그러다 자네나 색시에게 혹 무슨 일이 생기면 어떡할 텐가."
"예?"
무슨 일이 생긴다는 말에 말석은 밥을 먹다 숟가락을 놓았다.
"그러니 성을 나가서 나중에 일을 도모하란 말일세."
"그럼 색시만 보내지요."
말석은 곰곰이 생각하더니 말했다.
"자네 색시만 나가면, 누가 먹여 살리는가? 여자 혼자 어떻게 애를 키우며 살아간단 말인가."
"하지만."
말석은 울상이 되어 말했다.
"어여 밥 먹고 자네 색시 데리고 나가게."
그의 말에 말석은 밥 먹을 생각은 안 하고 주위를 두리번거렸다. 어떻게 할지 판단이 안 서는 모양이었다.

밥하는 곳에서도 소동이 일어났다.

"시방 뭐 하시오. 어서 신랑과 성을 나가시오."

"그러시오. 어여 가시오."

여자들은 조현수를 닦달했다.

"무슨 소립니까!"

조현수는 단호했다.

"뱃속의 아이를 생각하셔야지."

여자들은 일을 못하게 하였다.

"무슨 얘기입니까. 당연히 저도 싸워야지요."

조현수는 결의를 다졌다,

"아니지요. 혹 잘못되면 애기가 커서 원수를 갚아야지요."

"그려, 어여 나가시오."

여자들은 재촉했다. 조현수는 고개를 저었다.

"전 밥을 나눠줄게요."

조현수는 일했다. 여자들은 더는 말리지 못했다. 밥을 퍼 주고 반찬을 날랐다. 더 바삐 움직였다. 아침에 또 오지 않은 여자들이 많았다. 오지 않았다고 해도 탓하지 않았다.

"여기에 신랑이 왜 얼씬거린다요?"

여자들이 밖을 흘깃거리며 말했다. 말석이 아까부터 주위를 어슬렁거렸다.

"가 봐."

여자들이 조현수에게 말했다.

"그새 또 보고 싶은 모양이네."

누군가 손을 부지런히 놀리며 말했지만 아무도 웃지 않았다. 조현수는 말석에게 갔다. 그러나 말석은 말없이 땅만 바라보았다.

"왜 그러세요? 무슨 일 있어요?"

조현수는 물었다.

"일은 무슨."

말석은 우물거렸다.

"그만 가 봐요. 남들이 봐요."

"그게. 그러니까."

말석은 말을 하려다 멈추었다.

"다 헛말이라요. 하룻밤에 무슨 애가."

조현수는 웃으며 말했다. 말석은 조현수를 바라보았다. 측은한 눈빛이었다.

"그래도, 접, 아니 임자는 나가면 좋겠소."

"예?"

조현수는 그게 무슨 말이냐는 듯 말했다.

"혹시라도 말이오. 애는 죽일 수 없소."

말석이 용기를 내어 말했다.

"하지만 좋은 세상에서 살 권리는 있어요."

"그건 그렇습니다."

"그만 돌아가세요. 우리가 이길 겁니다. 조심하시고요."

조현수는 돌아섰다.

"임자도 조심하구려. 살아남아서 좋은 세상 살아봅시다. 천년만년."

말석이 다가가 조현수의 손을 잡았다.

"그래요. 우리 새 세상에서 잘살아 봐요. 그때 우리 애기 낳고."

조현수는 말석의 손을 잡았다.

"꼭 살아남아야 하오."

말석이 말했다.

"당신도 꼭 살아남으세요."

조현수가 손에 힘을 주었다. 결국은 말석과 조현수는 성 안에 남았다.

둥, 둥, 둥

북이 울렸다. 사람들은 칼이나 창을 들고 성곽으로 올라갔다. 칼도 창도 없는 사람들은 죽창을 들고 갔다. 집강을 비롯해 지도부들은 동문 위로 올라갔다. 모두 비장한 표정이었다. 무장한 농민군들은 성곽을 따라 앉아서 밖을 바라보았다. 언제든 싸울 준비가 되어 있었다. 조용했다. 지도부들은 성 밖만 바라보았다.

"왜 안 온다야?"

누군가 낮은 목소리로 말했다.

"글쎄 왜 안 올까나."

다른 농민군이 낮게 말을 받았다. 계속 시간이 흘렀고 농민군들은 초조한 기색으로 성 밖을 뚫어지게 바라보고 있었다. 담배 생각이 간절했지만, 담뱃대를 꺼낼 수 없었다. 마른 입맛만 다셨다.

그때였다.

"일본군이다."

서문 쪽에서 소리가 났다.

"뭐라고?"

지도부는 말할 것도 없고 일반 농민군들도 얼굴이 하얗게 질렸다. 일본군 병참기지가 동문 쪽인 낙동에 있었기에 그쪽만 주시하고 있었던 탓이었다. 매복도 그쪽 길목에 세웠는데 낭패였다.

둥, 둥, 둥.

북소리가 울려퍼졌다.

"각자 자리를 지키시오. 대오를 일탈하지 마시오."

지도부는 고함을 질렀다.

"각자 자리를 지키시오."

각 대장이 다시 소리쳤다. 농민군들은 자기 자리에서 움직이지 않았다. 지도부는 급히 서문으로 갔다. 수백여 명의 일본군이 서문 앞에 진열해 있었다. 깃발이 물결치듯 휘날렸다. 지도부는 일단 어떻게 나오는지 두고 보았다. 어떻게 나오는가에 따라 대응할 작정이었다. 해산하라든지, 협상하자든지, 뭔가 일본군에게서 통보가 있을 것이라 짐작했다. 그러나 저들은 한동안 움직이지 않았다.

"웬일일까."

지도부는 일본군의 속셈을 알기 위해 애썼으나 이렇다 할 정보가 없었다. 동쪽이 아닌 서쪽으로 돌아왔다면 매복조는 계속 매복을 서고 있을 터였다. 빨리 가서 연락을 취해야겠다고 생각하고 있을 때 일본군이 움직이기 시작했다. 아무 통보도 없었다. 그냥 군사들이 성을 에워싸기 시작했다. 남문 쪽으로 북문 쪽으로, 그리고 동문 쪽으로 완전히 성을 순식간에 에워쌌다.

둥, 둥, 둥.

북소리가 울렸다. 농민군들은 성문을 이중 삼중으로 바위나 나무로 막았다.

그때였다.

"일본군이 올라온다!"

성 위에 있던 농민군들이 여기저기서 소리쳤다. 예상과 달리 일본군들은 성문을 공격하지 않고 긴 사다리를 놓고 성벽을 벌떼 같이 올라탔다.

둥, 둥, 둥, 둥, 둥.

북소리가 또다시 울려퍼졌다.

농민군들은 성벽을 타고 올라오는 일본군들을 치기 위해 칼이나 창, 죽창을 굳게 쥐었다. 일본군들은 성벽 둘레 전체를 오르고 있었다. 지도부는 불길한 예감이 들었다. 아무 통보도 없이 곧장 공격하는데 의문이 생겼고 성을 완전히 에워싸는 것이 불안했다. 협상도 요구 조건도 없었다. 무조건 성을 완전히 에워쌌다. 그건 농민군 쪽에선 완전히 포위됐다는 걸 의미했다. 어쨌든 성벽을 타고 넘어오는 일본군을 성 위에서 처치할 수밖에 없었다. 그때였다.

탕.

동문 쪽에서 총소리가 났고 농민군 한 사람이 쓰러졌다. 일본군이 올라오는 것을 보려고 성 밖으로 고개를 내밀었다가 아래에서 쏜 총에 맞은 것이었다.

탕.

또다시 총소리가 났다. 이번엔 북문 쪽이었다. 역시 농민군 한 사람이 쓰러졌다.

"성 밖을 보지 말고 올라오면 처치하시오."

원성팔이 외쳤다. 원성팔의 말이 없더라도 두 명이나 죽었기에 성 밖으로 내다볼 엄두도 나지 않았다.

탕.

탕.

탕.

탕. 탕. 탕. 탕. 탕.

총소리가 여기저기서 났고 농민군들은 비명과 함께 쓰러졌다. 농민군들은 미처 무기를 사용할 수 없었다. 일본군들은 성 안으로 들어오지 않고 성 밖 사다리 위에서 총을 쏘았다. 그러니 칼이나 창을 가진 농민군들은 속수무책이었다. 몇 명이 총을 쏘았지만 소용없었다.

으악!

악!

아악!

농민군들의 비명이 하늘을 갈랐다. 성 전체를 에워싼 일본군들은 정조준해서 계속 쏘았다. 농민군들은 비명을 지르며 쓰러졌다.

"퇴각해야겠습니다."

농민군 지도부 한 사람이 집강에게 말했다.

"완전히 다 죽일 작정이군. 퇴각하시오."

집강은 명을 내렸다.

둥, 둥, 둥

북소리가 났다.

"퇴각하시오."

각 부대 대장들은 소리쳤다. 농민군들은 도망쳤다. 그러나 등 뒤에서 정조준해 쏘는 총을 피할 수 없었다.

으악!

악!

악!

도망가는 농민군들은 비명을 지르며 픽픽, 쓰러졌다. 일본군들은 계속해서 농민군들의 등 뒤에서 총을 쏘았다. 정조준해서 쏘니 거의 백발백중이었다. 완전히 아수라장이었다. 쓰러져 피를 흘리는 농민군들이 부지기수였다. 농민군들은 보이는 건물 안으로 들어갔다. 객사 마당이나 동헌 마당에는 농민군들의 시체가 즐비했다.

"죽일 놈들!"

가까스로 동헌으로 피신한 지도부는 분노에 치를 떨었다. 이렇게 공격할 줄은 꿈에도 생각하지 못했다. 또한 총을 쏘니 칼이나 창은 무용지물이었다.

탕.

탕, 탕.

탕, 탕, 탕.

여전히 총소리가 났고 미처 피하지 못한 농민군들이 피를 쏟으며 쓰러졌다. 성 안의 바닥은 붉은 피로 물들어 작은 도랑이 만들어졌다.

"탕!"
"탕!"

일본군은 아랑곳없이 도망가는 농민군들을 정조준해서 쏘았다.

"지원군은 언제 올까요."

지도부 한 사람이 말했다.

"아마 내일쯤 일본군이 공격하리라 생각하고 오늘 저녁에나 올 참이었는데."

다른 지도부가 말을 받았다.

"원통하오."

"분통하오. 일본군에게 죽다니."

지도부는 분을 이기지 못해 몸을 떨었다.

"내 나라 백성을 죽이라고 다른 나라 군사를 끌어들이는 임금이 대체 어디 있소."

"일본군들이 전국에서 일어난 농민군들 진압하고 나면 곧장 나라 전체를 삼키려 할 텐데. 이제 이 나라는 일본놈들 손에 넘어갔소."

농민군들은 싸움에 지는 것도 억울하지만 내 나라 임금이 보낸 일본군에 의해 죽는 것이 더 분통했다.

잠시 총소리가 멈추었고 마당에 쓰러진 농민군들의 신음만 났다. 일본군들은 여전히 안으로 들어오지 않았다. 계속 총 쏠 자세만 취하고 있었다.

탕.

또다시 한 발의 총소리가 났다.

으악!

동시에 비명이 났다. 마당에 쓰러져 피 흘리는 농민군을 구하러 가다가 총에 맞은 것이었다. 마당에 쓰러진 시체들은 대충 세어 봐도 수십 구가 되었다. 일본군들이 성 안으로 들어오지 않으니 싸울 수가 없었다.

농민군이 조금만 움직여도 정조준해서 총을 쏘았기에 농민군들은 꼼짝달싹할 수 없었다.

"이 원수를 어떻게 갚을 것이오."

"에이. 일본놈들."

"임금이 원망스럽소."

농민군들은 하늘을 보며 한탄했다.

한편 그 시각. 일부 일본군들은 성 옆 마을을 덮치고 있었다. 난에 참가한 농민군을 찾아낸다는 구실이었다. 총을 들고 집집마다 들어가 남자가 있으면 무조건 끌어냈다.

"난 아니오."

남자는 손을 들고 고개를 저었다.

"가자. 가보면 알 것이다."

통역관을 동원한 일본군은 총으로 남자의 어깨를 가격했다. 남자는 자리에 푹 쓰러졌다.

"일어나라."

일본군은 쓰러진 남자를 발로 밟았다.

"난 아니오. 정말이오."

쓰러진 남자는 손을 저었다.

탕!

총알은 남자의 배를 관통했고 피가 쿨렁쿨렁 쏟아졌다. 남자는 일본군을 멍하니 보다 고개를 푹, 꺾었다. 일본군들은 집을 나와 다음 집으로 갔다. 그 집은 20여 칸이 넘는 커다란 기와집이었다.

"문 열어라."

일본군은 문을 두드렸다. 하인이 문을 열었다. 일본군은 하인의 가슴을 총머리로 쳤다. 하인은 그 자리에 꼬꾸라졌다. 일본군들은 집 안으로 들어갔다. 다른 하인들이 두려움에 떨고 있을 때 갓을 쓴 양반이 사랑채 마루에 모습을 드러냈다.

"무슨 일이오?"

양반은 경계하는 눈빛으로 물었다.

"난에 참가한 자들을 색출하는 중이오. 남자들은 모두 마당에 모이도록 하시오."

통역관은 친절하게 우리말로 통역했다.

"보시다시피 우리 집은 양반 집이오. 난에 참가한 사람은 없소."

"뭐라고? 이 늙은이가."

일본군 두 명이 마루에 올라가 양반의 수염을 잡고 마당으로 끌어냈다.

"이거 놓으시오."

양반은 발악했다.

"뭐라꼬?"

일본군은 헤헤, 웃었다.

"아이고, 이거 놓으시오."

수염이 잡힌 양반은 죽을 인상을 썼다.

"하하하."

일본군들은 양반을 마당까지 끌고 오더니 내동댕이쳤다.

"아이고, 나 죽네."

양반은 죽는소리를 냈다. 일본군의 손에 하얀 수염이 한 움큼 뽑혀 있었다. 다른 세 명의 일본군은 안채로 갔다. 여자들은 안방에 몰려 있었다. 일본군들이 신발도 벗지 않고 마루로 올라가 안방 문을 열어젖혔다.

"남자는 없느냐?"

"무엄하오. 법도가 있거늘."

나이가 많은 여자가 큰소리쳤다.

"뭐라고 하나, 이 늙은이가."

일본군이 잡아먹을 듯 늙은 여자를 바라보았다.

"남자는 없다고 합니다."

통역관이 말했다.

"그래?"

일본군 하나가 빙긋이 웃더니 신발을 신은 채 방으로 들어갔다.

"너 일어나."

일본군은 여자아이를 지목했다.

"왜 이러시오."

어미인 듯한 여자가 아이를 안으며 말했다.

"이 여자가."

일본군은 어미의 머리를 총머리로 쳤다. 어미는 그 자리에 푹, 쓰러졌다.

"이리 와."

일본군은 여자아이의 팔을 거칠게 잡아당겼다.

"이 아이 이제 열 살이오."

나이 많은 여자가 말했다. 하지만 일본군은 흘끔 돌아보더니 무작정 아이의 팔을 잡고 방을 나왔다. 아이는 따라가지 않으려고 발버둥치며 뒤를 돌아보았다. 나이 많은 여자가 일어섰다. 일본군이 총머리로 가슴을 쳤다. 여자는 꼬꾸라졌다. 아이를 밖으로 데리고 나온 일본군은 주위를 두리번거리다 옆방으로 갔다. 곧이어 아이의 비명이 났다. 일본군이 욕하는 소리가 밖으로 흘러나왔다.

아악!

아이의 비명이 한참 동안 방문을 흔들었다. 잠시 후 일본군은 바지를 끌어올리며 밖으로 나왔다.

헤헤헤.

일본군은 헤벌쭉 웃었다. 그걸 본 다른 일본군이 방으로 들어갔다.

아악!

또다시 아이의 비명이 흘러나왔다. 한참 후 일본군은 바지를 끌어올리며 밖으로 나왔다. 세 번째 일본군은 방을 들여다보더니 안방으로 갔다. 안방에 있는 젊은 여자의 팔을 끌었다. 여자는 따라가지 않으려고 울면서 빌었다. 그러나 소용없었다. 일본군은 여자를 다른 방으로 끌고 갔다. 곧이어 여자의 비명이 들렸다. 한참 후 밖으로 일본군이 나왔다. 셋은 다시 사랑채로 갔다. 사랑채 마당엔 하인들이 두 손을 머리에 올린 채 한 줄로 서 있었다. 모두 열두 명이었다. 양반은 마루에 누워 있었다.

"난에 참가한 놈은 앞으로 나와라."

일본군이 말했다.

"없소. 우린 오히려 난에 참가한 사람들에게 재물을 빼앗겼소."

젊은 하인이 말했다.

탕!

총알이 하인의 가슴을 관통했다. 꼬꾸라진 하인의 등에서 피가 솟구쳤다.

"나와라."

일본군이 소리쳤다.

"여기는 양반집이라 없는가 보오."

통역관이 말했다.

"뭐라고?"

일본군은 하인들을 둘러보더니 젊은 하인 네 명을 앞으로 나오라고 했다. 넷은 주춤했다. 일본군이 총을 겨누었다. 젊은 하인들은 움찔하며 앞으로 나왔다.

탕!

탕!

탕!

탕!
네 발의 총성이 울렸다. 네 명의 젊은 하인들은 바닥에 쓰러져 꿈틀거렸다.
"가자."
일본군들은 집을 나갔다. 양반은 고개를 들어 집을 나가는 일본군을 침통한 표정으로 바라보았다.
"장차 이 일을 어찌할꼬."
양반은 얼굴이 하얗게 질린 채 수염이 뽑힌 턱을 흔들었다.
다른 곳으로 간 일본군들은 재물도 빼앗았다. 처음엔 집집마다 들어갔는데 초라한 초가에는 재물도 없고 사람들도 별로 보이지 않자 기와집만 들어가게 됐다.
"남자들은 다 모여라."
일단 기와집에 들어가면 양반 하인 가릴 것 없이 남자들을 모두 사랑채 마당에 불러 세웠다. 몇몇은 안채로 들어갔다. 하지만 이미 소문을 듣고 젊은 여자들은 몸을 숨겼다. 안채엔 나이 많은 양반 부부가 있었다.
"다들 어디 갔느냐?"
"우린 모르오."
나이 많은 양반은 몸을 부들부들 떨었다. 일본군은 나이 많은 남자의 상투를 잡았다.
"있는 대로 재물을 모두 내놓아라."
나이 많은 양반은 문갑을 뒤져 금덩이와 은덩이를 내놓았다.
"조선은 역시 좋은 데야."
일본군들은 금은보화를 가지고 밖으로 나가며 히죽거렸다.
성 주위의 마을은 특히 피해를 많이 입었다. 집에 들어가 혹시라도 죽창을 발견하게 되면 갓난아이까지 가족을 몰살시켰다.

"대체 저놈들을 누가 부른 거냐."

"짐승만도 못한 놈들!"

피해를 본 양반들이 치를 떨었다. 양반들과 지주들은 처음엔 일본군이 진압할 거란 얘기를 듣고 좋아했다. 손도 안 대고 코 푸는구나, 했다. 민보군을 결성해 읍성을 치려 했다. 하지만 아무리 하인들이나 소작인들로 민보군을 꾸린다 해도 피해는 클 것이었다. 그런데 일본군이 조정의 요청으로 난을 진압하기로 했다는 말을 듣고는 손 안 대고 코 풀기라며 일본군을 맞이할 준비로 소를 잡는다, 돼지를 잡는다, 야단법석을 떨었다. 그러나 막상 일본군에게 당하자 양반들은 분을 이기지 못했다. 어떤 집은 두 번이나 일본군이 들이닥쳐 재물은 물론이고 할머니부터 며느리 손녀까지 모두 겁탈을 당했다. 양반은 집안이 망했다고 치를 떨었다.

매복조는 계속 일본군 병참기지 쪽만 바라보다가 총소리를 들었다. 마을에서 나는 총소리였다. 여자들의 비명도 들렸다. 매복조는 마을로 숨어 들어갔다가 살육 현장을 보고 경악했다. 일본군들이 어디로 해서 성 쪽으로 진입했단 말인가. 매복조는 부리나케 읍성으로 달려갔다. 읍성을 에워싼 채 사다리를 타고 올라가 총을 쏘고 있는 일본군들을 발견했다.

"당했구나."

매복조는 한탄하며 길옆에 몸을 숨기고 바라보았다. 완전히 포위된 게 분명했다. 성 안의 사람들은 어떻게 됐을까. 어떻게 구출한단 말인가. 마음은 조급한데 대책이 서지 않았다. 일본군은 전부 총을 가졌고 매복조는 몇 사람만 총을 가졌을 뿐이었다.

"일단 유인합시다."

정면 공격은 자멸을 의미했다. 일단 성 주위를 돌았다. 일본군들은 성

곽에 사다리를 촘촘히 놓고 올라가 총을 쏘았고 성 밑에도 많은 일본군이 무장한 채 있었다. 성 주위를 돌다 상대적으로 군사가 적은 곳을 발견했다. 서문 쪽이었다. 매복조는 서문 쪽으로 접근했다. 그때 우두머리로 보이는 젊은이가 피리를 불었다. 다른 매복조들도 피리를 따라 불었다.

삐리리리.

삐리리리.

삐리리리리.

백여 명에 가까운 사람들이 일제히 피리를 부니 일본군은 놀라 총을 겨누었다. 매복조는 계속 피리를 불었다.

탕!

탕!

일본군은 총을 쐈다. 하지만 거리가 멀었기에 총알은 매복조를 맞추지 못했다. 사다리에 올라갔던 일부 일본군들이 내려왔다.

삐리리리리.

삐리리리리.

삐리리리리.

엄청난 피리 소리에 일본군은 상대방 수를 파악 못하는 것 같았다. 또한 공격은 하지 않고 피리만 부니 무작정 총을 쏘며 달려갈 수도 없었다. 사다리에서 내려온 군사가 합류하자 일본군은 총을 쏘며 슬금슬금 매복조에게 다가갔다. 매복조는 일본군이 쫓아오는 만큼 도망갔다.

탕!

탕!

매복조도 총을 쐈다. 엄포용이었다. 우리도 총이 있으니 함부로 달려들지 못하게 하려는 속셈이었다. 역시나 일본군은 경계하며 천천히 매복조에게 다가갔다.

탕!

탕!

일본군들이 빨리 다가오지 못하게 매복조는 총을 쏘며 뒤로 물러났다. 성 안의 사람들이 성 밖으로 빠져나갈 시간을 벌어야 했다. 그리고 되도록 성에서 멀리 유인해야 했다. 매복조는 계속 피리를 불면서 일본군이 쫓아오는 만큼 도망쳤다.

한편 성 안에서는 갑자기 서문 쪽에서 피리 소리가 나자 매복조가 돌아온 것을 알았다. 농민군들의 얼굴이 안도의 표정으로 바뀌었다.

"서문 쪽이 비었다."

말석이 소리쳤다. 농민군들은 서문으로 몰려갔다. 먼저 간 농민군들이 바위며 나무를 들어내고 있었다.

탕! 탕! 탕!

탕! 탕! 탕!

일본군은 이제 성 위로 올라왔다. 그리곤 서문 쪽으로 도망가는 농민군들의 등 뒤에다 총을 쏘았다.

으악!

윽!

도망가던 농민군들이 쓰러졌다. 옆 사람이 쓰러져도 농민군들은 어쩔수 없이 도망가기에 바빴다.

"이대로 도망가다니. 억울하오."

농민군 지도자가 한탄했다.

"후일을 도모합시다. 이 원수를 꼭 갚으리라."

농민군들은 도망가면서도 이를 갈았다. 꼭 돌아와서 그 대가를 톡톡히 치러 주리라.

탕! 탕! 탕!

여전히 일본군들은 성 위에서 도망가는 농민군들의 등에다 정조준하고 총을 쏘았다.

"여보."

그때 여자의 목소리가 울려퍼졌다. 도망가던 강홍이가 뒤를 돌아보았다. 조현수가 도망가다 되돌아갔다. 좀 떨어진 곳에 말석이 총에 맞아 엎드려 있었다.

"안 돼요."

달려가는 조현수의 팔을 강홍이가 잡았다.

"놓으세요."

조현수는 팔을 뿌리쳤다. 그리고 말석에게 뛰어갔다. 말석은 고개를 들더니 팔을 저었다. 도망가라는 표시였다. 그러나 조현수는 뛰어갔다.

"여보."

조현수는 꿇어앉아 말석의 손을 잡았다. 말석의 가슴 부위 옷이 벌겋게 물었다.

"빨리 도망가오. 난 글렸소."

말석은 한 손으로 가슴을 부여잡고 다른 손으로 조현수를 밀쳤다.

"내가 어찌 당신을 두고 간단 말이에요."

조현수는 말석의 팔을 잡고 당겼다. 하지만 말석은 고개를 저었다.

"가오. 가서 뱃속의 아기 잘 키우시오. 좋은 세상에서 잘 키우시오. 아이는 새 세상에서 잘살아야 하오. 빨리……."

말석은 말을 하다 고개를 푹 숙였다.

"여보."

조현수는 말석을 흔들었지만 꿈쩍도 하지 않았다. 그때 강홍이와 원성팔이 달려와 조현수와 말석을 각각 번쩍 안았다. 그리고 서문 쪽으로 쏜살같이 달려갔다. 조현수도 정신을 잃었다.

성 안에는 신음이 진동했다. 부상자들이 죽어가고 있었다. 성 안으로 들어온 일본군들은 움직이는 모든 농민군에게 총을 쏘았다. 손을 들고 항복한 농민군들에게도 총을 쏘았다.

 탕!
 탕!

 일본군들은 총을 쏘며 서문 쪽으로 죄어왔다. 미처 빠져나가지 못한 농민군들이 피를 흘리며 쓰러졌다.

"빨리 도망가시오. 나중에 꼭 원수를 갚으시오."

 김경준은 농민군들을 서문으로 탈출시켰다.

"서문이 뚫렸소. 빨리 도망가시오."

 남진갑이 소리쳤다. 농민군들은 잽싸게 서문 쪽으로 도망갔다. 농민군이 서문에 있는 김경준에게 물었다.

"어디로 가지요?"
"보은이요."
"보은요?"
"거기서 전국의 농민군들이 집결할 것입니다. 다시 전열을 가다듬어 일본군을 무찌를 겁니다."

 농민군은 손을 잡고 뛰었다.

 한편 성 밖에는 총과 칼로 무장한 농민군들이 모여들어 성을 안타깝게 바라보고 있었다. 며칠 전 밤에 무기를 가지고 나간 농민군들이었다. 살반계와 더불어 일본군 병참기지를 기습하려고 했던 이들이었다.

"이게 대체 어찌 된 일이요?"

 성문 앞에는 일본군들이 통제하고 있었다. 일본군이 성으로 갔다는 소문을 듣고 부리나케 달려온 것이었다.

"성이 점령당했단 말인가."

 농민군들은 탄식했다.

"우리가 한발 늦었소."

"그러게요. 이렇게 일찍 공격할 줄 몰랐소."

농민군들은 다른 성문으로 가며 말했다. 역시나 다른 성문에도 일본군이 지키고 있었다. 농민군들은 총을 든 채 부르르 떨었다.

"성 안의 사람들은 어찌 되었을까요?"

"아마도 대부분 당했겠지요."

"이런 일이."

농민군들은 놀라서 입을 다물 줄 몰랐다. 살반계와 합류한 후 문경 조령산 화적패와도 함께 하기로 했다. 그래서 일본군 병참기지를 기습공격하려고 했는데 일본군이 하루 일찍 읍성을 공격한 것이었다.

탕!

탕!

그때 마을 쪽에서 총소리가 울렸다. 농민군들은 소리 나는 쪽을 바라보았다.

"일본군들이 마을에 들어가 사람들을 다 죽인다더니."

농민군이 눈알을 부라리며 말했다.

"처치합시다."

농민군들이 수군거렸다.

"아니요. 그것보다 보은으로 가는 게 더 급선무요. 아마도 성 안의 살아남은 사람들이 도망쳤다면 보은 쪽일 거요. 충청도 전라도 농민군들이 다 그쪽으로 모이게 되어 있었소."

"그럼 일본군들이 농민군을 뒤쫓는단 말이요?"

"아마 그럴 것이오. 빨리 추격을 피하도록 해야 하오."

"그렇다고 마을에서 사람들이 죽고 부녀자들이 겁탈을 당하는데 그냥 가자는 거요?"

"더 큰 희생을 막기 위해선 어쩔 수 없소."

대장은 보은 방향으로 길을 잡으라고 명을 내렸다. 농민군들은 마을 쪽을 바라보며 아쉬운 표정을 지었다.

탕!

탕! 탕!

여전히 마을에서 총소리와 비명이 울렸다. 얼마 가지 않아 한 무리의 농민군들이 대장한테 달려갔다.

"도저히 안 되겠소. 우리는 가서 마을에 있는 일본군들을 처치하고 합류하겠소."

"정탐꾼에 의하면 우리의 원수인 양반들이 대부분 당한다는데 잘 되었지 않소."

"하지만, 양반도 우리 백성이오. 우리 백성이 일본놈들한테 당하는 건 볼 수 없소. 일본놈들을 처치하고 가겠소."

농민군은 단호하게 말했다.

"안 되오. 저들의 수가 많아 위험하오."

"그렇다고 비명을 듣고도 그냥 간단 말이오? 대장님은 먼저 가서 뒤쫓는 일본군들을 처치하시오. 우린 마을에 있는 일본군들을 처치하고 곧장 합류하겠소."

이미 한 무리의 농민군들은 대열을 이탈해 마을 쪽으로 향했다.

"그러시오. 군사를 더 데리고 가시오."

대장은 망설이다 수십 명의 군사를 내주었다.

"고맙소."

농민군들은 마을로 향했다.

3부
다시, 일어서다

서리가 소금을 뿌려놓은 듯 하얗게 내렸다. 짙푸르던 잎들은 자연의 순리에 순응이라도 하듯 욕망을 내려놓았다. 햇빛이 잘 드는 부엌문 앞에서 조현수는 약탕을 들어 사발에 약을 따랐다. 쓴 향기가 코를 찔렀다. 하지만 조현수는 싫은 내색도 없이 쟁반에 얹어 방으로 들어갔다. 말석이 누웠다가 끙, 소리를 내며 상체를 일으켰다.

"어젯밤 많이 신음을 내뱉고 잠꼬대하시던데 좀 어떠십니까?"

말석은 약사발을 받다가 조현수를 바라보았다.

"잠꼬대요?"

밤새 고통에 시달렸던 기억밖에 없는데 잠꼬대라니.

"아버님을 찾고 어머님을 찾으시는 것 같던데."

"음."

말석은 헛기침하곤 약사발을 들어 단숨에 다 마셨다.

"요즘 이상하게 꿈에 부모님이 보입니다."

조현수가 빈 약사발을 받았다.

"몸이 매우 허약해져서 그런가 봅니다."

조현수의 말에 말석은 조현수를 바라보았다.

"미안합니다."

"무슨 소릴 하십니까? 이제 다 나아가니 곧 일어서실 겁니다."

"그러게요. 빨리 일어나야 할 텐데."

말석은 고개를 숙였다. 읍성에서 일본군의 총이 가슴을 관통했지만, 다행히 심장을 비켜 가 목숨을 건졌다. 연원에 사는 황첨지라는 의원에게 치료를 받다가 농민군의 소개로 임곡리로 왔다. 임곡리는 진주 강씨

집성촌인데 경상도와 충청도의 경계로 일찍이 동학이 성행했던 곳이었다. 또한 포도대장 강선보가 사는 마을이기도 했다. 주위에 동학교도들이 많아 도움을 받기에 안성맞춤이었다. 보름 정도 지나자 거동은 할 수 있으나 힘을 쓰거나 빨리 움직이기에는 무리였다.

"그래 무슨 소식 좀 들었습니까?"

말석이 아침에 일어나면 제일 먼저 묻는 말이었다. 그만큼 초조했고 빨리 사람들을 모아 2차 봉기를 해야 했다.

"양반들이 민보군을 만들었다고 합니다. 집강소에서 소작인들에게 나눠주었던 땅문서를 강제로 뺏고 다시 소작인으로 삼았다 합니다. 또한 노비문서를 불태워 면천시켰던 노비들도 다시 끌고 와 노비로 삼았다 하고요."

"에이 죽일 놈들!"

말석의 말에 조현수는 몸에 무리라며 역정을 내지 말라고 했다.

"그 소작인들과 노비들을 양반들이 강제로 민보군에 편입시켰다고 합니다."

"허허. 그럼 이제 우리가 이 차 봉기를 일으키면 그들과 싸울 게 아니오. 주도적으로 만든 양반들은 그들을 방패 삼아 몸을 숨기고요."

"그렇겠지요."

조현수는 한숨을 내쉬었다. 일본군에 의해 농민군들이 읍성에서 물러나자 도망갔던 양반들이 돌아와 민보군을 만들고 집강소를 설치했다. 농민들이 설치한 집강소와 명칭이 같으나 구성원들이 양반과 향리들이었다. 소작을 준다, 혹은 뗀다며 소작인들을 강제로 편입시켜 다시 쳐들어올지도 모를 농민군들을 경계하였다.

읍성에서 패퇴한 농민군들은 일부는 보은으로 갔다. 전라도에서 올라온 농민군들과 충청의 농민군들이 모여 대대적 봉기를 일으킬 작정이었다. 하지만 집강인 김현영을 비롯해 많은 상주의 농민군은 우선 2차 봉기를 일으켜 상주 읍성을 점령한 후 보은으로 갈 생각이었다. 모동 모서 화령 등에서는 김현영이 사람들에게 사발통문을 띄웠고 남진갑 일행은 일행대로 사람들을 모으고 있었다. 지역별로 사람들을 모아 같이 읍성을 칠 계획이었다.

"사람들의 반응은 어떻습니까?"

말석은 몸을 맘대로 움직이지 못하니 조현수가 밖의 소식을 물어온다 해도 궁금한 게 한둘이 아니었다.

"읍성에서 백여 명이 죽었다 하니 사람들이 겁을 먹어 움직이려 하지 않습니다. 또한 곧 토벌대가 와 봉기에 참가한 사람들 모두 죽인다는 소문이 돌고 있어 더욱더 나서지 않으려 합니다."

"허 참."

말석은 침통한 얼굴로 고개를 끄덕였다. 이해되었다. 예상하지 못한 패퇴의 결과였다. 제대로 힘 한 번 못 쓰고 일본군에게 완패하리라고는 전혀 예상하지 못한 일이었다. 신식 무기로 무장한 일본군에게 죽창을 든 농민군은 처음부터 상대가 되지 못했다.

"나 때문에 고생이 많습니다."

말석이 조현수의 손을 잡았다.

"아닙니다."

조현수는 말석을 보고 밝게 웃었다. 진심이었다. 조현수는 말석과 단둘이 지내는 꿈 같은 생활이 마음에 들었다. 비록 봉기가 실패했고 말석이 부상당했지만 이렇게 단둘이 생활하는 건 처음이었다. 2차 봉기를 일으킬 것이고 남편의 부상도 곧 나을 것이기에 더욱더 말석과 둘이 보내는 시간이 행복했다. 가끔 어디 아무도 모르는 곳으로 가서 봉기고 뭐고 둘이 살아간다면 참 좋겠다고 생각했다가 화들짝 놀라 주위를 둘러보기도 했다. 누가 자기의 속마음을 보았을까 걱정 때문이었다. 빨리 새 세상이 와서 아기를 낳고 오순도순 살고 싶었다. 남편은 농사를 짓고 자신은 서당을 차려 아이들이나 어른들에게 글을 가르치면 좋겠다는 생각이었다. 현재도 조현수는 마을의 빈집을 얻어 가르치고 있었다. 아이뿐만 아니라 어른들도 함께 글자를 배웠는데 아이들 시간이 끝나면 어른들만 따로 공부했다. 읍성을 점령하면서 느낀 것은 농민군들이 당장 눈앞의 원한만 갚을 생각을 했지, 신분 차별, 혹은 남녀 차별에 대한 인식이 부족한 걸 절실히 느껴 조현수가 제안한 것이었다.

"원래 남자와 여자는 다른 거 아녀?"

사람들은 당연히 여겼고 조현수는 말했다.

"아내가 바람피우면 남편이 때려죽여도 죄를 받지 않거나 약한 처벌을 받을 뿐입니다. 근데 남자가 바람피워 아내가 남편을 때려죽이면 참수형에 당합니다."

특히 여자들은 놀랐다.

"뭐시라고? 누가 고따우 법을 만들었당까?"

"남자들이 만들었지요."

조현수는 씁쓸하게 웃었다. 칠거지악에 관해 얘기할 땐 여자들이 손가락질하며 분개했다.

"거 머시야, 불알 두 쪽만 달면 다여?"

여자들은 깔깔깔 웃으며 분노하면 남자들은 남자들대로 할 얘기가 많았다.

"관에서 세금 안 냈다고 족치는 건 가장인 남자들이여. 매맞는 것도 남자고. 가장이랍시고 가정을 책임지라는데 땅도 없고 소작 지으면 소작료 떼이고 세금 내고 나면 무엇으로 가정을 책임진다는 말이오?"

남자들은 핏대를 올렸고,

"맞습니다. 그래서 남녀평등이 와야 합니다. 저들은 가장만 다스리고 가장은 집안을 다스리는 구조로 백성들을 지배하고 있습니다. 그래서 남녀 차별 없애고 신분 차별도 없애자는 것입니다."

조현수는 동학에서 배운 것을 어른들에게도 가르쳤고 태어나서 처음 붓을 들고 글을 배우는 사람들은 신기하고 뿌듯해했다.

"그려. 우선 남녀 차별보다 신분부터 철폐해야 돼. 똑같이 사람으로 태어나서 누군 양반이랍시고 손에 흙 한 번 안 묻히고 호의호식하는데, 우리같이 태어날 때부터 농투성이들은 평생 새빠지게 일해도 밥 한 끼 실컷 먹어보지 못한다닝께. 이게 말이 되여?"

"그래도 남녀 차별이 더 문제지. 남자들은 첩이나 거느리고 기생집에 가서 기생들과 노는데, 여자는 뭐라꼬? 과부가 재혼 못하는 것도 문젠데 질투도 하지 마라꼬?"

여자들의 성토에,

"제기랄, 그것도 양반들 말이지, 탁사발 한 잔하기도 힘들다오."

남자는 남자대로 푸념이었다.

며칠 후 조현수는 아침을 먹고 산에 가서 약초를 캘까 싶어 호미를 찾았다. 농사를 짓지 못하니 약초를 캐서 그나마 살림에 보탰다. 동리 사람들이 쌀이며 곡식을 갖다주었지만 미안해서 받기가 민망했다. 그래서 시작한 게 약초였다. 조현수가 집을 나서는 데 강홍이와 원성팔이 집으로 들어왔다.

"제수씨 어디 가신다요?"

강홍이가 스스럼없이 인사를 했다. 읍성 점령할 때만 해도 신분 차이 때문에 서먹했지만 이젠 마음을 터놓고 지내는 사이가 되었다. 조현수는 고개를 숙여 꾸벅 인사를 했다.

"약초 캐러 갑니다. 아침은 드셨습니까?"

"예. 아직 겨울잠 자러 가지 않은 뱀이 있을지 모르니 조심하십시오."

원성팔의 말에,

"뱀이요?"

조현수는 기겁했다. 산에 갈 때마다 조심하지만 뱀은 상상만 해도 온몸에 소름이 돋았다. 원성팔과 강홍이는 크게 웃고는 방으로 들어갔다. 조현수도 따라 들어갔다. 무슨 소식이라도 들을까 싶어서였다. 말석은 비스듬히 누워 담배를 피우고 있었다.

"담배를 피우지 말래도 저렇게 피우시네요."

조현수가 불만스레 말했다.

"담배라도 안 피우면 어떻게 견디겠습니까?"

강홍이가 이해하라는 듯 말했다.

"그래 무슨 소식 있는가?"

말석은 두 사람이 앉기가 무섭게 물었다.

"말도 말게. 민보군에서 봉기에 참가한 사람들을 잡아들이는 모양이야."

"민보군이?"

말석이 음성을 높였다.

"그러게 말일세. 농민들끼리 싸우게 됐네."

원성팔이 담뱃대를 꺼내 담배를 쑤셔 넣었다.

"민보군 중에서 양반들에게 잘 보이려고 앞장서서 잡아들이는 사람들이 있다네."

강홍이도 담뱃대를 꺼냈다.

"대체 왜들 그러는가? 봉기해서 그들도 우리 덕을 많이 보았지 않은가? 쌀이며 곡식들을 주었건만."

말석은 이해가 안 된다는 듯 연신 담배 연기를 내뿜었다. 금방 옆 사람도 안 보일 만큼 방 안이 연기로 자욱했다. 원성팔이 조현수 눈치를 보더니, 문을 반쯤 열었다.

"소작 지을 땅이라도 많이 얻을까 싶어서겠지. 노비들은 혹 면천이라도 될까."

강홍이의 말에 원성팔이 말을 이었다.

"공을 세우면 면천되고 땅도 준다지 않아? 악랄한 놈들! 남의 목숨줄 갖고 장난치는 놈들 어디 두고 보자!"

"허허, 한두 번 속았나. 30여 년 전 임술년 때도 양반들이 농민군들을 잡아들이라고 그런 조건을 내걸었지만 들어준 적이 없건만."

말석은 재떨이에 담뱃대를 탁, 탁, 치곤 다시 담배를 쑤셔 넣었다. 잠시 침묵이 흘렀다. 세 사람은 담배만 세차게 피워댔다.

"그보다 말이여, 더 큰 문제가 생겼네."

"뭘 말인가?"

강홍이의 말에 말석이 물었다.

"조정에서 소모사를 임명했네."

"소모사를요?"

조현수가 깜짝 놀라 물었다.

"예. 아예 농민군들을 다 죽일 작정인가 봅니다."

강홍이의 말에 말석이 말했다.

"설마 그렇겠나. 우리의 뜻을 충분히 알았으면 뭔가 조처를 내리겠지."

"어허, 이 사람!"

원성팔이 딱하다는 듯이 말석을 보았다.

"삼십여 년 전에도 그랬고, 사 년 전 함창에서 농민들이 수령을 고을 밖으로 쫓아냈을 때도 그랬지 않은가. 그동안 백성을 못살게 굴었던 탐관오리들을 처단하겠지, 하고 말이야. 근데 오히려 주동한 농민들만 참수형에 처하지 않았나?"

"그런 일이 있었어요?"

조현수는 함창에서 일어난 일에 대해 자세히 모르고 있었다. 다만 민란이 일어나서 극악무도한 놈들이 수령을 쫓아내 조정에서 토포사를 보내 주동한 자들을 잡아들여 진주에서 참수형에 처했다는 것밖에 몰랐다.

"앞으로 피비린내 날 걸세. 임술년 때나 함창 봉기 때도 그랬듯이."

강홍이가 말했다.

"그럼 소모사는 언제 온답니까?"

"이제 서울 가서 임명장 받고 오고 하면 한 달이 걸릴 겁니다."

"그럼 그 전에 읍성을 쳐야 하지 않겠습니까?"

조현수는 두려움으로 말했다.

"그래야겠지요. 서둘러야 하는데 이거 원."

원성팔의 말에 말석이 조급하게 물었다.

"전 같지 않아. 열심히 하던 사람들은 보은으로 가고 남아 있는 사람들은 이번에 양반들이 만든 민보군 때문에 눈치나 보고 있고."

"큰일입니다. 무슨 조치를 취해야 하는데요."

조현수가 말했다.

"그래서 말인데……."

강홍이가 뜸을 들였다가 말했다.

"여기 모서 모동 화령는 집강 어른이 계셔 그나마 농민들 규합이 좀 되는 것 같더라고. 근데 우리가 있는 읍성 주위와 공성 청리 낙동은 영 규합이 안 돼."

"그래서요?"

조현수가 다급하게 물었다. 원성팔이 말석을 바라보았다.

"자네가 몸이 안 좋기는 하지만 여기 말고 그쪽으로 가면 어떨까 싶어서 말이야."

조현수는 순간 난감한 표정을 지었고 말석이 말했다.

"당연히 가야지. 아무래도 여긴 타 동리라 정도 안 가고 말이야."

조현수의 눈치를 보며 말했다. 조현수로서는 이제 서당이 활성화되는 중인데 그만둬야 한다니 아쉬움이 컸다.

"고맙네."

강홍이가 말했다.

"고맙기는 이 사람아. 난 그것도 모르고, 내가 미안하이."

말석은 당장 가려는 듯이 말했다.

"그럼 언제 가면 좋겠습니까?"

조현수는 살 집도 구해야 하고 여기 서당에도 인사를 해야 했기에 며칠 후에 가고 싶었다.

"지금 당장이라도 가면 되지요. 짐이라야 뭐 있습니까."

말석이 오금을 박았다.

"그럼 오늘 가서 거처할 곳을 알아볼 테니 내일 오도록 하게."

원성팔이 말했다. 말석이 노비 생활을 했기에 집이 없었고, 있다고 해도 민보군이 잡으러 다니는데 살던 집에서 살 수는 없었다.

강홍이와 원성팔은 바쁘다며 방을 나와 마당에 섰다. 말석은 겨우 몸을 일으키며 인사를 했고 마당에서 조현수가 배웅했다. 가다가 강홍이가 몸을 돌려 말을 하려다 그냥 갔다. 조현수는 이상한 예감에 뛰어가서 물어보려다 그만두었다. 아무래도 아버지 문제인 것 같았다. 도망간 양반들이 돌아와 민보군을 만들었다면 아버지도 왔을 가능성이 컸다. 게다가 농민군들에게 매질까지 당했으니 이를 갈고 있음이 분명했다. 조현수는 섬뜩한 기운을 느끼며 방으로 들어갔다.

말석 부부는 청리에 있는 내상이라는 마을에 거처를 정했다. 동네 앞에 내가 흐르고 뒤에는 산이 있는 마을이었다. 집이 마을 뒤쪽, 그러니까 산 쪽 높은 곳에 있어 방문을 열고 보면 동리가 한눈에 들어오고 또한 마을로 들어오는 길도 훤하게 보였다. 아마도 민보군에게 탄로나 잡으러 오더라도 금방 눈치를 채고 뒤쪽 산으로 도망갈 수 있도록 그런 집을 구한 것 같았다. 조현수는 여전히 남장하고 읍내를 갔다가 집에 오면

산으로 약초를 캐러 다녔다. 여전히 이 동리에서도 동학 교도들이 먹을 곡식을 주었지만 자꾸 얻어먹으니 염치가 없었다. 말석은 방에서만 사람들을 만나다가 이제는 느리지만 밖으로 나가 사람들을 만나고 했다.

햇볕이 따스한 날 말석과 조현수는 마루에 앉아 마을 앞 논을 바라보았다. 가을걷이가 끝난 논에 여자들이 이삭을 줍는 게 보였다. 밭에는 콩을 줍는 아이들도 눈에 띄었다. 한동안 둘이는 말이 없었다. 소문만 무성했다. 소모사가 와서 소모영이 설치되면 봉기에 참여한 농민들은 다 잡아들여 참수형에 처한다는 소문이었다. 비록 사실이 아닐지라도 그 소문으로 사람들을 규합하기가 점점 힘들었다.

"저, 서방님."

조현수는 조심스레 말을 꺼냈다. 말석은 긴장하며 조현수를 돌아보았다. 정색하고 물으면 뭔가 불길한 얘기가 많았기 때문이었다.

"뜸 들이지 말고 말씀하십시오."

말석이 말했다. 말석이 말을 높이는 것은 조현수가 예전 상전이었기 때문이 아니었다. 부부는 동등하고 사람은 하늘님이라는 조현수의 말에 동의하고 있기 때문이었다.

"우리 아기가 있으면 어떨까요?"

"갑자기 아기는 무슨 말입니까? 이 시국에 제대로 키우기나 하겠습니까?"

조현수의 말에 말석은 별 싱거운 말을 한다고 생각하다가 갑자기 조현수를 돌아보았다.

"혹?"

말석은 마른침을 삼켰다. 조현수는 빤히 바라보는 말석의 눈길을 피하지 않았다.

"맞습니까? 맞아요?"

말석의 입이 항아리 입구만큼 벌어졌다. 조현수는 미소를 지었다.

"확실하지는 않지만 때가 됐는데도 달거리를 하지 않아서요."
"맞구려, 맞아."
 말석은 함박웃음을 지으며 조현수의 손을 꼭 쥐었다. 말석은 태어나서 처음으로 행복이라는 걸 느꼈다. 읍성 점령을 하고 면천했을 때는 희열이었다. 그 속엔 원한과 복수가 있었기에 행복한 느낌은 들지 않았다. 이제는 아기가 생긴다는 사실에 혼례를 올렸다는 걸 실감했다.
 2차 봉기 준비로 바빠 조현수는 조심하지 않았는데 오히려 그것 때문에 실랑이를 벌이기도 했다.
"모임에 가지 말고 쉬라니까요?"
 말석은 혹 무슨 일이 생길까 봐 봉기 준비 모임에 못 가게 했고 조현수는 그냥 모임에 가서 얘기만 나누는데 무슨 문제냐고 했다. 또한 모임에 가서도 조현수는 이 사실을 주위에 알리지 말라 했고 말석은 입이 근질거려 참지를 못했다.
"강홍이,"
 모임에 가자마자 말석은 강홍이를 불렀다.
"왜? 좋은 일 있냐? 입 찢어지겠다야."
 강홍이는 별 싱거운 놈 보겠다는 듯 말했고 조현수는 말석의 소매를 당겼다.
"너 앞으로 나한테 형님이라 불러라."
"뭐 형님?"
 모임에 나온 사람들이 갑작스러운 말석의 말에 눈이 휘둥그레졌다.
"갑자기 무슨 형님이야? 지금껏 동갑이라 아무 말도 없었으면서."
 원성팔의 말에 말석은 웃기만 했고 일행들은 의아하게 쳐다보았다. 조현수가 자꾸 소매를 당기자 남진갑이 웃으며 말했다.
"좋은 일이 있군. 하하하. 축하하네."
 남진갑의 말에 사람들은 말석과 조현수를 번갈아 보았다.

"하하하. 축하는요, 무슨."

 말석은 뒷머리를 긁으며 웃었다. 그제야 사람들은 눈치를 챘고 말석에게 달려들어 머리에 꿀밤을 먹였다.

"아고고. 이놈들아 고만해라. 곧 아버지 될 사람한테 이 무슨 짓이냐?"

"속이고 놀린 죄가 크다, 이놈아."

 강홍이가 달려들어 꿀밤을 한 대 더 먹였다. 조현수는 어이가 없어 웃기만 했다.

"형수님 축하드립니다."

"저도 경하드립니다."

 사람들은 제 일처럼 기뻐했고 곧이어 술판이 벌어졌다. 말석이 술을 사러 갔고 조현수는 남진갑의 부인을 도와 안주를 준비했다.

 술이 몇 순배 돌고 나자 갑자기 사람들이 침울해졌다. 침묵이 흘렀다. 상주목에 소모영이 설치되었고 소모사가 왔기 때문이었다.

"어떤 놈인가?"

 누군가의 말에 원성팔이 콧방귀를 뀌었다.

"어떤 놈이고 간에 그놈은 양반이고 우릴 잡아들이려고 온 놈이니."

"맞습니다. 지금 소모사 개인 문제가 아니라 임금의 명을 받은 자로써 우리를 잡아들여 죽이러 온 놈입니다. 하루빨리 읍성을 점령하여 그놈 모가지부터 따야겠습니다."

 강홍이가 말했다.

"그렇습니다. 그놈은 왔으면 왜 봉기가 일어났고 백성들의 생활은 어땠는지 알아보는 게 우선이거늘. 쩝. 그리고 읍성 치는 것도 쉽지 않을 것입니다. 양반들이 만든 민보군도 있고, 악독하기로 소문난 김석중을 유격장으로 임명했습니다. 그 휘하에 200명의 별포군이 있답니다."

 김경준이 말했다.

"그들의 군대가 막강하다 해도 이길 방도가 있을 겁니다. 중요한 건 백성들의 호응을 얼마나 끌어들이느냐가 관건인 것 같습니다."

조현수가 말하자 남진갑이 고개를 끄덕였다. 사람들은 소모영이 설치되면서 더욱더 움츠러들었다. 모서의 김현영 집강쪽에는 사람들이 제법 모였다고 했다. 그래서 조만간 봉기 날짜를 잡자고 연락이 왔다. 문제는 읍성 주위의 동리였다. 읍성과 가까워 민보군에서 하루가 멀다고 봉기에 참여한 사람들을 찾는다며 동리마다 들쑤시고 다니기 때문이었다.

"빨리 서둘러 우리가 이긴다는 걸 보여줘야 합니다. 그러기 위해선 뭔가 특별한 것을 해야 하지 않을까요?"

조현수가 말했다. 다들 조현수에게 눈길이 쏠렸다.

"특별한 조치라뇨?"

"활이나 총을 잘 쏘는 사람에게 김석중 유격장이 동리에 나타났을 때 쏘아 처리하게 한다든지요. 소모사야 주위에 호위하는 사람들이 많아 어려울 테고요."

조현수의 말에 강홍이가 고개를 끄덕였다.

"우선 그런 방법으로라도 민보군과 소모영 군대의 사기를 꺾어 놓아야 농민들이 우리를 믿고 따라오지 않겠습니까?"

"그럼 빨리 그렇게 할 수 있는 사람을 구해봅시다."

말석은 말했다.

"총이야 문경 조령산에서 포수하는 사람들이 잘 쏠 텐데. 강포수라고. 활은 누구 있나?"

남진갑이 눈을 끔벅이며 말했다.

"그럼, 당장 제가 조령산으로 가겠습니다."

말석이 말했고 조현수가 말렸다.

"그런 몸으로 그 먼 길을 어떻게 가시겠다고 그러십니까? 제가 가겠습니다. 전 아무래도 죽창도 잘 못 깎고 하니 제가 나을 듯싶습니다."

"지금 죽창이 문제요? 홀몸도 아닌데 그 먼 길을 어찌 혼자 간단 말입니까. 그것도 화적패를 만나러."

말석의 화난 말에 사람들은 입을 다물었다. 강제할 문제가 아니었다. 여자에다 홀몸도 아니니 더욱 그랬다. 강포수를 만난다 해도 설득이 문제였다. 그냥 사람 죽이는 것도 그렇지만 관군 장교를 죽이는 것은 잡히는 날엔 참수형이었다. 목숨을 내놓고 해야 했다. 또한 자칫 강포수가 배신하여 소모영에 밀고할 수도 있는 문제였다.

"이러면 어떻습니까? 살반계에게 부탁하면요."

강홍이의 말에 일순 조용해졌다. 살반계와는 읍성을 점령하면서 사이가 나빠졌다. 살반계는 일본 병참기지를 공격하려고 했고 양반들을 과도하게 처벌한 적이 있기에 농민군에서는 거리를 두었다. 이제 와서 아쉬우니까 도와달라고 하자니, 염치가 없었다.

"제가 만나보겠습니다."

말석이가 말했지만 다들 입을 다물었다.

"어디서 만난단 말이냐?"

강홍이가 말했다. 말석은 말문이 막혔다. 조현수를 조령산에 안 보내려고 아무런 계획도 없이 말한 꼴이 되었다.

"그럼, 내가 조령산에 가겠습니다.

말석이 다시 말했다.

"아무래도 설득도 시켜야 하고 혹 변심할 것 같으면 무슨 조처를 취하는 데는 남자가 낫지 않겠습니까."

"그건 그런데."

남진갑이 말했다.

"그럽시다. 급한데 빨리빨리 정합시다. 무슨 회의를 이렇게 오래 합니까? 오늘 죽창도 깎아야 하는데."

원성팔이 나섰다.

"그럼 저도 가겠습니다. 남녀 둘이 가면 기찰도 덜 받을 것이고, 위험도 덜할 테니까요."

조현수의 말에 말석이 어이없다는 투로 조현수를 바라보았다.

"당신은 집에 계십시오. 홀몸도 아닌데."

"괜찮습니다. 당신이 절 지켜주시면 되지 않습니까?"

조현수의 말에 사람들은 웃음을 터트렸다.

"그럽시다. 두 분은 내일 날이 밝는 대로 길을 떠나도록 하시오."

남진갑이 결정을 내렸다. 말석은 불만스레 조현수를 바라보았다.

11월이 되자 소모사는 일본군으로부터 농민군 토벌하는데 협조하겠다는 전갈을 받았다. 일본군과 합세한다면 토벌은 시간문제라며 유격장 김석중에게 빨리 농민군들을 잡아들이라고 명했다. 또한 선무공작을 시행하였는데 우선 동리마다 방수군을 편성하고 농민군의 귀화를 권장했다. 접주의 소재를 밀고하거나 잡아오는 자에겐 상을 주고 무기를 가져오는 자에게도 전과의 죄를 묻지 않겠다고 했다. 이때 떠도는 소문에는 귀화한 농민군이 1,600여 명이나 되었다고 했다. 하지만 소모사의 말만 듣고 귀화했다가 옥에 갇히는 사람도 무수히 많아 원성이 높았다. 특히 김석중은 악독한 인간이라 동리마다 돌며 농민군을 잡으면 무조건 매질을 했다. 또한 동리에 숨어 있는 농민군을 대라며 무고한 백성에게도 매질했다. 따라서 사람들은 멀리서 김석중이 말 타고 나타나면 "개가 왔구먼." 하곤 돌아서 길을 갔다. 당연히 소모사와 김석중에 대한 백성들의 원성은 커져만 갔다. 또한 동리마다 첩자를 심어 놓아 정보도 수집했는데, 첩자가 실적을 올리기 위해 허위로 보고해 무고한 사람들이 많이 죽거나 다치기도 했다. 첩자들은 노비들이 많은데 면천을 시켜주겠다는 조건을 달았으니 뒤탈이 많았다.

며칠 동안 김석중이 농민군을 잡아 총살형이나 효수형에 처한 농민군이 수십 명이 되었다. 농민군이 아닌 사람들도 언제 무고로 잡혀갈지 벌벌 떨었다.

말석과 조현수는 이제 막 상주에 도착했다. 다행히 문경 조령산에 간 다음 날 강포수를 만났고 흔쾌히 승낙받았다. 강포수는 동료를 모으고 총과 탄약을 준비하려면 빨리해도 이틀은 걸린다며 이틀 후에 온다고 했다. 말석과 조현수는 안도의 숨을 쉬며 곧장 출발해 점촌에서 자고 다음 날 부랴부랴 출발했다.

희망으로 부풀어 있던 말석 부부는 상주에 온 지 얼마 지나지 않아 오랏줄에 묶여 끌려가는 많은 농민군을 보았다. 모서 모동에서 끌려왔고 낙동 승곡 청리 공성에서 끌려왔다. 함창 사벌에서도 끌려왔다. 대부분 얼굴이 낯익었다. 그들의 몰골은 처참했다. 얼굴은 터져 붓고 피가 흘렀다. 옷은 찢어져 부은 오른 맨살이 보였다. 걷지도 잘 못해 비틀거리면서도 표정은 기개가 넘쳤다. 굴복하지 않겠다는 결기였다.

중모에서 17명이 총살당했다는 소문이 돌았다. 화령 장터에서 20여 명이 총살형 당했다는 소문이 돌았다. 화령 평원에서 30여 명이 총살당했다는 소문이 돌았다. 상주를 비운 며칠 사이 세상이 달라져 있었다.

말석과 조현수는 분노로 몸을 떨었다.
"임자는 먼저 집으로 가시오. 가서 짐을 싸서 보은 쪽으로 가십시오."
조현수는 깜짝 놀라 걸으면서 말석을 돌아보았다.
"무슨 말씀입니까? 이럴수록 힘 하나 보태야지요."
"보고도 모릅니까? 곧 읍성을 쳐들어간다고 하나 쉽지 않을 겁니다. 많이 죽을 거라는 말입니다."
조현수는 말석의 말에 발끈했다.
"그럼 저보고 살기 위해 도망치라는 말씀입니까? 서방님을 두고서요?"
 말석 또한 화를 냈다.
"뱃속의 아기를 생각하십시오. 우리의 희망입니다. 우리가 죽더라도 또다시 죽창을 들고 일본군을 몰아내고 평등 세상을 이룰 아기입니다. 우리의 미래란 말입니다."
 말석의 말에 조현수는 주춤했다. 말없이 두 사람은 걸었다. 마음이 급했다. 이렇게 많은 농민군이 잡혀가는데 동료들은 무사한지 걱정이 되었다. 빨리 가서 강포수가 온다는 사실을 알려야 하는데 모전에서부터 쉬지 않고 걸었기에 발걸음이 느릴 수밖에 없었다.
 남진갑의 집에 가까이 오자 가슴이 뛰었다. 제발 무사하기를 빌었다. 강포수가 와서 김석중을 죽이고 관군과 일본군의 사기를 꺾은 다음 읍성을 쳐들어가야 했다.
"빨리 집으로 가서 짐 싸서 보은으로 가시오."
 말석은 빨리 걸으며 말했다. 숨이 차 말이 제대로 나오지 않았다.
"보은 어디로 간단 말입니까? 서방님이 안 계시는데 어디로 간단 말입니까?"
 조현수는 금방이라도 울음을 터트릴 듯했다.
"빨리 가시오. 아기를 잘 키워 우리의 원수를 갚고 새 세상을 만들도록 하십시오."
 말석은 숨이 차서 겨우 말했다.
"못 가겠습니다. 서방님을 두고, 동료들을 두고 어디로 간단 말입니까. 죽어도 같이 죽고 살아도 같이 살아야지요. 서방님도 동료들도."
 말석은 갑자기 걸음을 멈추었다. 조현수를 돌아보았다.
"아기를 살리자는 것이오. 우리의 미래를 살리자는 것이오. 아기가 죽으면 우리의 미래가 없소."
 마침내 조현수가 울음을 터트리며 말석의 품에 안겼다.

"어찌합니까. 어찌해야 합니까."
말석은 조현수의 말을 막듯이 꼭 안았다.

한편 그 시각.
남진갑의 집에는 20여 명의 농민군이 모였다.
"자, 빨리 읍성을 쳐들어가야 합니다. 이러다 남은 사람마저 다 죽게 되었소."
원성팔이 담뱃대를 재떨이에 두드리며 말했다.
"안 그래도 열흘 뒤에 읍성을 치기로 집강 어른이 결정했답니다. 오늘 연락받았습니다."
"그래요? 그 잘됐습니다. 어디서 모이기로 했습니까?"
"그건 전날에 연락하기로 했습니다. 그러니 부지런히 사람들 규합하고 총을 구할 수 있는 데까지 구하도록 합시다."
남진갑의 말에 사람들은 활기를 되찾았다. 또다시 우리의 세상이 온다. 사람 위에 사람 없고 사람 아래 사람 없는 세상이 온다. 사람들은 들뜬 마음으로 죽창을 깎고 농기구를 손보았다.
"근데 말석이는 왜 연락이 없는가? 혹 무슨 일 있는가?"
강홍이가 말했다.
"그러게. 벌써 올 때가 지났는데. 못 만났거나 설득이 안 되었거나."
남진갑이 걱정스러운 표정으로 말했다. 사람들은 어느 동리에 누가 오고 몇 명이 올까 점검했고 누구를 더 포섭할까 얘기했다. 그때였다.
"적도들은 나와서 오라를 받으렸다!"
방문이 열리면서 김석중이 말에 탄 채 칼을 들고 득의만만하게 웃고 있는 것이 보였다. 뒤에는 김석중 부하들이 칼을 겨누었다. 사람들은 얘기를 나누다 깜짝 놀라 입을 다물지 못하고 김석중을 바라보았다.
"유격장께서 웬일이요?"

남진갑이 헛기침을 하며 일어섰다. 김석중은 가소롭다는 듯이 뱀처럼 야비하게 웃었다.

"껄껄껄. 적도들은 듣거라. 당장 나와 무릎을 꿇고 오라를 받아라!"

남진갑은 태연하게 신발을 신고 마당으로 나왔다.

"그 무슨 소리요? 적도라니."

당당한 태도에 김석중은 움찔했다.

"이미 다 알고 왔다. 투항하면 살려주겠다."

"허허. 말이 심하지 않소. 선량한 백성에게 이 무슨 행패요!"

남진갑이 말을 하는 동안 방 안에 있던 사람들은 뒷문을 열고 뒤뜰로 나섰다. 그때 말석과 조현수는 입씨름하며 남진갑의 집 가까이 왔다.

"저게 뭐야?"

말석이 마당에 있는 30여 명의 군사와 말을 타고 있는 김석중을 보았다.

"아니."

말석과 조현수는 입을 다물 줄 몰랐다. 가까이 가니 남진갑과 김석중이 대화를 나누고 있었다.

들켰구나. 첩자가 있을지 모른다더니.

말석은 조현수를 돌아보았다.

"당신은 바로 저기 뒷산으로 가십시오. 무조건 도망치십시오. 난 저들을 유인해 사람들이 도망치도록 해야겠습니다."

조현수는 고개를 저었다.

"저도 함께하겠습니다."

"그러다 잡히면 어쩌려고 그러십니까?"

말석은 급한 대로 가까운 곳에서 주먹 만한 돌을 모으며 말했다. 조현수도 돌을 모으며 말했다.

"혼자 도망가서 어떻게 살아가란 말씀입니까?"

조현수는 울먹였다.

"살아서 양반 일본군을 몰아내고 평등 세상을 이뤄야 하지 않겠습니까! 빨리 가십시오!"

조현수는 고개를 저었다.

"저도 같이 읍성을 치든지 아님, 보은으로 가든지 하겠습니다."

말석은 돌을 들었다. 조현수도 돌을 들었다.

"네 이놈!"

말석은 김석중을 향해 소리쳤다. 그리곤 돌을 던졌다. 돌이 김석중이 얼굴을 살짝 빗나갔다. 조현수가 돌아보는 군사들에게 돌을 던졌다. 한 명이 얼굴에 정통으로 돌을 맞고 아고고, 비명을 질렀다.

"저놈 잡아라!"

김석중이 소리쳤다. 군사 서너 명이 집 밖으로 뛰어나왔다. 말석과 조현수는 집 뒤로 뛰었다.

"집 뒤로 도망친다!"

군사 한 명이 소리쳤다. 군사들이 집 뒤로 우르르 몰려갔다. 그 사이 남진갑은 군사들에게 잡혀 오랏줄에 묶였다. 말석은 다가오는 군사들에게 돌을 던지며 집 뒤로 갔을 때 사람들이 군사들과 대치하고 있었다. 사람들은 낫과 괭이 등 농기구를 들었고 군사들은 창과 칼을 들고 있었다.

"어이 말석이!"

그 와중에도 원성팔이 웃으며 말석을 불렀다. 말석은 사람들을 에워싸고 있는 군사들을 향해 돌을 던졌다. 조현수도 따라 던졌다. 돌에 맞은 군사는 얼굴을 두 손으로 감쌌고 다른 군사들이 말석과 조현수에게 달려왔다.

"빨리 도망가시오."

말석은 조현수에게 소리쳤고 조현수는 돌을 던지며 산 쪽으로 뛰어갔다. 군사 한 명이 조현수를 따라갔다. 말석은 그 군사를 따라가며 돌을 던졌다. 군사가 다행히 조현수를 따라가지 않고 말석을 향해 돌아섰다. 말석은 돌이 떨어지자 가슴에 있던 작은 칼을 꺼냈다. 하지만 작은 칼은 긴 창에 무용지물이었다. 말석은 창에 팔이 찔려 쓰러졌고 군사가 목을 겨냥했다. 말석은 뒤돌아보았다. 조현수의 모습이 보이지 않고 갈대만이 몸을 뒤척이고 있었다.

휴.

조현수가 안전하게 도망친 것을 확신한 말석은 긴 숨을 토해냈다. 다른 사람들도 모두 붙잡혔다. 농기구가 창과 칼을 이길 수 없었다.

"이놈들아! 이런다고 백성들이 가만히 있을 줄 아느냐?"

원성팔이 포박당하면서도 소리쳤다. 군사가 달려들어 몽둥이로 얼굴이며 몸이며 가릴 것 없이 두들겼다. 원성팔은 입을 다물고 신음도 내지 않고 노려보았다.

"강포수 곧 온다 했는데, 에이."

말석이 안타까워했다. 말석에게도 군사가 몽둥이를 휘둘렀다. 팔이 부러지고 이가 다 빠졌다.

"우리가 잡혀가도 강포수가 오면 저놈 목을 따겠지."

강홍이가 포박당하며 몸부림쳤다. 강홍이에게도 군사가 다가와 몽둥이를 휘둘렀다. 김석중의 별포군은 악랄하기로 소문났다. 일단 농민군을 생포하면 몽둥이로 두들겨 패서 반송장을 만들어 놓고 소모영으로 압송했다. 이렇게 반송장으로 포박당해 소모영으로 끌려오는 동안 백성들이 지켜보며 무서움에 치를 떨었다. 김석중이 노리는 또 다른 의도였다. 백성들을 공포로 몰아넣는 것, 김석중은 반송장인 농민군들을 볼 때마다 짜릿한 쾌감을 느꼈다.

말석 일행은 상투가 풀린 상태로 소모영 마당에 꿇려 앉았다. 높은 마루 위에는 소모사가 내려보고 있었다. 잠시 후 강선보도 끌려왔다. 강선보는 얼마나 맞았는지 똑바로 앉지 못하고 비스듬히 드러누웠다.
"아니 형님."
말석 일행은 놀라움으로 소리쳤다.
"아니, 자네들도?"
강선보도 놀라움으로 그들을 바라보았다. 상투가 풀어지고 머리카락이 피와 엉겨 붙었다.
"그럼 모서 모동 화령도 무너졌단 말입니까?"
남진갑이 급히 물었다.
"허!"
강선보는 하늘을 보며 긴 숨을 몰아쉬었다. 목에서 가래가 끓어 올랐다. 가래를 뱉자 핏덩이가 나왔다. 하룻밤 내내 심문한답시고 매질을 했으니 살아있는 것만 해도 기적이었다.
"적도들은 조용히 하라!"
소모사가 소리쳤다.
"그래, 네놈들이 이 차 난을 일으키려 했단 말이지?"
소모사가 위엄을 갖추고 물었다.
"그렇다, 이놈아! 썩어빠진 네놈들을 모두 몰아내고 새 세상을 만들려고 했다!"
강선보가 소리쳤다.
"온갖 무명 잡세를 매겨 백성들의 고혈을 짜낸 관료들과 양반들은 놔두고 우리를 처벌하는 너희들이야말로 천벌받을 것이다!"
말석이 소리쳤다.
"노비라고 마소보다 못한 취급을 하고 사사로이 형벌을 가하고 죽이는 양반들이 적도다. 죽어서라도 원한을 갚으리라!"
강홍이가 소리쳤다.

"일본놈들과 결탁한 너희들의 세상이 언제까지 갈 거 같으냐! 여기저기 백성들이 계속해서 일어날 것이다."

원성팔이 이가 다 빠져 어눌한 목소리지만 힘있게 말했다.

농민군들은 저마다 한마디씩 하는데 소모사와 유격장 김석중은 농민군들의 위압에 자신도 모르게 몸이 움츠러들었다. 곧 죽게 될 텐데도 전혀 두려움 없는 당당한 태도에 기가 죽었다. 또한 자신들을 백성들이 보는 앞에서 꾸짖으니 쥐구멍에라도 들어가고 싶은 심정이었다.

"허허! 저놈들이 아직 정신을 못 차리고 있구나!"

김석중이 겨우 말을 하였으나 옆 사람에게도 들리지 않았다.

"소모사 어른, 빨리 처형하시지요."

김석중이 움츠러든 몸을 떨며 말했다.

소모사는 주위를 돌아보며 위엄을 세우려고 크게 말했다.

"적도들은 마지막으로 할 말이 있는가?"

농민군들은 들을 가치도 없다는 듯 하늘을 보거나 딴청을 피웠다. 소모사가 둘러보다 말하려는데 강선보가 말을 했다.

"어머니가 보고 싶소."

당황한 김석중이 재빨리 말했다.

"이 적도들은 핵심들이라 빨리 처형해야 합니다. 백성이 보고 있습니다."

소모사는 생각에 잠겼다. 마지막으로 할 말이 있느냐고 물어놓고 안 들어준다면 백성들에게 위신이 서지 않을 것 같았다.

"데리고 와 대면시켜주고 끝나면 그 즉시 적도들을 효수형에 처하라."

소모사는 말을 마치고 얼른 자리를 떴다. 김석중은 불만스레 소모사의 뒷모습을 바라보았다.

그때 백성들 틈 속에서 엿보고 있던 자가 있었으니 바로 조진사였다. 농민군들에게 매타작을 당하고 한양에 있는 사촌 집으로 피신했는데,

매 맞은 데는 똥물이 특효라 하여 똥물까지 먹었다. 친척이나 친구들도 양반이라 다들 부자였다. 최고 좋은 청나라산 한약을 달여 먹고 최고라고 소문난 의원에게 치료를 받았다. 또한 좋다는 것은 다 먹었으니 오히려 병 치료하는 동안 살이 더 쪄서 이틀 안 본 사람도 못 알아볼 지경이었다.

언젠가는 복수하리라.

조진사는 이를 갈았는데 일본군이 읍성의 농민군을 쫓아냈다는 말을 듣고 단숨에 달려왔다. 물론 자신의 신분은 밝히지 않았다. 딸 조현수가 농민군에 들어가 활발하게 활동했으니 자신도 혹 화를 입을까 염려되었기 때문이었다. 특히 말석을 노려보았다. 성질 같아선 당장 달려가 물고를 내고 싶지만 신분을 숨기고 있던 터라 이만 갈았다.

그래, 네 놈이 내 딸을 꼬드겨 혼례를 했다고? 이 갈가리 찢어 죽일 놈이라고.

뭐 경자유전? 땅 짓는 사람이 땅 주인이라고? 헛소리하지 마라. 이 나라는 유교의 나라다. 양반의 나라란 말이다. 어디 너희들이 사람이더냐? 마소보다 못한 것들 아니더냐! 너희들이 사는 건 우리 양반들 덕택 아니더냐. 입고 먹고 자는 것 모두 양반 소유의 땅에서 나온 것 아니더냐!

이 찢어 죽일 놈들!

조진사는 고개를 흔들며 속으로 중얼거렸다. 딸은 걱정되지 않았다. 그것보다 면천된 노비들과 소작인들에게 준 땅문서를 어떻게 다시 찾아오느냐가 고민이었다. 자신의 사회적 지위와 안녕을 위하는 건 딸이 아니라 땅이고 재물이었다. 처음 딸이 동학농민군에 들어갔다는 얘기를 듣고는 하늘이 무너지는 줄 알았다. 근데 농민군들이 양반들 재산을 빼앗고 보복한다는 얘기를 듣고는 딸이 농민군에 들어간 것을 다행으로 여겼다. 역시 하늘은 내 편이구나 싶었다. 재산을 지킬 수 있을 것 같았다.

그래서 땅문서며 노비문서를 딸에게 넘겼던 것인데 그걸, 하늘보다 더 귀한 그것을, 딸은 애비의 눈치도 없이 노비들을 면천시키고 소작인들에게 주었다니, 하늘이 무너지고 땅이 꺼지는 것 같았다.

그날 오후 백성들이 보는 태평루 앞에서 말석 일행을 비롯하여 농민군 20여 명이 효수당했다. 김석중은 자신이 잡아들인 농민군들이 죽는 장면을 보며 더없이 보람과 쾌감을 느꼈다.

다음 날 아침, 효수당한 인물 중에 강선보의 머리가 없어져 소모영이 발칵 뒤집혔다. 효수당한 인물에 어떤 조처를 취하면 그 역시 효수형을 당하기 때문에 효수 형장 옆에는 아무도 얼씬거리지 않았다. 근데 강선보의 머리가 없어지다니. 강석중은 소모사에게 꾸지람을 듣고 군사 100여 명을 풀어 찾았으나 결국 찾지 못했다.

사실 그날 밤 일은 이렇다. 강선보는 낮에 어머니를 보고 싶다고 마지막 말을 했고 소모사가 허락해 어머니를 만났다. 어머니는 효수당하는 걸 보고 차마 집으로 갈 수 없었고 밤이 되길 기다렸다. 이윽고 밤이 이슥해지자 금줄을 넘어 효수 형장 안으로 들어가 아들의 머리를 치마로 쌌다. 그리곤 40리 길을 걸어 고향 마을에 왔다. 근데 문제는 무덤을 어디에 쓰느냐였다. 선산에 쓰자니 당연히 금방 들킬 것 같았다. 그래서 동리 앞 개울 옆에 밤새 땅을 파고 무덤을 만들었다. 동리로 들어오는 길이 높아 개울 옆은 보이지 않고 개울까지 내려가야 보이니 안성맞춤이었다. 그렇게 없어진 강선보의 머리는 노모에 의해 묻혔으니 머리 무덤이었다.

소모사와 유격장 김석중에 의해 농민군 수백 명이 잡혀 죽거나 불구가 되어 더는 2차 봉기는 힘들어졌다. 이에 2차 봉기를 준비하던 농민군들은 보은으로 달려가 전라도 및 충청도 농민군들과 대규모 항쟁을 준비하였고 일부는 의병을 일으켰다. 그 후 보은에서 앞장서 싸우는 조현수를 보았다는, 혹은 의병을 일으켰다는 소문이 돌았고, 한참 후에는 딸과 함께 독립군이 되었다는 소문도 돌았다.

한편, 유격장 김석중은 농민군들을 초토화한 공적으로 안동 관찰사로 임명되었으니 명성황후 시해 사건 직후였다. 김석중은 너무 좋아 며칠 동안 잠을 자지 않고 잔치를 벌였고 부임지인 안동으로 가다가 말머리를 돌려 고향인 농암으로 향했다. 아무래도 안동으로 곧장 가면 서운하니 고향에 가서 친지들이나 친구들에게 자랑하고 싶었다. 말을 타고 수많은 수행원을 거느린 김석중은 함박웃음을 지으며 농암 장터에 서서 주위를 둘러보았다. 자신이 자랑스러웠다. 감히 양반의 나라에서 인간이 아닌 것들이 난을 일으키다니. 또다시 웃음이 터져나오려는데 머리칼이 쭈뼛거렸다. 뭐지? 하는데 웬 사람이 쏜살같이 다가오는 순간 칼날이 햇빛에 쨍, 빛났다. 김석중의 머리가 땅에 툭, 떨어졌고 말 위에 있던 몸에서는 피가 하늘 높이 솟구쳤다. 어어, 김석중은 머리가 땅에 떨어졌는데도 믿기지 않는 듯 말 위의 자기의 몸을 바라보았다. 그때 그의 눈에 의병인 운강 이강년의 얼굴이 들어왔다.

"친일파를 처단하노라!"

운강의 목소리가 쩌렁쩌렁 울렸다.

## 참고문헌

19세기 후반 상주지방의 농민항쟁 (김종환, 석사학위논문)

연세대학교 동방학지 상주편 제51집, 제52집(신영우)

1862년 상주 농민항쟁의 연구 (손종호, 석사학위논문)

1862년 상주농민항쟁의 원인(최성기, 박희진)

경상북도 상주동학농민혁명과 현대사로 이어지는 자료집(상주동학농민혁명기념사업회)

『1894년 농민전쟁연구』 1, 2, 3 권(한국역사연구회, 역사비평사)

『동학농민혁명사 일지』(동학농민혁명참여자명예회복심의위원회)

『한국농민운동사연구』(이우재, 한울)

『동학사상과 갑오농민혁명』(신복룡, 평민사)

『한국근대사』(강만길, 창작과비평사)

『동학농민전쟁연구자료집(1)』(동학농민전쟁100주년기념사업 추진위원회)

『농민이 난을 생각하다』(송찬섭, 서해문집)

장편소설 『존재의 이유』 (고창근, 문학마실)

그 외 다수 논문 및 도서